INK

文學叢書

038

遠方

駱以軍◎著

施小姐：

您好，我是目前因父親中風被困在大陸江西九江的駱以軍。謝謝您在無助時刻伸出這溫暖之援手。有幾件事情想向您報告：

一、今天我與此地（九江第一人民醫院）腦神經外科的主任萬醫師討論。他說：我父親目前的狀況良好，只要符合國際航空法規定之天數，已可以請求您儘快安排前來支援救助我們搭機回台事宜。（當然細節仍是由您的醫生再和他們協商、評估。）

二、在此提醒您一下：我父親體重九十五公斤，身高一七五左右。是個胖子，到時是否需要大尺寸的護頸之類的東西。或您安排來救助之人數，不知能否應付這樣的噸位。

三、今天醫院方面已取消我父親的氧氣設施。

四、關於回程的機位安排（您會派多少人來？），我和我母親她（張寶珠）的機票重描字一份，不知可有幫助？因此地之傳真機似乎頗老舊。

非常非常謝謝您的幫忙！

目前我們的期盼是：儘快將我父親平安帶回台灣！

敬祝

安好

駱以軍　敬傳二〇〇一．八

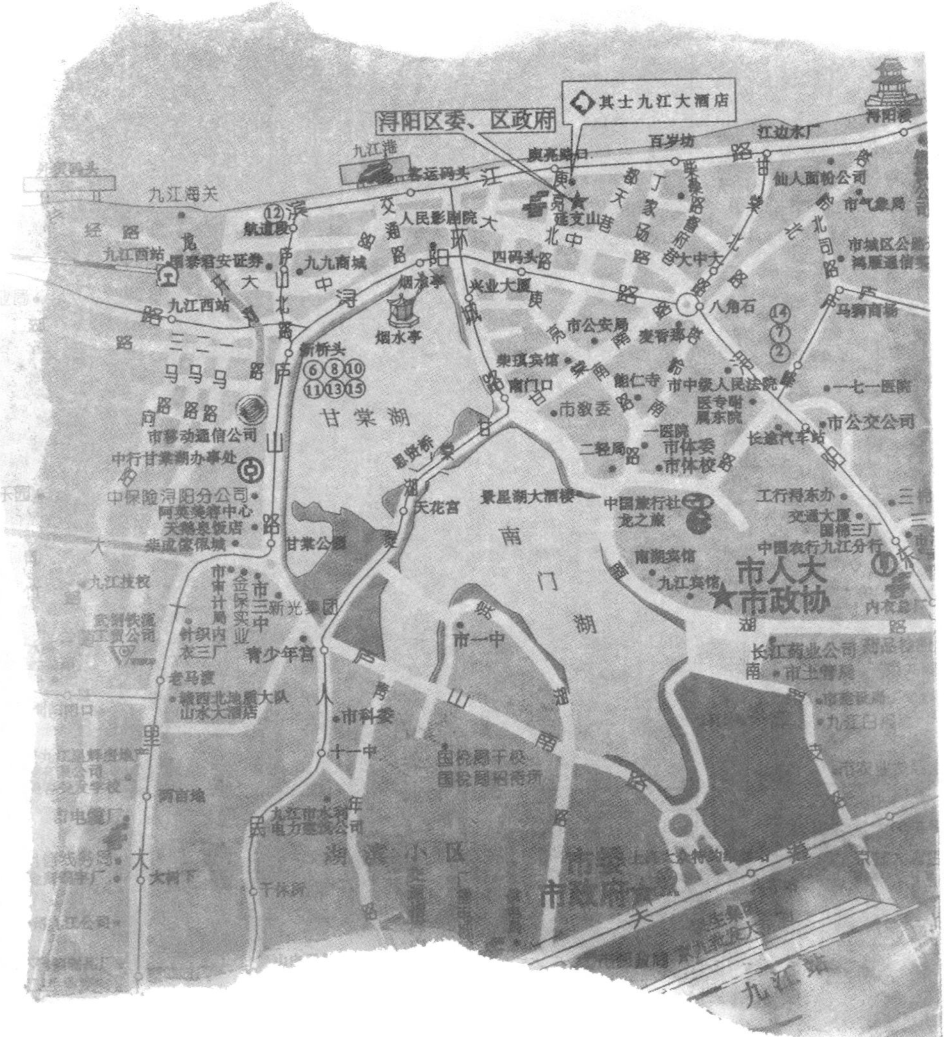
其士九江大酒店
浔阳区委、区政府
九江港
客运码头
九江海关
浔阳楼
江边水厂
百岁坊
仙人面粉公司
市气象局
人民影剧院
航道段
九江西站
九九商城
烟水亭
四码头
兴业大厦
八角石
市公安局
新桥头
甘棠湖
南门口
能仁寺
市中级人民法院
市教委
市移动通信公司
中行甘棠湖办事处
中保险浔阳分公司
天花宫
景星湖大酒楼
中国旅行社
龙之旅
南
门
湖
南湖宾馆
九江宾馆
市人大
市政协
甘棠公园
三新光集团
青少年宫
市一中
市科委
十一中
老马渡
长途汽车站
市公交公司
一七一医院
工行浔东办
交通大厦
中国农行九江分行
长江药业公司
湖滨小区
九江站
大树下
千休所

九江市城區圖

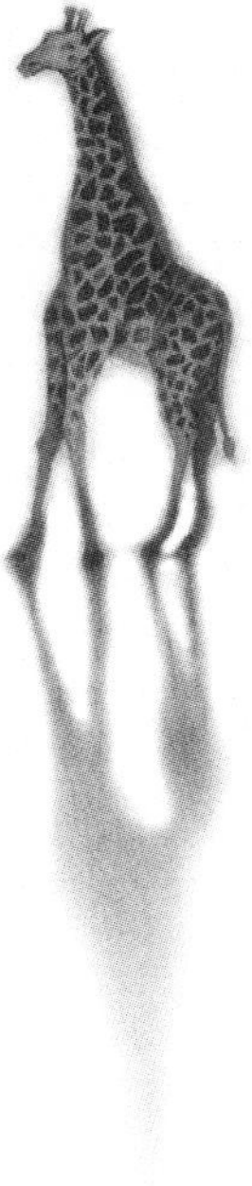

目次

1 陷落的光

我帶著我的孩兒，在一條馬路邊的騎樓慢慢走著。那條馬路，是我整個童年成長的小鎮最邊界處。馬路盡頭上接著一座橋（橋齡也相當老了），那座橋跨過新店溪通往台北。夢中的那連幢公寓騎樓，繼續往邊界走，會有一種自己腳下的地平面逐漸下陷的錯覺，其實是身旁的馬路上橋面時的緩升坡，於是車輛、機車或公車皆從你肩膀乃至頭頂拔高而去。這樣走下去，最後在騎樓尾聲一些生意清冷的輪胎行、家畜醫院、老式雜貨超商之類的商家後，終於會被一堵高隄擋住去路。我們小時候，那是一座鵝卵石纍堆基座、青苔布滿階梯的土隄。現在則是遮斷河流和對岸景觀，作爲汽車快速道路而行人無從攀爬上去的高聳水泥灰牆了。即使在我小學、中學在這小鎮各處任意漫遊的時期，這一帶（作爲這個小鎮與一橋之隔的現代化大都會的交通隘口？）皆極少晃過來，主要是，這一帶恰與我上學的動線完全相反方向，且甚少有同學家在此。反倒是上了大學離家外宿後，才以約半年爲一刻度，驚詫發現這一邊的騎樓（馬路另一邊則完全沒有改變），一間一間裝著輝煌燈光看板的「永和豆漿大王」，和半夜一輛輛違規停放的遊覽車（從中南部特地上來喫豆漿燒餅油條？），以及隨後沿著馬路主幹道概念大舉入侵的麥當勞、肯德基、麗嬰房、全國電子、LEE牛仔褲、金石堂……有一度我幾乎要以爲這個我童年浪蕩其中的小鎮，會無止境地翻新拉高，精密人工地新陳代謝。瀝青木板的日式平房拆了換成水泥房，水泥房拆了換成公寓，公寓拆了換成大廈……我以爲有一天這個小城邊界，會像九龍尖沙咀或大阪御堂津的某一街角：在極小的街區方陣範圍內，未來感十足地擎天矗立起高級飯店，百貨大樓、賣場、咖啡屋和跨國銀行……

沒想到那個小鎮，像我睜大眼看著這個世界，以爲我的身體也會那樣一直長大……不料它長到一個階段（一個神祕時刻），就停滯在一個輪廓裡不再更新發展了。它反而像從自己的體內分裂出一種造成整體衰老壞朽的髒細胞，吞噬並侵襲著有限整體的各個細微部分。於是那個小鎮界的那條馬路，兩側騎樓便詛咒般地停止在許多年前大舉出現連鎖店招牌，和愈見雜亂骯髒的舊公寓樓房。中間分隔島的鏽鋁欄杆，時不時因選舉而插滿旗幟，平時則一片荒涼頹敗。

但是這樣的一段街景，爲何不止一次地在我夢中出現（當然不是它現今的模樣）。且我總在夢裡那似乎平和悠緩的節奏、底層卻淤塞著某種無可言喻之哀愁地，向我身旁那個親愛且極重要的人物，像要他（她）爲我目擊作證般地，牽著對方一間店家一間店家地走過那排騎樓？

（看哪，這是我生命裡曾有一段時光從旁走過的一條街景。）

（雖然後來這條街往另一個不可挽回的方向變醜變壞了，但它本來不是你眼前所看見的模樣呀。）

很多年我曾夢見自己牽著年輕的妻，沉默無言地走過這段騎樓，夢裡的更多細節我如今已記不清了。但似乎我們是跑進比我出生之前更早遠的場景：那一條車流如河的四線大馬路仍是一條黑洞洞的大水溝（那個夢是在夜裡），兩邊塵土飛漫。似乎是在一次地震或颱風後的災疫現場，所謂騎樓的那一排木造平房近半倒塌，僅剩的幾個店家（其中倒是有一家用瀝青桶貼烤燒餅炸油條大鋁壺煮豆漿的老外省早餐店）卻生機蓬勃地用煤油發電機把鹵素燈燒得燈火通明人影幢幢。印象較深的是一間西瓜店，小小的店鋪裡除了纍堆淹壁的大西瓜，什麼也沒有。穿背心的夥計們用一條長木板掛在店屋地基前的水溝上，來來去去搬西瓜纍上一輛手拉板車上。

我記得那時（在夢裡）我碰碰妻，像是要提醒她別漏看了這項細節那樣地，比了比這間古早年代以前的西瓜行。

倒是帶我孩子走在這段騎樓的夢境裡，年代接近我童年時對這一帶的印象，光的感受也不是在大半夜，比較像是下班、放學之前一、兩個小時的冬日午后。有一些公車挨近人行磚道停下時捲起的灰塵氣味，和拉開前門的氣閥聲令我險險落淚。

耳邊彷彿浮現父親那讓人疲憊、不耐的描述聲調：兒啊，那就是你爸爸，小時候生長的城哪……

一眼照看過去十秒內便梭巡完成的平凡街景，其實每一個框格裡的商家，每一塊招牌、每一個細節的更動、每一個擦肩而過可能是舊識之後裔的年輕人，甚至連改換過好幾代質材的公車站牌上的老地名……都讓這個意圖將一座不存在之城的某一街角重建的父親窘困顛倒。

我記得夢中我帶著孩子站在一家店面裡，我們專注貼在一個像夾娃娃機的大玻璃櫃邊，但裡頭並未懸吊一只投幣操控的金屬手爪和一堆絨毛玩具。那玻璃櫃的尺寸要更大些，裡面活生生養著五六隻箕爪踩著穀糠搖晃豔紅頭冠來回走動著的，公雞。

緊鄰的一間廟一般的店鋪裡，更大尺寸的一個大玻璃櫃裡供祀著一隻像元宵賽花燈那樣的巨大紙摺（也許專業些該說是「紙雕藝術」？）公雞。那隻公雞自臉喙頸脖一路到羽翅腳爪，每處細節皆用不同顏色的色紙黏飾出繁複的光度變化。玻璃櫃前且置放一只小銅爐，裡面零落插了幾炷香。

我心底正嘀咕著：「怎麼這一帶全拜起公雞來了？」角落一個髒兮兮的老婆婆（我原打算向我孩子介紹你看那個婆婆前面一個一個爛盒，就是ㄅㄚˇㄅㄚˊ小時候在酐仔店五角一抽的什麼綠豆糕啦、糖番薯啦、王哥柳哥遊台灣啦、釣冰糖金魚啦，還有那種牙膏巧克力糖啦……）開口說：「那是我的兒子昂日星君。」

轟一下便就那樣醒來。

唇乾舌燥。頭疼欲裂。所有的枕頭、被子、墊毯，和我身上的汗衫全汗濕淫淫，像用水泡過一樣。

怎麼回事？腦海裡仍漂浮著近似憾悔的模糊問：「那是我的兒子昂日星君。」爲何會跑出這樣一段對白？倒是忘了問她：那我兒子是什麼來頭？他也是個啥星君或啥啥尊者之類來下凡的嗎？我家孩兒和令郎有何過節或因緣嗎？昂日星君是一隻大公雞，那我孩兒是一隻啥模樣的動物哩？

心底同時哀愁地記起，我小時讀《西遊記》，「昂日星官」的出場，那因悟空師徒有一次在某妖精幻化的道觀中，喫茶中了毒，悟空和那假道士大戰數十回合，那道士不敵，卻忽刺一響脫了皀袍，把手抬起，那脅下睜開一千隻眼，眼中迸放金光。我小時候被這個妖精的乖異幻術唬得驚駭不已，連神通廣大的孫猴子都呆站在那「晃眼迷天遮日月」的一千隻眼前面。後來是孫悟空討救兵請了個毘藍婆，用根繡花針望空拋去，破了那妖道的眼。原來那妖道是蜈蚣精變的，而那根繡花針，是用那位毘藍婆她兒子的日眼煉成的。

我記得那時悟空曾問：「令郎是誰？」毘藍婆說：「小兒乃昂日星官。」

當我醒來的時候，我總在一種悔恨悵惘的情感臨襲下，像淘洗者無法將指間流淌的泥漿攔阻，我無法將那依稀殘存的最後圖景再往前推，再喚起更多細節。那最後一個畫面如此暗喻飽滿，那個悲傷如此巨大，像噎住的水銀或石蠟在你的身體裡緩緩傾斜移動。

一定曾發生過什麼悲慘的事情。

否則最後一個畫面裡的，停格前仍移動了幾秒的那張臉（有時是我自己），不會那麼意味深長，像版畫的陰影線條那樣瞪著夢境外的我。

有一段時光，我每日開車（孩子就坐在一旁像戰鬥機彈射逃生裝置的扣鎖式兒童安全椅上），漫漫長途穿過那暗灰色水泥搭建在半空中的高架快速道路，到那幢坐落在關渡平原上的老舊醫院去探望癱瘓而意識散潰的父親。對於那個地名，我從前殘存的記憶像不專心翻過的某位畫家的版畫冊：無光害之夜海隄外全然黯黑中那些濕地上，嗶嗶剝剝神祕狂歡繁衍後代的水筆仔；或是你永遠不知道他們蟄伏布置在這個平原的何方，穿著草綠迷彩服連同坦克野砲軍用卡車運補之油箱一概漆上同等色彩斑斕之「關渡師」；或是那廟前廣場一纍纍堆賣著鹹蛋皮蛋的帳篷，廟內詭異挖了彷彿《地心歷險記》，幽黑兩側塑立著鬼物羅剎天王力士雕像的地下隧道的關渡宮。

萬沒想到有一日，我父親像一具壞毀的鐘具，被扔棄在那樣一幢建築裡——彷彿核暴曾在遠方發生，時間在這幢醫院裡失去了重量；穿著污漬白制服的醫生和護士心不在焉在走廊晃走；每一個房間兩床臥躺的老人們，全以壞毀扭曲沒有尊嚴的身體造型，像遭到污染或疸疫的蛹，一格一格地塞在這座巨大蜂巢之中。

很久以後我才想起：在那段時日，在那段我每日開車帶著我孩子往父親所在醫院移動的漫漫長途中，我和我那兩歲的孩子，幾乎是一路緘默不發一言（那本應是他嘰嘰喳喳模仿學說話的年齡）。我甚且粗心地在車內音響的卡匣裡放著無比悲傷的蘇格蘭排笛錄音帶，而非其他幼兒在他們父親車上聽的童謠兒歌或兒童ＡＢＣ……

（因爲我的父親被以如此殘虐手法擊倒，使我不知如何以一個父親的形象面對你？）

我想說不定有一天我的孩子會這樣問我：「你父親是個怎麼樣的人？」那時我要怎麼回答他呢？「噢，他是個好人。」如同他在我這年紀的時候，或是我在這孩子懂得問那問題的時候，本來必然有一些純眞的美麗的質素如許動人，後來不知怎麼回事，被時間運轉著運轉著，變成一快要解體的水泥攪拌車，呼嚕嚕轟隆隆，無法控制甩得自己和身邊全是那種黏糊糊濕答答旋即又結成硬塊的水泥濕團……那孩子將來一定不記得自己生命裡，有一段時光，每日像紅倌人被打扮穿戴，瞌睡懞懂間被他的父親開車載去極遠極遠的一處地方，在一個垂死老人的床榻前唱歌跳舞（極短暫地），然後被獎賞一根麵包超人或黴菌超人棒棒糖，再迷迷糊糊地原車載回。這樣帶著孩子，千里迢迢趕赴父親的醫院，似乎只爲了像一對父子檔的流浪藝人，在病榻前來上一段才藝表演（當然主秀者是我那兩歲半的孩子）。「來，阿白，念一段小老鼠給爺爺聽，快來，小老鼠……」

「小老鼠，上燈檯，偷油喫，下不來，叫爸爸，爸不來，叫媽媽，媽不來，鏘鈴匡啷滾下來。」

「好棒，拍手。」（孩子自顧自地拍手。）

「好。接下來，爺爺，阿白要背一首唐詩嘍……」

「清明時節雨紛紛，路上行人欲斷魂，借問酒家何處有，牧童遙指杏花村。」

「拍手。」

「牛來了，馬來了，張家姊姊也來了；牛去了，馬去了，張家姊姊也去了。」

「好。拍手。」

但是漸漸地，孩子對這樣窮開心的自演自唱不耐煩起來。他開始像融化的黏皮糖從我架住兩邊胳膊，病榻旁的塑膠椅上扭著滑著掙脫。父親像一隻巨大翻仰的蜥蜴，皺摺疊堆的眼皮蓋著只露出一條縫的眼珠，那眼珠左右來回快速移動著。那麼父親是置身在一個無比深湛的睡夢裡？他睡得那麼深沉，像那兩道眼縫，通往一個極遙遠極遙遠的道的另一端。他會聽見那細微渺遠處傳來的，在我半哄半強下那孩子的僵硬演唱嗎？

孩子慢慢不認得這個遍插管線，爬蟲類化石般的老人了。（我哀傷無奈地對妻抱怨著：「咄，是個沒心肝的孩子哪。」）之後要策動他在床邊唱歌跳舞（我有時亦自省這樣做的意義是更近似毛利人的戰舞或那些童乩的招魂舞）一次比一次艱難。我像飲酖止渴地在走進醫院之前，必須先到一旁便利超商買一支麵包超人巧克力棒棒糖或小汽車糖或小販賣機糖……，病榻前安排祖孫間的對話，也不再是那孩子乾巴巴不耐煩地背一些唐詩童謠，而是充滿感情地問（我設計的）：

「爺爺，待會我可以喫這個糖糖嗎？」

「爺爺，我可以去坐那個小蜜蜂和歐多嘜嗎（醫院樓下一個老舊凋零黃昏市場店鋪前放的十塊錢投幣搖晃並播放兒歌的玩具坐騎）？」

奇的是，父親總會在深沉的睡夢裡，有求必應地微弱點頭。

有一次，我帶孩子從父親那幢老舊醫院出來（剛經歷一場夾雜威嚇與哄誘的混亂演出），兩人愣站在自動門打開後的獵獵焚風裡，一時之間我想不起自己是暫停在哪一段旅程之中的某個時刻。（我正站在一幢坐落在一塊下陷中的濕地的醫院，而這幢建築裡躺放了上千個像乾涸喘息等死的彈塗魚一樣的老人。）後來我第一次沒有拒絕孩子的提議，帶他到一旁一個老舊髒亂的社區公園去玩。那個公園的存留，似乎只是爲了展演「活生生的衰老」，某種層次繁複的裝置藝術或小劇場之類的表演區。那些住院的老人，一輛一輛金屬骨架輪椅由印尼女傭推出，排列得像某種古代巨大海底甲殼類生物那樣靜坐著曬太陽。在他們對面的石凳上，舊報紙蓋面一身尿騷酸臭仰睡著的，是附近的老游民們。這個社區公園裡，從塞爆的垃圾桶周圍，涼亭裡的石桌石凳，鋪開的小鵝卵石腳底按摩小徑，到孩童們遊樂的磨石水泥大象溜滑梯和蹺蹺板……，到處都積結著一種黏糊糊的，讓人從心底產生憎惡情緒的黑垢。我很快便覺悟到那是來來去去人們留下的小便陰乾後的漬跡。那是一種怎樣的、徹底厭棄的景象呀。（在無光害的夜晚，一個老游民從他窩睡在一起的同伴堆中站起，搖搖晃晃爬上大象滑梯，從褲襠掏出他的髒雞雞，對著那磨石滑道汪汪滋滋地撒了，一大泡蜿蜒流下的尿。）

我的孩子忙不迭地在三隻底部裝了彈簧的摩托車、小海豹和蝸牛的搖晃玩具坐騎間爬上爬下。這大概是他整趟乏味的旅程中唯一的一段快樂時光吧。後來他又跑去一個想像中是城堡狀其實是用上紅漆的鋼筋焊成一格格正方空框的大形結構體（像魔術方塊一樣）裡。當他躲進其中一個金屬框格中時，他蹲坐下來，想像著那是一處四面環壁的遮蔽房間，他對我說（那是記憶裡這一長段時光，我們之間比較像父子關係的對話）：「爸爸，你看不見我。」

是啊。我看不見你。我對他說。你到哪去了呢？但是這時，我看見另一個男孩——約比我的孩子大個兩歲左右，這也是我在這公園裡除了我和我孩子外唯一看見的不是老人的生物——像長臂猴一樣矯捷靈活地在那些金屬框格間懸吊擺晃，他發現了我的孩子，快速地自這座不存在城堡的塔頂攀爬下降到我孩子蹲坐的那個框格邊。

我的孩子瞇瞇笑著對隔壁框格的男孩說：「你看不見我。」那男孩愣站著，眼睛骨碌碌地轉，我試著幫他們傳譯：「他說你看不到他。」

突然地，像只是爲了證明那些櫃格之間隔阻的不過是空氣罷了（而不是強化玻璃或磚牆），那男孩開始伸手毆擊我的孩子，他一言不發地打他的頭，掌摑他的左耳，並攥住他的頭髮往那鋼筋上撞，然後——在我來不及反應和我的孩子驚嚇呆坐在那框格裡來不及嚎哭出聲前——以同樣靈活的身法擺盪移動，離開那座大形結構體。

那時，彷彿支撐著整個世界的艱難支架終於折斷傾倒，我像那個穿越不同夢境而將夢的稠液色彩全和液態變形的身體和混在一起的美洲豹：當所有的容貌都因穿越時的介質變化而無法辨識時，只有一種巨大的憤怒，能將那些包裹住它的麥芽糖物事，衝突拉扯成凝固前所能到的最遠形狀。我把開始大哭出聲的孩子扔在身後的金屬框格裡，像開啓全身肌肉最肉食暴衝的扭力彈射出去，在水泥大象的肚腹下將那攻擊我孩子的男孩攔截撲倒，我的口中發出一種不屬於人類的絕望哀鳴。然後，當著那一尊尊被詛咒的大型西洋棋子般的化石老人面前，一拳一拳，且拳拳入肉地，狠狠毆打那個陌生且幼小的人類。

2 在途中

我總是聽人們（那些空難、車禍，或遭恐怖分子攻擊的遺族）淡淡地說：是啊。那天出門前，特別覺得天氣怎麼這麼好，如果那時沒讓他出門就好了。

是啊。因爲是那樣封閉而無從表達，所以被記下的常不是事件本身，而是事情發生當時，一些過度明亮的光照，一些默片般人們張合的嘴，或是環景三百六十度拍攝的，詫異又妖魅的，每一處靜物之細節。

日後總是反覆播放、齧咬著你的悔憾與驚懼。

我記得那天清晨，我和哥哥送父親到遊覽車集合處。父親坐在我駕駛座旁的位置，像一個要出門遠足的胖孩子那樣地興奮難掩。

我不斷叮囑他要小心，他則近乎討好地敷衍我。沒問題的！同團的人會照顧我的。他且要我哥有空把院子裡那株龍眼樹鋸鋸修修。

我們扶他上遊覽車的高陸台階時，我清楚發現那一車所謂的「老人」（先前旅行社告訴我們這一團裡大多是老人）至少都少他十來歲。他們沒有表情但認真地看著我們，似乎在想：「狀況這麼差的老人，怎麼也送他一個人參加這樣的出團旅行？（是不是有點像《楢山節考》之旅？）」

我那時心裡只是煩躁地擔心：他會不會像這後來幾年那樣，夾纏不清地抓著某個團友，叨絮他那些早已散潰顛倒的陳年爛帳？

那樣，靜默地，彷彿失聰了半輩子的人，不敢置信地，「看見」（他並不能理解那是聲音鑽進他已枯癟萎縮的聽覺細胞）在大片大片玻璃燦亮耀眼的光幕拼疊中，有一陣微弱遙遠，像水波搖晃的細微物事，抖顫哆嗦而來。

那樣地，豎耳傾聽，在漫漶淹滿的整片強光。

你不知道在那個如高級水晶杯輕微搔刮的高音階神經質時刻，曾聽見了什麼？發生了什麼事？那時我正帶著只剩一個月即將臨盆的妻子，和我們兩歲大的孩子，在花蓮一家飯店的室內溫水泳池的玻璃帷窗圓頂建築內。我們計畫這趟旅行很久了，（作爲我那後來無法實踐的鐵道陌生小鎮之旅的開端？）一切順利而美好。我們在飯店餐廳用過了免費自助式早餐，妻提議說我們帶孩子到飯店內的溫水泳池去看看嘛！

那時（後來我總錯幻跳接著「那便是事情發生的時刻」）我在池水中若有所感，蹬立而起，發生了什麼事？狐疑地、忐忑地，繼續將兩手往前探，身子傾倒在水中。不協調地划水、踢腿，嘬嘴將從眉骨沿兩頰鼻梁流下的水流用力噴氣吐開。那樣全面地感到身體每一處關節、肌肉、脂肪堆積處的掙扎扭動。

眞的沒有發生任何事嗎？

耳際只聽見如此迫近的水波晃動的沉鈍音響，另外還有表面的水花被擊破時的嘩嘩聲。

整個泳池，除了我，只有兩個老人（他們的肩膊胸和短小的下半身不成比例地寬）以標準流暢的姿勢，像賭氣比試那樣地，來來回回在五十公尺標準泳道無聲地游著。我則笨拙地，在泳池中線架著一面類似排球網的下方，游游即嗆鼻甩頭地立起，再鼓起勇氣沒入水中那樣分成好幾段地橫渡著。

有時極遙遠地，聽見妻（她穿著孕婦裝）帶著兩歲大的孩子，在泳池旁的塑膠大象充氣式淺水池玩水，孩子從滑道落進水中時，驚詫歡快的咯咯尖笑。

有幾次我攀爬上岸，靦腆羞愧地走過池畔坐在躺椅上的救生員（恐怕十幾年不曾這樣將自己中年變形的身體暴露在這樣寬敞的公眾空間了）。走到妻和孩子的身旁，妻正專注地拿著V8拍攝那幼獸玩水的畫面。我訕訕地想不出該和他們搭幾句什麼話，遂又駝背縮腹地走回泳池，跳入水中。

那樣又游了四、五趟吧。全然的漂浮（好多年了，那樣陌生的雙腳離地的感覺）、氯化物消毒水的氣味、湧塞在四周睜不開眼的幸福亮光，還有腳趾踩在池底瓷磚那種冰冷異質的觸感……。

後來我對妻說回房去了吧！我帶著孩子穿過一間有三溫暖、淋浴或spa的男子更衣間（飯店將它設計得好像機場出境的通關偵測儀器走廊那樣地空寂科幻）。我用大浴巾將孩子和我的身子擦乾，半哄半強地用他們備好的吹風機將孩子的頭髮吹了吹，還用棉花棒掏了掏耳朵，然後幫孩子換上涼鞋和短褲。

走出那個室內溫水泳池，妻笑吟吟地站在走廊的電梯前等我們。

回到房間，電話鈴正在響，拿起聽筒，是妻的小妹從台北打來：「……你們到哪去了？手機怎麼都沒開？大陸那邊的旅行團打電話來，說駱伯伯在九江小腦大量出血，現在病危……」

孩子

大江健三郎在他的《小說的方法》第九節〈荒誕現實主義的意象體系〉中引述了《卡拉馬助夫兄弟們》那個惡魔意念纏繞的伊凡對著聖子般的阿萊莎說的一段話：「……如果孩子們在這個世上和大人一樣喫苦，那一定是因爲父親。他是在代替嘗了智能之果的父親受罰。……你聽著，即使所有的人爲了贖回永遠的和諧而必須痛苦，爲什麼偏要孩子承擔呢？爲什麼孩子也必須痛苦呢？爲什麼孩子也要靠痛苦去贖回和諧呢？」

大江並列舉了「拯救者常常是以一個孩子的形式出現在神話裡」，四個關於「幼兒神化形象的前提條件」：被棄之恐怖、無敵意識、兩性化意識，以及「幼兒是生與死的有機結合體」。

我試引一小段關於這第四點的說法，大江說：「幼兒表現了開始與終結，他們是轉世的新生命，也是終極的，這是一種活著的時候就可以預見到死後生命狀態的無意識性。孩子作爲從無意識的整體當中誕生的生命，體現了『開始與終結。』」這段文字讓人覺得恐怖、陌生且科幻。讓我想起讀過類似《閱微草堂筆記》中敘述「某一嬰，初生即吐成人語，眼神亦如老叟，詳述前生事，歷歷如繪。過四歲，始漸忘之，與一般孩童無異。有好事者按其言暗訪，果如其述有一鎮一莊一人家。人物無有偏差，聞來者告，皆大哭，云家翁逝去經年，不想已轉世爲人，且不忘前生事……」我想到我曾在京都西北郊嵯峨野山上一亂葬墳坑，見到幼兒之墓即自心底湧起之巨大哀愁。

幼兒之死與老人之死。那其中召喚之悲感，是兩種完全不同的時間計較。老人之死，我們哀逝著那即使以快轉影片播放亦綿長不及備述的生命全幅圖景。幼兒之死，則是驚詫不忍那形體尚未開展變貌前的純潔。

我想起初學小說時，爲了戲劇性的迫力而將父親在故事中虐殺；或我亦曾炫耀性地以電腦電玩遊戲「救父親」（一路殺伐到魔界將死去的父親救回）的開閉故事窗口之形式，切換進父親這荒謬一生的決定性時刻；最後這幾年我發現父親老化成某種礦石化的爬蟲類，哀傷而固執地只抓住我，鉅細靡遺地反覆訴說他這一生許多不同時刻的回憶。他甚至後來在翻讀我的小說時，也不再像幾年前那般，爲著我任意竄改扭曲，讓他變得乖異滑稽而勃然大怒……（除了我，他不再對別人回憶了）。

我記得那時我亦曾自心底湧起一種近乎憤怒的迷惑：你把你這一生的記憶，像一桶一桶的核廢料貯放進我靈魂的地窖裡。那我自己的「逝水年華」呢？我青春年代遭遇的這些人那些人呢？

這樣地，提早在故事裡，作爲那個「救父親的孩子」，有一天，事情竟眞的發生了。像故事老人與無意識孩童的拯救時刻被倒轉過來。我眞眞實實地要趕去一陌生之城將父親救回。我的妻子那時僅剩一個月就將臨盆。像著魔念著某種咒語似地，我與母親在機場各自買了八百萬的災難意外險。（如果我和父親一樣在異鄉遭難，我那二歲大的孩子和妻腹中的胎兒，不可能像我那樣背著戰鬥背包前來救我吧？）

「救父親」意味著什麼？（像目蓮以願力和錫杖頂住即將合上的地獄之門？）那像是在一個不斷灌水下沉的船艙裡滿頭大汗地搶救一台仍在放映中的投影機。那台機器如此老舊，正在熾亮燈泡前軋軋轉帶的膠卷暈黃發霉，且發出隨時就要報銷的焦臭味。

那是一次沒有拷貝帶的放映，包括影帶、放映機器、放映的這個房間，以及影帶中的情節都會在放映終點全部消滅。

我想那就是「救父親的孩子」的心情吧。他總不願相信，「已經到了這卷影片播放完畢的時刻了」。

發票

整袋對過末三位數字而悉數損龜的發票，這次它們並未如往常那樣在數字的逡巡疊蓋後成爲整批無用的垃圾（廢紙及上面一串列一串列，像中了炭疽熱而枯萎的數字）。有幾張因爲記載的日期，商家的地址，以及所購買之物件，被我無比沉痛無比珍惜地挑揀出來。

第一張發票是八月十五日十九點二十七分，開票者是台鐵停車場，消費金額五十元（就是一小時的停車費）。

第二張發票是八月十六日九點三十八分，店名正興的統一超商，消費品爲：寶吉果汁QQ糖葡萄口味、統一 H_2O 純水三罐、Air Waves超涼口香糖、唯新小方乾、盛香珍椰果荔枝、高岡屋六東海苔兩包。

那被記錄下的動線和凍結時刻是這樣的：一開始我們想到台北火車站買第二天一早直達花蓮的自強號（中間只停靠三站）車票。但當我們在忠孝西路、鄭州路與重慶北路的堵塞車陣間，好不容易找到車站西側的平面停車場入口，狼狽不堪地和孕婦妻子及孩子穿過空曠的火車站大廳，售票小姐卻告訴我們，現場只賣當天車票，預售票需透過電話語音訂票系統……於是荒謬地，我們在偌大的火車站裡找公用電話，問一〇四查詢台鐵的訂票電話……

後來忿然決定自己開車下花蓮（去他的鐵道幹線之旅），第二張發票記錄的即是第二天早上，準備上北宜公路之前，在便利超商補給的「駕駛提神咀嚼食品」。

第三張發票是八月十六日十五點二十八分，店名太魯閣的統一超商，消費品爲：Cartier 超淡菸零點一、多喝水二千CC、汽球一包、維力大乾麵（紅油擔擔）、晶晶卡通橡皮糖、卡巴奇蒂草莓棒、盛香珍優果園（柑）、大補帖當歸鴨細麵、海尼根啤酒三百三十CC、菲律賓芒果乾、翹鬍子小洋蔥（綠）……

完全將那時的心情表露無遺，六個小時穿過北宜、蘇花的疲憊趕路，在將要進入太魯閣峽谷前的一次停頓休憩，那些鮮豔紊亂的零食，完全就是經濟窘迫的年輕父母，將要帶小孩進入一間他們自己亦畏怯陌生的豪華飯店，刻意想塡塞的一種度假歡樂氣氛，以及一種「進了山裡的飯店，東西一定貴幾翻，不如自己先買好晚餐和下酒菜吧」的小氣計較心態……

第四張發票是八月十六日十五點二十九分，也就是上一張發票的一分鐘後，店名爲同一家，消費品是 CHOYA 迷你蘇打梅酒。像是提著一整袋零食上車後，幾番猶豫，對著妻子叨念「今天晚上眞要好好放鬆喝他兩杯」的丈夫，再衝進超商打開冰箱的門。

第五張發票是一天後了，同樣是那家太魯閣的統一超商，時間是八月十七日的十三點零八分，消費品是康貝特二百P、統一 H_2O 純水六百CC三瓶、鮮奶年輪、 Air Waves 超涼口香糖。

除了我自己，誰能看出這張發票和上張發票間，發生過什麼巨大的變故？同樣是便利超商的零食，那時已是在飯店接到通知父親病危的電話，我又打了電話回家安撫母親，並決定趕回台北，第二天和母親趕搭一早的飛機到江西（旅行社正在幫我們辦台胞證及訂票）。但是在匆促退房後，首先我必須要心智不亂地帶著懷孕的妻子和小孩，穿越那兩段蜿蜒漫長的險惡山路，和橫擋在中間的六、七個小時……

我記得那像夢遊般的六、七個小時裡，我彷彿無止境地在大彎度的山路裡打轉，偶爾有鳴喇叭的大砂石車超車過去，眼前的景象全是一片調暗了光度的灰色：灰色的大型水泥公司的煙囪、灰色的路面、遠處灰色的海洋……

疲憊但好強地抓著方向盤，左彎，右彎，沿著懸崖公路狹窄的白漆虛線曳行，無法穿透的灰暗，心底有一個聲音：父親，不想我竟以這樣無趣重複的迴旋形式，進入你的死亡時間哪……

這許多時日過去，父親「轟然一聲倒下」這件事，已經從「某日清晨在東部山裡接到父親在遙遠異鄉猝死消息」的猛烈打擊，移轉成一緩慢而繁複的景象。但我對這整件事存留在腦海裡的最初簡化的記憶，竟就是暈眩欲吐地在那無止境的灰色畫面裡駕車盤桓。在那畫面裡我的臉部線條僵硬，像要抵抗著巨大的睡意。（不停地轉啊轉啊。）妻子在後座扶著自己隆起的大肚子，孩子則像是把開關按掉的玩具蜷伏地睡著。他們的臉孔都不見了。

「該死，不要睡著了。」這樣自言自語著。

後來我們的車子終於進入蘇澳。仍是灰撲撲的水泥公司的巨大鐵塔、煙囪和堆成山的石灰和碎礫。一進入平原，手機收訊恢復，電話便一通接著一通來。先是姊姊的，問我們到哪裡了？然後是岳母的，妻在後座講著講著便啜泣起來，然後姊姊又打電話來，說哥哥無論如何都找不到他的港簽和台胞證，旅行社那邊問我的港簽和台胞證過期了沒？我和妻討論一會，確定我的港簽沒有問題，但台胞證（距我們上回去大陸已五、六年之久了）似乎鎖在銀行保險箱，第二天是周末銀行沒開，而我們第二天一早便要趕飛機去南昌，恐怕要有別的方式。姊姊又打電話去旅行社問，然後打來，說決定哥哥不去了（留守在家顧阿嬤）。至於我的部分，旅行社的陳經理說我不需要台胞證了，到時可以轉飛海南島辦臨時台胞證，可能是我、母親和陳經理一早共同搭機到香港，然後他們直搭十二點的飛機到南昌，我則獨自轉到海南島辦落地簽證再搭四點的一班飛機飛南昌。事情就這樣安排好了，我問姊姊說媽的狀況還好嗎？姊姊說還好，她表現得蠻堅強的。

但是待我們的車開進宜蘭市區時，妻的妹妹又打電話來，說剛剛他們（我岳母、舅兄和她）到永和家裡看望我母親（致唁），他們且包了五千塊給她，她說我母親話沒說兩句就哭了，她要妻替我多打點一些隨身的藥品、聯絡電話、隨身衣物和美金。她怕我母親目前的精神狀況恐怕很脆弱且混亂，我們不知道大陸當地是怎麼樣一個狀況。（後來在機場，母親打開她的行李包囊給我看，裡面有一部《金剛經》、《地藏菩薩本願經》、大悲水、大悲被、父親的一套衣物（作為壽衣？）和他的黑白證件照，還有一塊避邪用的檀香木。再就是她自己的換洗衣物和護膝。）

於是我們在宜蘭大街上一家屈臣氏買了一打紙褲和紙襪，旅行用牙刷牙膏、一盒伏冒錠、一罐征露丸、一盒頭痛藥、一包外傷急救包，甚至還買了中暑脫水後的食用點滴水泡劑，我還抓了一罐小善存。

（也許我和母親，不約而同但不願去想像地對這趟遠行，設定的天數——不論是趕去處理後事或將父親奇蹟般地搶救回來——以母親請假的天數或我預估妻預產的時間，皆不過一個禮拜頂多十天。當然我們那時都把事情想得太簡單了。）

那時妻突然想起，她嫂嫂曾說過，就在我們經過的這條擺滿攤販的巷道進去，有一間「五十年老店」的米粉湯切阿麵非常好喫。我們便把車鑽進那擠滿賣塑膠皮凳、鐵鍋不鏽鋼鍋，塑膠桶盛著一大把一大把玫瑰、向日葵、百合或淺紫桔梗的花販，各式水果和金紙香燭店家的市集裡，把車停在一家兒童安親班的門口，在一處騎樓的轉角，尋到了那間窄仄老舊的老麵攤。站在滾水鍋爐前下麵撈麵的是一對老阿公阿嬤，麵攤前的鋁製平台上色彩繽紛地堆滿了動物的內臟。妻各點了一碗米粉湯和切阿麵。還切了一碟沙魚、一碟灌腸、一碟肝連肉。麵攤後面的店面不滿三坪，放了三張摺疊桌，我發現坐在我們身旁的全是和老闆同歲數的七十歲以上的老阿公老阿嬤。

我一直想要找到一種純淨而數學性的結構，把我作爲父親、母親的兒子，以及作爲妻的丈夫或妻家的女婿，這兩個光影割裂的世界完美地描摹出來。但我發現我生命裡最盛年的幾年全像在這擁擠市集裡打轉，找尋某些別人記憶裡的街景，或是他們證據確鑿對我描述的某個「曾經存在的所在」，日子就這樣兒晃過去了。突然之間，父親倒在他的旅途中。而我重新坐在這群與父親操持不同語言的老者中間，口不能言，但我完全聽得懂他們在說什麼，我坐在那兒，只覺得晃晃悠悠。在那個麵攤的對面，是一所小學校園裡擎高至半空，蓋到一半的學生活動中心，藍白條紋的塑膠帆布繫在鷹架上，被風鼓脹得哆嗦響。有兩個戴白色膠盔的工人，赤膊著吊坐在高處突出的裸露鋼筋處，拿一支銲槍噴燒著什麼，遠遠望去，那高溫藍白色的燦亮光束很快就散碎成一些紅色的小火星，垂灑下來。我記得兒時每經過路邊有鐵工戴著鐵面罩在銲燒鐵窗或鐵器時，我母親總要我別過臉去，不准我直視那光焰最照眼奪目的核心，「會得青光眼。」於是我像想起什麼，要我的孩子別過頭，不要好奇跟著我盯著那遠處兩個小人手中噴灑的火焰。

那個畫面那麼熟悉又陌生，身旁的老人們安心舒愜地交談著（他們那麼確定這裡是他們的故鄉），他們的聲音充滿孩童式的驚奇和頑謔，左一句右一句，完全無法形成一片嗡嗡轟轟的背景。我記得我曾經差點接了一個專欄，那時我設計著如何去持續爲期一年的固定形式，我想出一個點子：就是我每個禮拜固定找一天去搭火車，無目的地，隨意在某一站下車，在那火車站周圍一帶晃晃，速寫那像黑白照片或木刻版畫的小鎮即景。後來那個專欄不了了之，我便也從未進行這「每個禮拜搭一次火車，在任意一站下車」的計畫。

我就要遠行了。我心裡想著，這是我的妻兒們替我餞別的最後一頓。也許從此我就是眼前這單薄一族裡的家長了。我不知道那是怎麼回事？我覺得多少該交代妻一些諸如「我不在的時候……」「妳自己要注意安全……」或是「妳回娘家住的這些日子，不要和誰誰誰嘔氣」，或要按時去產檢或我們養的狗妞妞到時拜託我哥餵一下，或是幫我打幾個電話給哪些人，告訴他們我家裡出了這樣的事……之類的瑣事。但我數度開口，卻又頓住。妻靜默地用筷子將油麵從漂油蔥的湯裡撈起，捲成一團，一小口一小口地哄勸著一臉惺忪的孩子喫。她的肚子已經非常大了。偶爾她會拿起桌上的粉紅色餐巾紙擦擦孩子的嘴角，再擦擦滴在隆凸的孕婦裝上的湯漬。那一切使得在這陰暗店家裡的（那些老人們環坐在側）母子仨，顯得無依而邋遢。

但我似乎已不在那個畫面中了，因爲「某件事」致命地發生了，我的旅程尚未開始，我已提前上路，無法挽回地，我已置身在一幅一幅，因缺乏理解和感性而注定殘缺的風景裡面。

途中

我萬萬沒想到這便是父親的「死亡場景」。

大街上日光裡那些像鬼魅般的人群。他們弓著背騎著三輪板車。女人們穿著廉價的洋裝裸露著她們的黝黑臂膀黝黑腿肚。賣水果的攤子。奇形怪狀的瓜類。一纍纍剝去了皮像鴕鳥蛋的白殼椰子。水梨一公斤一塊五，葡萄一公斤一塊六。水果個體之間的差異較路上那些光著膀子和乳房，殺氣騰騰的男人們的臉要大些。

筆直的，像飛機跑道般伸展向地平線的公路，開了許久仍只有我們一輛計程車，兩旁的椰子樹林搖曳生姿，但你看不見那樹林的裡面是什麼。這是一條硬生生穿過叢林開出來的機場公路。沒有分岔路，沒有紅綠燈。孤獨地、筆直地、單調地往前開……

陽光曝熾如融膠，穿著淺藍和白色迷彩夏威夷衫制服的的士司機卻無論如何不肯將冷氣打開。震天價響的兩粒音響喇叭在後座我與母親的後腦鞭捶著甜蜜腴軟（眞不可思議）的仿鄧麗君腔鼻音的歌曲：「……三百六十五個日子實在不好過，你心裡根本沒有我？把我的眞心還給我……」

這是在海南島的海口機場。這只是一個過境。因爲我的台胞證過期，香港趕辦不及，所以旅行社（就是父親出事所參加旅遊的那家）的陳經理臨時決定由香港飛海南島（可以落地簽證形式辦臨時台胞證）。但是當我們在出關閘口前的一個（好像很多年前在台中火車站角落的憲兵哨站）簡易的櫃檯前，向一對穿著解放軍裝的男女辦好了臨時證件，卻發現我們身上沒有半張人民幣，交不出那手續費一百元。貼身腰包裡簇新的美金全是之前在中正機場換的百元鈔……後來決定由陳經理先出關換了人民幣再折回來給我們……一切如此繁瑣、拖延，無法省略跳過。

我心裡想：這正是一個奔赴死亡現場的途中。父親正在一個陌生遙遠的小城破醫院裡孤獨地、逐漸地死去。而我們卻無法如噩夢中總是一個場景跳接到下一個場景。我們無法省略那疲憊漫長、手續繁複的中間過程。我們必須登機，向微笑的空姐說哦不用了我不用餐了謝謝、出關、入關、補位機票、兌換外幣、在空調將體內水分吸乾的機場大廳等待冗長的轉機空檔……

當我們矜默地待在那作爲「趕赴父親死亡現場之時光機器」的飛機上時，那些小孩拿著裡面裝著發光紅燈的彈力球亂扔到後座；前座的大陸商人拿出手機和接機之人哈啦；一整排人擠在機艙走道上像等公廁那樣等著上空中廁所（總算並沒有人掏出菸來抽）。空服員拿著一包像小時候在酣仔店買的一元一包的牛肉乾（我小時候聽玩伴說那是樹皮去醃辣的）分給大家……一切恍若置身兒時隨父親（他那時猶壯年）出遠門的公車場景。當我們想省去那中間隔阻的空白時光，機場的喇叭卻以溫柔女聲廣播：「……很抱歉地通知您。原定四點起飛由海口經南昌往北京的……班機，因爲機械故障的緣故，將延遲至晚間七點三十分起飛……」。也就是要在這裡待上七個小時。

陳經理帶我們搭計程到海口市一個酒樓用餐（以打發那憑空多出來的漫長時刻）。那個穿藍色碎花襯衫，像印尼人的排班司機，一路在那高熱和巨響（鄧麗君之後更令人詫異地換上「阿里山的姑娘美如水啊……咿呀娜嚕荷嗨呀……」）的車廂裡對我們進行「統戰談話」。但皆被陳經理用粗暴的態度讓他閉嘴。後來那傢伙大約也負氣了，當我們的車開進那曝白強光裡筆直空蕩的市區馬路時，他居然指著另一道一輛拖著運菜車的軍卡車，恨恨地說道：「現在加強戰備嘍。」陳經理熱懨懨地問：「什麼意思？」他說：「我們領導人不是說了，台灣不能搞獨，一獨，就打。」

車經過陳經理指定的酒樓，他卻不把車停下：「這個不行，這個不好。」他說他帶我們去一家他認識的酒樓，保證好……，那時我不知自己從哪勃衝而起的巨大憤怒，粗嘎著聲在後座大吼：「叫你停這就停你還開什麼開？」

我以爲陳經理會打發他開走，回程我們另外打車（一路上陳經理厭煩又憎惡地和那傢伙鬥嘴的過程，使我確定他是個具強烈情感的台獨主義者），不料他們倆一陣磨蹭殺價，最後決定只以單程價加上五十元人民幣讓那司機在酒樓外等我們，事實上當陳經理帶我們母子走進那間把金漆鏤花木頭畫框的巨幅鏡子裝飾在四面牆壁的酒樓，在出境大廳一臉哀戚迎上來的表情（「是駱太太嗎？發生了這樣的事……我們很抱歉……」），那面對受難家屬（或未亡人？）的克制與矜默，某種緊綳的什麼，突然像煮物一般鬆泡而腴軟，全散掉了。那間酒樓除了我們，竟空寥無有一桌餐客，芳香劑的空氣裡暗示著一種，似乎這裡已是這個貧窮市鎮，對縱情聲色最可能之旖旎意淫之所在。但桌面如此黑膩油滑，燈光如此晦暗。他似乎是這裡的熟客，那些午睡中一臉睏容的女侍們，從大屏風邊的樓梯或散拉開的餐椅上站起，拍打著她們高衩旗袍下皺鬆的絲襪，有個嘴乖的湊了上來：「噯陳經理，你怎那麼久沒來我們這啦？」這裡的女孩，有一種想像中當初越戰美國大兵眼中的越南女孩味道，那麼廉價卻又如此美麗。原先在街弄裡挑著爛水果攤子的，年輕的胴體，初初陌生又羞赧地穿上那些剪裁合宜，材質高級的薄襯衫，窄裙或直撩可見腿根的亮片旗袍……裡面則是發育不成熟的女孩氣味，溫馴而被不成比例之資本主義場景，任意拗扭的安靜身體。

我慢慢揣摩出他們之間相濡以沫的共生關係：陳經理和那個穿夏威夷衫的的士司機，或是和這些穿著制服的女孩間的關係。他們彼此憎恨蔑視對方。但不得不帶著一種受傷害的粗魯敷衍著對方。這些蒼蠅飛舞的酒樓、機場招呼車不開冷氣的車廂、還有班機永遠延誤的候機大廳，對我和母親這樣的人，只像一個曝光而景物草率的夢境，那裡頭的人只是夢境裡驛站擺設一般的道具。對陳經理來說，他們卻像他的親人，他必須像不斷重播的噩夢，每一個月，每兩個月，永劫回歸地和他們碰面。他一臉疲憊地點了一桌十幾道大菜（雖然我母親不斷告訴他我們喫素且現在實在一點胃口也沒有），那個場面變成我們母子靜默地看著他一人孤單地嚼著那些大魚大肉蝦子和貝類並自斟自酌當地的冰啤酒。他臉部的線條變得僵直憤怒，不斷把那些美麗腿膀的女孩們叫來痛罵：「這個雞肉是什麼時候做的？根本就餿了。」（她們則蠻不在乎地向他陪罪），幾乎每道菜都喫個幾口就推開不要了。我被他這種莫名擺排場來糟蹋對方的氣勢弄得躁鬱不已。這個在台灣的機場大廳，無論如何看去都顯得平凡木訥的中年男人，是什麼力量讓他換個場景就把自己變得如此巨大？他說：「我被大陸人騙過好多次……」但那時我已沒在聽他說話了。

凝縮的悲傷在這樣的拖延中變得茫然呆坐殺時間。

我記得前一天，我和妻和孩子初聞噩耗時從花蓮一路趕回。在北宜公路小格頭段（剛過坪林）下了一段崎嶇山間小路，那條小路可直達烏塗窟。從前（約十年前吧）父親雙腳猶健朗時喜歡由烏塗窟步行爬這段小徑，然後在一間小土地公廟歇憩。我陪他爬過幾次。他會指著上坡告訴我：這裡的人告訴他，順著這條路一直上去，可以到北宜公路哪……

那時我經過那間土地公廟，停下車，把妻兒留在車上，獨自鑽進那破敗小轎般的神案前，點了三炷香。案上供著三尊土地公（奇怪不是福祿壽三星，而是三尊一模一樣的土地公），笑臉吟吟地看著我。

我記得我走出小廟，坐在坡坎邊抽了根菸，像是對自己又像是對這三個與父親是舊識的低階神祇說：

「從此我是孤兒了啊。」

女嚮導

我們到達那間醫院時已是深夜。轉機、到海南島辦理落地簽證、班機誤點……及至終於飛機降落南昌昌北機場，距離九江市仍要兩小時車程，當地旅行社派了一輛年份頗新的九人空調小巴來接機。後來我才知道：開車的那位就是那家旅行社的老闆，駕駛座旁的中年女人則是這次帶父親他們那個團上廬山的地陪——我第一個印象是覺得這兩個大陸人很場面，他們熱絡熟乎地講了許多「唉啊發生了這樣的事您做家屬的一定擔心死了」「噯一早就從台灣趕過來那多遠的路啊」「沒問題的待會兒老先生知道夫人和公子這樣千里迢迢地趕來，說不定就好了一半，明兒個就下床走了」。這樣一路在漫無效率的機場乾候，完全沒有任何訊息管道知道父親目前的狀況（一天前我們收到旅行社的輾轉通知是：小腦大量出血、病危），母親的背包稀奇古怪地塞了一些〈往生咒〉、被子、淨水、引磬、檀香、父親的黑白證件照這些預備處理後事的物件……，遇見這樣他鄉陌生人的溫暖慈悲，真的是險險感激落淚。雖然相較之下，我們或因被不可知而漸漸接近的死亡真相襲擊，恐懼茫然而顯得沉默而陰鷙。

我瞪視著車窗外深沉的闃黑，那全然不同於你熟悉的台灣機場入境後夜間高速公路的燈火輝煌。你不知道那視力無法穿透的黑暗後面還有什麼。我很想從那兩個大陸人口中多探聽些父親此刻的情況（他還有意識嗎？有救嗎？這裡的醫療設備怎麼樣？需要動刀嗎？或是你們這兒有能力進行腦部外科手術嗎？當時是怎麼回事？他是怎麼就腦血管爆了呢？）但我很快便發現他們的場面話不外乎就是場面話罷了——他們其實非常害怕，人在他們手上出了事。

在這個沒有精準法律邊界，人與人之間的計較衝突仍倚賴著既原始又精算的人情世故和權力位差（恫嚇、陪笑臉，ㄊㄨㄚˋ關係，塞菸塞酒，或是天花亂墜的評理分析）的荒蠻國度，對於一個瀕死老人（台胞身分）的急救醫治，可能遠不及如何招呼他的台灣家屬不致動怒（而去啓動他們無能力解決的複雜法律系統）來得重要——這些當然是後來我從進入到實際交涉中所遭遇的荒誕處境，才慢慢體會箇中微妙。

那個中年女人南人北相，說話中氣十足，讓我想起念小學時那個年代的某位女校長或女訓導主任。她們通常是外省人，臉圓眼大，嗓音低沉沙啞且像是經過一種長期刻意的自我訓練，將言談間一絲一毫可能的女性氣氛全剔除殆盡。她們有一種忠心但欠缺幽默感的僵硬質地。她們的衣著品味通常也中性化暗色調讓身旁人無來由心情便鬱悶起來。這樣的人種在我居住的那個島嶼的城市裡，慢慢跡近絕種，不想許多年後恍如夢幻時空錯置地我又在這種處境下在遙遠異鄉遇見。

她說：「駱老（這也是恍惚如夢多久以來未曾聽人們以這種方式稱喚我父親）脾氣眞壞咧。倔。躺在那兒還拚命罵人。罵醫生，說你們這兒醫療水平不行，弄得我痛死了，罵他兒子姪兒（我父親在大陸的兒子姪子，他們其實都是一些老人了。我大哥和四堂哥本就是從南京到九江和父親相見，其他幾個堂哥則是出事當天便搭江輪從南京趕來），說拉我起來！幫我穿衣服，我要回家。我去勸他，還揍了我一拳咧。」

她說：「駱老的學問眞好。我們去參觀八大山人的美術館，他眞是如數家珍，反過來是他給我們作講解，到蔣介石別墅周恩來別墅，喝！他說起他們的歷史掌故，連那個解說員的大學生都說是第一次聽到這些。」

黑暗中我面紅耳赤幾乎要哀鳴出聲，眼前浮現父親像壞掉的發條玩具旁若無人在空曠的公共場所大發議論的失態模樣（如同我陪他去看畢卡索畫展或在郵局、公車上那些讓我羞愧欲死的時刻）。

一會

雖然一路談笑，但當我們的九人小巴將要開進那間「人民醫院」時，全車的人終於靜默下來。如今我竟完全無從記起車子下了高速公路，在到達醫院之前，一路上對於那座城市的夜間印象，像童話裡乘著水妖擺渡的小筏，在一種搖晃暈眩，只聞淅瀝撥槳聲但黑不見五指的水路後，終於來到冥王的宮殿（我的父親被鐵鍊栓禁在內）。

車前燈的強光打在一座高大的鐵柵門上，一個警衛隻手遮眼跑出來，嘰哩咕嚕用當地話對著前座的駕駛大吼，那位旅行社的老闆亦跟他大吼大叫了一番，然後低罵一聲：「媽的。」換手打排檔桿，倒車，用一檔的強震扭力將車猛衝到醫院的另一處入口。這邊的警衛倒是睡眼惺忪地替我們拉開了鐵門。

那時已近午夜，整幢醫院的建築黑不見光。我們比原先預算到達的時刻足足晚了七、八個鐘頭。那位女地陪仍在把握最後時刻，急促地對我們炫耀她和南昌一個什麼醫院的心臟科副主任是熟人，必要的話她可以拜託他幫我們把「駱老」移至那動手術（這的設備規模還是太小了不行是嘛。）我和母親自然對她是千恩萬謝。趁著車黑，我們想塞個一百美金給陳經理（那個台灣的旅行社），被他嚴厲地擋掉了，他說：「現在錢用在刀口上，那些回台灣再算。」我亦乖覺地記起之前在大陸旅行的經驗，詢問他可要塞個幾百人民幣給這幾個大陸導遊。他以一種他們的上級單位的姿態認眞想了一下，說：「不必。等眞的需要他們幫忙時再塞。」我隱約感到我們將要面對的是一大團纏在一塊的麻煩線球，可能之後要處處打通的關節甚眾。他在提醒我每一處的打點要恰到好處，不然層層剝皮，被他們當肥羊宰。

他說：「等到見了主治醫師，塞個一百美金（不能少），等確定了動手術的醫生，再塞一百。其他的不要亂給。」

車子停在一棟舊建築的高台階前，有幾個老人原本散坐在那，這時站起身丟了菸頭向我們走來。他們皆一臉焦急凝重。我認出其中一人不正是以明大哥嘛，後來我又依次認出四哥、二哥和三哥。

大哥在車門邊接過我的行李（慚愧的是裡頭裝了《百年孤寂》、《波赫士詩文集》和一堆免洗紙褲紙襪），說：「小弟。」然後他用同樣極重的鄉音對著我身後的母親說：

「媽媽。」

這是他們的第一次相見，我心裡想：原來是這樣的景況。那時我發現，那個一路強自鎭定，偶爾還貼在身邊低聲和我說幾個耍寶笑話的母親，在這夜風颯颯的醫院前庭，突然變成一個萎癟無助，滿頭白髮的老婦了。

她說：「欸。」算是應了他，這個不是她所生，幾十年來第一次見面（之間還爲了買房子的金額這些不愉快的事猜臆著對方的城府）的老兒子。

那時所有的人臉都低低的，像夜遊時樹蔭葉影稀疏疊印，但其實全部人只是緘默地穿過變電器壞了日光燈亂閃的醫院前廳（相信我，那眞像走進數十年前我父親那個年代的場景：像某個破舊的小軍營或糧食局辦公室，或是某個小鎭的鎭公所），既心慌又尷尬地擠進一台奇慢無比的電梯裡。

一場充滿誤解的初次會面。一場大災難的序曲。錯誤的期待與想像。對於彼此在這之前那漫長時光的生命方式茫然無知，於是僅憑藉會面之瞬近乎儀式的演出，將各自所攜的「多出來的情感」，狐疑忐忑地去修補、塗鴨對於對方那「近乎空白的理解」。

我很難不用這樣的方式去描述我母親和我「大陸那位大哥」初次見面的情景。很多年前，我就曾想過：我母親這一生總有一天會和這位，年紀小她十歲左右，而他的親生母親如今仍在世上的「兒子」（因爲我父親在一九四九年的那次大逃難所造成的乖異倫理劇）見面吧？但我萬沒想到是在這樣的情況下。

根據機場接機那兩位大陸人的說法，前一天晚上，他們的團從廬山下來，我大哥和另一位四堂哥就在飯店裡等著了（他們是特地從南京搭船趕來九江和父親相會）。據說我父親非常開心，拉他們倆和團員一起喫飯，並要飯店替他們另開了一個房間。那天晚上我父親在他們的房聊到很晚才回自己的房。（「興許是親人相見，太興奮了吧？」那個女地陪說。）隔天清晨，不知怎地，也許他睡不著起來沖冷水淋浴（這是他幾十年的老習慣），腦血管就是在那時爆的。因爲鄰床的室友（另一位參加這次旅遊的老人）被一個巨大聲響吵醒，發現我父親赤裸著且全身濕漉漉地，躺倒在飯店房間的地毯上……

一種古怪陰暗的情緒隨著箱形車的顛盪，慢慢在後座的我與母親之間出現。

……不知道你那個「大哥」，和你爸爸說了些什麼……母親悄聲在我耳邊嘀咕。

九〇年代初父親第一次回南京江心洲，據說是省級書記陪著坐軍用吉普車搭渡輪到洲上。車子一上岸，炮仗一路迤邐沒有停過（父親說：「像地雷一樣。」）那樣的場面讓已退休而逐漸變成一邋遢老人的父親激動不已。半世紀前的故交玩伴剩下寥寥幾個零丁老人，像是趁機向洲上早已不知敬重他們的年輕一輩炫耀老一代的遙遠風光，父親每天都要趕三、四家的辦桌酒宴。也就是那時，一歲不到就成爲孤兒（因爲父親丟下他們母子跑到台灣），上半生且莫名其妙背負著一個「國特父親」、「海外分子父親」的污印，而在一次一次清算鬥爭集會中被帶上台撇清、自我批判的「黑五類」、「反右分子」的，以明大哥，突然被從一個洲上的葡萄農，公文下來拔擢爲「雨花台區政協委員」……

我不知道在他的心裡，是怎麼看待這個，年過五十後突然從天而降的一個老人——父親？

那幾年，每次父親要「回去」，母親總是黯著臉，到銀行保險箱取金鍊子金手鐲，到銀樓打十幾二十枚的金戒指，且還要換美金。我總在母親碎碎念卻戴著老花眼鏡將每一份金子標記給大嫂子的給金芳的給老二家的老三家的老四家的……看到一種液態的、金光瀲灩的，她用父親的退休金去匯兌打包，讓他像從五十年前的冥河中破水而出，以撒金子的神祇面貌在那些悲苦倖存的族人面前出現……

電梯門開。電梯門關。那個電梯如此緩慢，緩慢到我幾乎要懷疑這整件事，包括父親在這座荒敗鬼魅的醫院裡強忍著最後一口氣等我們趕來（那始終是我想像的畫面）；包括我和母親趕這一趟來（像是幾度險險按捺不住想翻過所有的頁數直窺故事的結尾）；包括電梯裡這幾個突然在封閉空間的貼近距離而羞赧起來的老人……這一切都太像一則太刻意而在細節計較而處處露斧鑿痕的低劣玩笑了。

那時我總想這樣告訴自己：我會清楚記下這一切的。但許多事我幾乎在當時便忘了，主要是那實在太像一個夢境。或者是一隻沒有線性時間感的爬蟲類的夢境。當我夢遊般地跟著身旁這些矜默哀傷的陌生親人，魚貫走出電梯，走在那漆黑陰暗的病房走廊時（後來我才知道這是此間醫院的省電政策，一般電梯亦是夜間關閉，那天是因爲醫院收了這一個「重症台胞」，且他的家屬將在彼夜趕來，才特例開了電梯的電源），我已經像雨季的霉濕壁癌剝落般，想不起那一路來的瑣碎遭遇。

那一切像一部風格嚴謹的電影，不同的場景前呼後應著一致的氛圍情調。那時我們穿過陰森森的走廊，兩側像野戰醫院的擔架床縮躺著一個又一個枯瘦的老人（他們排不到病房床位），他們疑惑又新奇地看著我們這一群人從身邊穿過，每一間病房皆門戶洞開，裡面同樣是黑魅魅的，你可以像電影運鏡般看到那些打著赤膊穿著藍白條紋睡褲的病人們，拿著蒲扇坐在床側，他們也正轉過頭來盯著我們。

走進病房（終於走進這個房間了），父親躺在正中間的床上打著赤膊（因爲省電而沒開空調，病房裡出奇地悶熱）。他的臉乍看去不成比例地大（很像我兒時印象老蔣總統過世時黑白電視上躺在棺槨中的影像，總讓人有一絲疑惑：他的頭臉怎麼不成比例地大？幾乎占去棺槨二分之一的空間，那身體的某一截是被像棉被拗摺在下層嗎？），整個頭顱臉廓全泛著一種接近黑的醬紫色。他的一邊鼻孔裡塞著一條透明管，經過一個冒氣泡的玻璃皿，另一端接著一枚鐵鏽斑斑、像工業用瓦斯鋼瓶的巨大氧氣瓶。我和母親對他說：我們來了。你別害怕。（因爲是那麼強烈地與死亡形象相近，所以這麼說的時候，不知究竟該說：「你安心去吧。」還是「不要怕，我們來了一切都會沒事的。」）

父親激動地閉眼張著嘴，兩個胖臂膀朝空中亂撈，像孩子那樣抱著母親。可能因爲腦內控制手臂肌肉的神經管線亦壞損，有一度他將母親的T恤領口扯下而露出內衣。我畏怯地以眼角瞄見那幾個已是老人的堂哥，他們憨厚無表情地別開頭。

隔壁的兩床俱是當地人，亦是腦部受損：一個老人病床旁孤單地坐著他的兒子和媳婦（或是女兒和女婿）；另一床是個年輕人，張大嘴瞪直眼，病床旁散坐著三、四個流氓味很重的年輕人（後來幾天很快我就發現，他們的臉和這城市街上那些打赤膊、三兩成群、濃眉大眼一臉亡命氣氛的年輕人，像用一個模子壓出來的）。有一刻我心裡僥倖地想：這兩個病人比父親更像植物人吧？他們的臉像被放在冷凍櫃裡的死魚，被冰封住停格之瞬訝然的最後表情。父親則只像個在熟睡中途被夢魘困住的孩子……

我們這一大群人的陣仗，使隔鄰兩床家人，像沒入暗影看著舞台上燈火輝煌的演出。

駝子

這家醫院的對街有一排二層樓的水泥房，一樓的店家盡是一間間現炒菜的小飯館，說是飯館，其實連同起大火的大炒鍋、洗菜的水槽、擺放了各色菜蔬瓜果並作菜料理的砧檯，俱是露天占據了店前的人行道。人行道靠馬路側亦放了三、四張形制不一的木頭老桌和板凳。眞正的店內不到四坪，陰側側的，僅就一套桌椅，反倒像店主人自家的餐桌：剩菜、孩童的作業簿都堆在上面，一台螢光幕跳閃極不清楚的舊電視亦擠靠在上，有一次我認眞想看那播演的是啥節目——竟是小獅王金巴的卡通。

馬路的這一邊則是一排專賣探視病人的人的水果攤，但水果的成色極不整齊，要價也和一般市場無差（也許是我們對那一、兩元人民幣的價差不若當地人敏感？），梨和蘋果一公斤兩元，葡萄三元，桃也是兩元。這些當令當地產的水果皆又大又甜，但長相大小凹凸不一，有些碰傷潰爛的也放在一簍賣，招來蒼蠅漫飛。一些外來的水果則極貴，香吉士的加州橙一公斤四、五塊，彌猴果（即我們的奇異果）也是這個價。雖然後頭的排架上亦擺售著一些盒裝的沖泡式藕粉、麥奶、黑芝麻糊之類的禮盒。但亦賣一瓶一塊六的「甘百士」「娃哈哈」礦泉水。給裝水果亦是用那種極薄一扯便破的劣質塑膠袋。不若台灣各醫院附近的水果攤，價格奇貴，水果也被當作像永不腐敗的商品般，亮金碎紙和保鮮膜層層包裹。

醫院大門另一側則是一個類似公車票亭的香菸攤，各色包裝各式名稱的菸包挨擠排列在壓克力櫃的後面。那些包裝紙的用色極強烈：桃紅蔥綠、暗金明金銀紅明黃，繽紛至極。名稱也是千奇百怪：除了各省通見的「阿絲瑪」、「紅塔山」、「雲煙」，還有一些江西產甚至九江當地產的牌子：「南方」、「紅藝」、「紅梅」、「白沙煙」、「月兔春」（上畫了個古裝美人）、「贛煙」、「七匹狼」、「白鳥」（我買了一包，很臭）、「飛飛」、「東河」、「恭賀新禧」……

有一回我買了包「紅塔山」給四哥（幾個老人間只有他抽菸），他眼睛發亮立下拆開打了根來抽。吞吐兩口，說：「假的。」他說：「小弟，你買到假的。」我說這玩意兒也興作假（一包十塊錢的菸）？幾個哥哥全從鼻孔噴氣地說：「呿！多著咧，怎麼不作假，你買的那些礦泉水也全是假的。」他們說絕不能在這種街上小攤買菸買水，九成是假菸假水。我說那在飯店裡買呢？在百貨商場買呢？或是在機場免稅店裡買呢？

「也是容易買到假的。」他們一臉茫然地回答。像是也無可奈何無法說出一個「買到真貨」的管道。

有一個黃昏，我旋出醫院大門，穿過馬路到對面的其中一家飯館包便當（給那四個固執又節省的老人兄弟喫）。那是一對清瘦的年輕夫妻在掌著店：太太穿著麻紗洋裝，臉黑眼大，一口江西腔（我發現這裡的女人無論多年輕，一開口說起土腔，皆像沙了嗓的老婦硬提著喉頸前段在罵人）和她的男人爭執什麼事。看我走了過來，堆著笑臉：「喫點什麼。」我不自覺也用那種很重的鼻音吊高嗓門：「炒四個菜帶走。」那個丈夫穿著西裝褲、拖鞋、白襯衫捲袖，俐落地提著大炒鍋強火快鏟地炒菜，看去像剛下班的小公務員就著自家爐鍋前賣弄起手藝。

砧檯上堆放著各式青椒、紅椒、番茄，幾塊灰灰的豬肉；還有一些我沒法辨識其名但看去便不很新鮮的江魚；還有一鐵盆污水浸著的河蛤、泥鰍；也有剖成兩半的雞；還有一大條一大條（我初以爲是淮山）的藕……但所有的食材上全像美國航空母艦上的戰鬥機群，起落頻繁著密密麻麻的蒼蠅。

我點了個大刀回鍋肉、番茄炒蛋、炒藕，還有個炒帶魚，就站在一旁欣賞這一對夫妻的手藝。那時街上車潮洶湧，沙塵彌漫，眼前景物全像燒釉般浮上一層濃郁的金色。

那個太太拿著一柄道具般的方形大菜刀，在那油黑汪滋的木頭砧板上切著我的菜。一邊吆喝著一個小女孩拿蒼蠅拍趕蒼蠅。這時那個丈夫爐下的瓦斯筒不知出了什麼問題，他咒咒咧咧地搞弄半天還是不成，去屋裡喚了個孩子出來——後來我才看清那是個駝背雞胸的侏儒症大人。我不知道他和這對店主夫妻的關係，他非常老成沉穩地招呼了我一下，然後搬出一個腳踏車輪胎的打氣筒，接到那枚瓦斯鋼瓶的一個接口，和先生兩人非常賣力地打氣。（我很想對著面紅耳赤的他們說：「不就是瓦斯沒了嗎？」）

當我正為眼前這滑稽古怪的景觀看得如癡如醉之際，以明大哥氣急敗壞地跑過街來（他一急，竟用南京土話對我說），他說他們中午從飯館的剩菜有打包成便當，我跑來買這做啥？他對那個太太說：「不要了。」便拉著我的手過馬路。

丟下那四個各自拿著菜刀、鍋鏟、蒼蠅拍和打氣筒的一家人，汗著臉苦笑地愣站在原來的畫框裡。

櫥窗

我不知那間高級酒店裡的人們是怎麼看我們的？這一對母子。這間酒店即是父親參加的旅行團，在遊廬山這一站時安排住宿的飯店，據說是九江這個窮內陸城市裡最高級的酒店。父親那天凌晨就是在這飯店房間裡小腦血管爆裂，被大廳值班的警衛連同大哥、四哥、旅行社帶團導遊一堆人七手八腳抬上停泊在豪華旋轉門外的救護車。有趣的是，旅行社派來的陳經理，後來安排我們待在此地住宿的飯店，也就順便訂了這家的房。其他的團員繼續他們的遊程。陳經理搭機趕去西安帶另一團。我們恰好把父親的行李——那天夜裡我們送他出門時背包裡的換洗衣褲和藥物，還有他一路亂買的各觀光景點的假字畫假壺和茶葉——搬進我們的房間。且房費可以沿用他們之前的團體價八折優待。可說是各得其所哉。

每日早晨，這一對母子到飯店裝模作樣自助早餐吧，重複地在那些不曾改換的菜色餐盤中挑撿一模一樣的食物。母親的口味程序是這樣的：她必然先拿一盤生菜，然後混放著（完全無法和飯店外的灰塵彌漫、人力手推車載滿瓜果的市集街景聯想的產品）裝飾甜膩奶油而蛋糕本身乾澀的甜食，然後拿一杯他們用豆奶粉沖泡得極稀的豆漿。兒子的口味程序則是一大碗白稀飯，和一大盤豆腐乳、鹽花生、搾菜炒肉絲和荷包蛋（沒有台灣飯店早餐吧的鹹蛋、皮蛋、醬瓜和麵筋）。再來是拿兩塊炸得乾乾黑黑的法式土司一種叫「油滋」的油答答的甜油條或一種裡頭包豆腐餡的油炸物（沒有美式烘蛋，沒有法式鬆餅和楓糖，沒有鮮奶或優酪）……

他們知道我們其中一個是準未亡人一個是準孤兒嗎？

我們在那裡待了一個月，每日的早餐始終如一。我們在那間早餐吧餐廳裡，看見各桌候鳥般來來去去的房客。大部分是些各省出差的高幹，或是那些衝州撞府來此地投資的大陸暴發戶商人，他們如今都懂得穿名牌（也許是仿冒的？）休閒衫了，但是談吐舉止十分粗暴。旁若無人，大聲吆喝，且弄得桌上杯盤狼藉，對侍者極盡侮蔑。有時亦可見一桌三、四個穿制服的解放軍（或公安）幹部坐著喫早餐，反倒是他們似乎被這餐廳金碧輝煌牆上掛著諸如《繆思女神普西可兒》、《智慧女神雅典娜在美德之園除惡》這類義大利文藝復興的宮廷複製畫所虛張聲勢的歐洲租界情調給懾住，他們安靜不多言，中規中矩用正確禮儀鋪放餐巾和使用刀叉。每天總有那麼幾個老外，對著玻璃杯裡的奶粉泡牛奶或甜得發膩的咖啡困惑搖頭。有幾天我們還遇見一整團的台灣客，他們都是些阿公阿媽，穿著顯得輕鬆庶民，有一種小學生遠足出門在外嘰嘰喳喳又怕惹領隊生氣的天眞和怯生。那時我多想上前和他們「千里認鄉親」哪。我想這樣對他們哭訴委屈：我的父親也是和你們一樣開開心心地隨團來廬山，可是他現在倒下了，我們得來搬他回去……我們被困在這裡（那間菜市場般的破醫院。這間該死的冷冰冰的高級酒店）……我的妻子在台灣肚子已經快九個月大了，但是我不知道趕不趕得回去看那嬰兒出世……

但是什麼都沒發生。所有人來了又去了，只留下我們這一對母子。

每天晚上，我們心力交瘁地回到飯店。我們無心晚餐。母親總留在房間裡跪在一楨置放床頭櫃的小菩薩像前念經，我則走進酒店一樓早餐吧（到了晚上則變成咖啡吧）同一張桌子。側靠落地窗的座位。我坐在夢幻一般的燈光裡——某部分來說我像櫥窗裡的展覽物。白瓷咖啡杯、白瓷糖罐、白色奶精瓷壺、白瓷小方菸灰缸，還有一個白瓷小瓶，插著一朵幾可亂眞的紅玫瑰假花（除此之外，還有小姐鄭重推薦，一杯十八元人民幣實在淡出鳥味的「現磨藍山咖啡」；其餘場景，竟和台北的四星飯店的咖啡座如此相像……）。

櫥窗外則是赤膊走過的工人，挨著三輛車上載著兩個亦是藍領工人乘客的瘦脊梁車夫，不斷火暴按著喇叭的小型計程車（這種計程車是將冷卻水甭置放於後座，台灣計程車放著音響喇叭的位置，所以車子在疾駛驟停或轉彎時，乘客只聽腦後有嘩嘩水聲）；有一些穿時髦得令你心驚臉紅的女孩挽臂嘻笑走過……對街坐在一幢「中國港監」招牌下的老頭老婦，靠著一棵槭樹邊，那樣毫不羞赧直瞪著櫥窗內的你。

3 旅途的隱喻

保羅・索魯在《維迪亞爵士的影子》一書中追憶奈波爾一次疲憊又語重心長的言說：「……寫作中，有一種強烈，近乎佛家觀點的要素，優秀的作品將抵銷先前面世的作品。甚至一本書的後半部也會蓋過前半部，每一本書都會超越先前的某一本，然後就像是稍早作品的輪迴轉世般存在著。」他說：「我的虛構小說已經寫完了。（這是多讓人震驚的一句話。）……而且，我也已經寫了四十年了。我已經極力趨近完美地掌握我的經歷。我不可能再走回頭路去寫些我現在排斥的東西，因爲我想知道，怎麼會有人刻意要去僞造一段現實中完全可以成立的經歷呢。……上個世紀裡，物換星移，江山代有才人出，來者迅速地修正了古人，作者一代修正一代，一本書修正上一本書……這麼多不同文化匯集，而小說只有在處理單一文化的時候最方便——單一種文化，就那麼一套行爲模式，大家都能理解，幾乎就像珍・奧斯汀一樣。……不過，當整個世界從四面八方交會衝激的時候，小說那種形態就無法絕對地呼應這種趨勢，而撒謊隱瞞又如此輕而易舉……」

誠如斯言。一趟旅程，亦不斷復返召喚著之前某一次相似的旅次場景。既稀微地重建那藉以疊合審視的殘餘輪廓，又以更豐沛完整的當下經歷（正在經歷的這一趟旅程）淹覆它、輾過它，「記下它並完成遺忘」。

幾乎像一則寓言。我的父親在一個陌生且龐大的國度以近乎猝死的形態仆倒不起，而我與母親匆亂潦草款整行囊灰撲撲地「千里救父」。那樣的旅程如何能以「一次旅行的紀實」來追憶記錄？當我讀到舒國治〈在途中〉一文，閒散漫晃描述大陸長途火車旅次中，硬臥車廂裡，「人手一罐可將蓋子旋緊的玻璃罐子盛熱水」，打牌嗑瓜子剝花生分飲白酒，在搖晃的車廂走道人手一碗熱湯泡麵「臨深履薄」地走過……那樣會心微笑又無比惆悵地回想起，我在那次的旅程裡，像遊魂般置身在交通中、旅店裡，醫院乃至於大街上，皆因一種過度專注於自己無從奔走（父親的「死亡時刻」的時光隧道？）的零丁處境，而蹙眉蜷縮（甚至帶著一種自衛的神經質）不及細細暇賞身邊人物的悠然靜美、滑稽與暴亂。

我曾在六年前的蜜月旅行，偕妻遊訪江西。不過嚴格上來說那趟路程與其說是「旅行」，不如說是「趕路辦事」來得貼切。我們搭了十六、七個小時的夜車，從南京到鷹潭，再自鷹潭轉兩小時火車往江西的一個叫「芝溪」的小山城，爲的是赴往一位高中時就是換帖交情的朋友之婚禮——他娶了個江西姑娘。不同於我們後來常在北縣荒郊公路的電線杆匆匆一瞥的木板看招：「大陸新娘、越南新娘、印尼新娘，電話××××××××」的人口販子情節。我這朋友和那位江西姑娘可說完全是戀愛結婚。雖說他把女孩初次接來台灣遊覽時（順便見公婆？）已經把人家肚子弄大了。不過我們這些人渣哥們那時可是卯足了勁替我們這位兄弟撐場面：機場接機，福華飯店喫歐式自助餐。到八斗子看海（這位江西山城姑娘打從娘胎至今沒看過「海」）。到金碧輝煌裝模作樣的KTV唱歌（那位大陸妹嫂子倒是對劉德華張學友的歌倒背如流）。我還帶他們小兩口子到延吉街一個小公寓裡給一位算命師合八字呢。我記得那位老先生語重心長地對我朋友說：

「天上九官鳥，地下湖北佬，十個湖北佬，抵不上一個江西老表。你一個河南小子（我那朋友的父親籍貫）怎麼鬥得過人家江西姑娘呢？」

總之那樣的路線安排發生了一個重大的錯誤（我是指我在我的蜜月旅行行程中安插了回南京探望大哥並轉搭火車至江西替朋友的婚禮撐場面這樣的任務）——我們太理所當然地以台灣縱貫線鐵路間的城市移動去想像大陸大城市間的鐵路交通了。那樣誤判的災難結果便是，你原先預想的旅程，被放進了一種時間空間皆漫無邊界無止境的暈散擴大裡。你太難在身體本能發生變化（煩躁、口乾、關節痠痛、耳鳴）之前到達那漫漫長途的盡頭（不就是地圖上短短從南京畫條線到鷹潭嗎？），你似乎總在那搖晃晃的鐵殼車體裡無所事事。

你總是「在途中」。

我們是在開有暖氣的軟臥車室等九點左右的夜車。那個場景，像投影燈控制光源的寂寥舞台，像我年輕初次看到塔克夫斯基電影裡的蘇聯或東歐冬夜的月台一景（那和台灣縱貫線鐵道月台的風情何其迴異）：穿著紅肩章解放軍冬裝的軍人、穿著翻毛皮衣甚至長筒皮靴的時髦婦人（這在當時的南京城算是罕見的打扮），穿著不那麼挺料的西裝的出差幹部（這一點以我這個外人倒很難從衣裝上分辨出和滿街上皆穿著鬆塌西裝的混混或我大哥這樣的農民之差異）……零零落落的幾個人，臉上都帶著一種獨自遠行的愼重。我感覺到在這個日光燈照明不足、下班無人看守，上鎖木框玻璃櫃裡疏落展售的娃哈哈礦泉水、類似山東蜜棗、糖炒胡桃等錫箔小包零食、眞空包南京板鴨或各色各式香菸，簡直像電影場景刻意布置的長木條椅、擴音喇叭……這幾個等候的人，在這個區隔出來的空間裡（和月台上那些搭硬臥硬座的一般乘客區隔開了），像舞台上的演員在享受那短暫時刻的「特殊」。所以他們的臉部線條，皆極強烈地散放著一種近乎深度的個性。我相信我認識的某幾個專業的電影導演，如果親臨那個夢境般的場景，定然會激動不已：「啊，我就是要你們幾個別動，我就要你們現在的臉部特寫。」那和咫尺之遙月台上那些黑著臉哈白煙盤算著等會車進站要如何搶上去占位，喳呼呼的人們何其不同，亦和台北捷運站、Starbucks 咖啡店裡，因一種現代性的人體流動關係而刻意將臉部線條的特徵模糊掉的人群亦大異其趣。

那似乎是，其中一人開口，起了個頭：啊，所以我說，這個該死的某將軍……另一個傢伙搭話，於是便催眠般地進入某一篇契訶夫的短篇小說之中了。

突然像夜鴞無比清楚地看見那許多原本隱沒於暗黑中的幽浮之物。那些臨行前朋友在長途電話彼端斷碎又危聳的警告——那些夜行列車的軟鋪閃進來帶上門無從呼救的割喉劫財還姦殺的亡命之徒；那些硬座車廂裡一掛四、五十個突然身邊乘客全臉容陰黯一個暗號同時站起的「火車幫」；以及千萬不要用「條子」去類比「公安」或「武警」在光天化日下的蠻橫凶暴，一如不要用南國的「流氓」或「黑道」的汗津津檳榔爽勇去想像北國交通要塞間沉默而殘忍的「劫匪」、「幫匪」的暴力形式；那種官方在管制監控中必須以類似氾濫河道之遷徙或流體力學之類的遠距方式（完全不能摻入人性）對付的鐵路盲流人潮……那種「數大便是恐怖」的，一種未經過現代性切割而混聚成的「整數」，像如此貼近一隻鼾息佯睡隨時會翻身將你吞噬的巨大生物，黑暗中猶可感受牠的體熱……

如今我是那麼飽含感情地回頭看望著那個畫面：那個凍結的時刻，那些作爲某個時間切面裡的陌生人。我和我的新婚妻子畏怯驚嚇地偎擠在一起，手中提著兩大袋（那種材質極差極薄的塑膠袋）之前大嫂子在推讓中幾乎翻臉的小圓燒餅和當（ㄉㄤˋ）山梨。像剛結束一齣以我們的年紀來說勉力撐演的大戲——我在我的蜜月途中銜父命和他半世紀前遺棄在此的五十來歲兒子兄弟相認。現在我們落單了，一離開了那一夥笑吟吟聽著我老聲老氣天花亂墜胡吹父親在台灣光棍事蹟的老人們，突然之間，我們（那麼輕易被辨識出是台胞）跌回了那個稜凸張顯的異鄉人角色，**我們與你們是不同的人**。

我的新婚妻子曾不曾經在我的懷中抬起臉來，迷惑又陌生地問道：「爲什麼帶我來經歷這趟奇怪的旅程？」

那是因爲……影影綽綽中我亦無比艱難地在漂滿了斷肢殘骸奇形怪狀物的記憶基因海洋裡泅泳。我無從串組那些纏繞手腕的氧化海藻或時不時針刺灼炙在腳底的有毒水母……那在暗示著一則怎樣的「物種的返祖時光」。**事實是，我看不見全景**。就像許多年後，我與母親嗒然呆立在「九江人民醫院」那臭烘烘陰暗如夜間空蕩市場的病床側，看著父親整顆頭顱瘀黑如茄子。那幾個老人（二哥、三哥、四哥和以明大哥都來了）像做錯事的孩童畏懼地環伺在一旁。我想說，那不止是一趟旅程。那譬如像是，我們將三星飯店的房間門打開，我一見那個與我同父異母（右眉和我父與我一般尖翹旋起）的黑五類大哥和一旁兜提著一袋橘子、一臉黧黑的老婦大嫂。突然戲劇性地隻膝跪下：「大哥。」再順勢由他攙起。那個過程我的新婚妻子局促困惑地僵站在我身後。**那時我不認識你了**。那個在台北東區 pub 抽著淡藍卡蒂爾喝可樂娜冰啤酒用網路下單買進股票然後說一些乾巴巴的後殖民論述或黃色爛笑話。那時的我脫離了我，進入我父親言說裡（每逢除夕即反覆播放的祖父的故事，他逃難的故事，**駱家**的故事）的角色。「以」字輩的么兒。小叔。一些年紀與我相仿甚至大上我幾歲的美婦們從他們的水泥房鑽出，一邊趕著孩子，一邊羞澀地喊我：「小叔。」那些孩子們喊我：小叔祖。（那時我才三十出頭哪。）

於是火車是一個絕佳的隱喻。火車使一個無從窺其全貌的龐大地圖，變成一時間彷彿懸浮搖晃在一固定狀態，一個旅程的室內景。

那是那麼多年以前的事了。多像我年輕時認眞抄寫背誦的某一篇小說的開場。**如果在冬**

夜，一個旅人。我們像被催眠的夢境中人，隨著那些蠟像館（櫥窗標示牌：「人民共和國冬夜火車站候車者一景」）般的染色羊絨翻毛夾克婦人或穿著筆挺冬裝的解放軍同志，邊呵欠邊冒白煙走出軟臥候車室。站在那暗黑夜裡比記憶中任何候車場景都要空闊放大許多的月台。車站的氣味。火車特有的氣味。在末班列車開出後仍縈繞不去的火車站的氣味。**等待的氣氛**。滑稽的是，我不理解剛才那間展示櫥窗般的暖候車室存在的意義？一走出月台，所有的剛才那在光氛中不耐煩地微微倨傲地等車的「軟臥乘客」，此時也蕭索單薄地晾在那往左往右看皆不見邊際的空曠月台。整條月台皆在慘澹的燈照下顯得黑魅孤寂。我們完全可以看見不遠處那些穿著破爛西裝或是花布包裹抱著嬰孩的硬臥硬座乘客，在他們的月台搓手哈氣地等車。他們也一覽無遺直愣愣地望著這些從燈光小屋裡走出來的「上等人」。我不知道這個月台在白天時是否如我朋友所描述「擁擠的人體無法以單一物體感受，而是潮水般的流體力學去觀察他們朝車門的洞口移動的壓力與趨勢」？至少在這夜裡，沿月台望去，隔一段距離，便在那慘澹燈光下，零零寥寥站著三兩個旅人。

那畢竟是我父親的逃難敘事裡，像一組重要關鍵字的「南京火車站」啊！在無數個如同複製失敗的褐色底片的記憶畫面裡，我還是個小人兒任我父親牽著，站在細雨斜飄，當時尚未埋入地底的台北火車站月台。那時我似乎隱祕地知道，包括我站在他身邊的任何一幅場景，任何一個煞有其事的火車站、碼頭、飯館、街道……皆不過是這個逃亡者腦海中輪廓模糊的複製品罷了。

那眞像是波赫士的一篇小說。我的蜜月旅行回到我父親的童年之城，然後（因爲不相關的因緣）搭乘夜車前往江西。許多年後我父親在江西廬山腳下的一座城市掛倒。我再次由台北搭飛機出動，輾轉趕赴南昌。像隱約在預描著一張地圖，串接著記憶裡的城市，夢境中的車站，以及晦暗的直視著死亡不幸時刻的機場。

這是所以我在許多年後和母親（以及那些從南京趕來的以明大哥及堂哥們）相對困坐在九江人民醫院父親的病榻前，恍然大悟卻斷肢殘骸地追憶起那次蜜月旅行的那一趟夜行火車。像是那一次冒昧無意義的旅程竟成爲這一趟旅程的夢境。偌大一個中國，我的蜜月旅行卻胡亂竄跑在父親的「離開時刻」的起點與終點。

那時我的新婚妻子蜷縮在軟臥下層夾鋪的內側，半因爲怕冷，半因爲恐懼，她幾乎是一上了車，鑽進那鋁合金床架的陰影角落，便昏沉地睡去。我把原先屬於我上鋪的墊底綠軍毯和潮濕的被褥全加蓋在她身上，再覆上她的雪衣，但我仍感到她在劇烈地顫抖。我把我們的行李堆在上鋪，自己半掛半側地坐在下鋪床沿，像個怯懦的丈夫，陰鷙地對抗巨大的什麼，固執地守著孱弱的妻子。我不知道此地的規矩（我是在一第三世界的國度不是？）是否允許男女（即使是新婚夫妻）公然在火車臥鋪裡同床共枕？這個狹仄空間的另兩個上下床鋪，到時不知會上來什麼樣的乘客？

在那樣一趟冬夜的火車行旅，或因爲把注意力全集中於對抗那身體無論如何也停不下來的顫抖，或是那「不知道待會會是什麼樣的牛鬼蛇神推門進來」的巨大恐懼，我完全不記得車窗外曾一瞥而逝的任何沿途景象。也許確實外頭只是一片漆黑。我記得那鑄鐵窗沿有一方小几，上頭放著一只陳舊的熱水瓶，還有兩個小瓷杯，可以向列車服務員買茶葉，我買了一份茶葉，那茶熱水沖下像在攪碘酒一樣，深褐色的一團沉在杯底，總勻不開整杯。

不記得是在幾小時後的哪一站，我們的軟臥車廂門被拉開，進來了一個「穿制服的」。穿著灰草綠（也許在那晦暗狹窄的空間裡，我的視覺色彩有誤差也不一定）的冬季軍大衣。一位解放軍軍官，他在黑暗中一言不發，熟門熟路地把一大袋背包扔到我們對面的上鋪，然後一個翻蹬，整個人就盪了上去。我不知道自己是閉上眼假著妻裝睡，或是睜眼漠然裝這個空間並不存在這外侵者，或是直接和他哈拉打屁，哪一種選擇對我們接下來的漫長旅程較好？

終於還是對方先開了口。

台灣來的？

欸。

來公幹？還是旅遊？

旅遊。那是我新婚妻子，順便到南京探望親人，總是這樣。三兩下就自動揭了底，爲了表示自己的無害，臉變得圓鈍而無辜，近乎諂媚地交代不必要的細節，即使是實話也像說謊一樣心虛。像是身體內自動設定的某個精微機械喀嗒一下上了弦。口音的尾端刻意地捲舌，像戴著墨鏡的盲人走進人聲鼎沸的餐館，憑聽覺模擬建構現場，卻挺胸裝作正常人一樣拿著 menu 作思考點什麼好的正常人模樣。我想起自己在那個島上，上了計程車，用僅會的台語短句搭配僞裝的台灣國語，和那些良善卻被仇恨充滿的我類搭腔敷衍。

許多年後，我們這一支遷徙者的後裔哪。會因爲自我保護而將父親那一輩的故事清洗掉吧？

（簡直像不鳥不獸的蝙蝠。）

那位解放軍同志的臉廓非常深，在這間燈光微弱的臥鋪裡看不出他表情是警戒或鬆懈。窗外是一片黑暗的田野，我突然覺得我這樣在下鋪仰頭和上鋪垂著兩腿的他交談，有一種接受訊問的滑稽氣氛。

第一次到大陸來？

是。在南京見了幾個哥哥（又像馴順的嫌犯配合地托出可信的細節），要去江西找個朋友，他娶了個江西姑娘，算是台灣這的親友替他湊個熱鬧唄。

在鷹潭換車？

對。說好了在鷹潭接我們。

到鷹潭也近中午嘍。

是啊。

火車晃動著。妻在我的身後夢囈不清地呻吟了一句。（那時我心想：和個解放軍同鋪總比遇到個鼠輩要安心些吧？）爲了掩飾尷尬，我從背袋裡掏了包三五，學我大哥招呼渡江輪船老大的優閒神態，往上遞給。

抽菸吧？這原是帶了一條給我大哥的，被拆散了，怎麼還留著這一包，抽不慣。

哦不，那軍人似乎受到極大的驚動，沒這回事。

臉部線條柔和了許多，我平時也不抽這洋菸的。

推讓一番，還是往口袋裡塞了，嘴裡仍嘟噥抱怨著。

主要是，難得來趟大陸，總新鮮抽抽您這裡的菸。從口袋掏出半包癟了的紅塔山亮亮。我袋裡還有兩包阿絲瑪哩。

紅塔山好。還有雲煙也是我們這兒比較受歡迎的。以爲話題就此變熱絡暖和了，不想反而陷入了沉默。對方似乎是個不多話的軍人。

拿起那杯淡褐色涼了的茶啜了一口。

你們台灣人……

欸。

你們台灣。沉吟了一下。你們有一小撮人，整天在喊什麼獨立啊什麼的，你們一般老百姓的看法怎麼樣？

（開始了……）

我的胃被那冷掉的茶釅得縮痛不已。蝙蝠的故事又要令人煩厭地上演了。怎麼說呢，我說，像我這種人，在台灣被稱爲外省第二代。我們的看法不算是看法。我的父親在半世紀前跟著潰不成軍的國民黨逃到台灣，在那裡生下了我。現在我代表他回到他的家鄉探望他交代的那些我的哥哥們，但他們已是一群我幾乎聽不懂口音的老人了。在我們那兒我們不被稱爲台灣人被稱爲外省人。有一些簡單的辨識方式便使我們第二代以學說流利台語混跡其中。那時我們就是台灣人了，但這樣經過嚴厲監視下被允諾爲台灣人的，他們是不會對「獨立」或「統一」有任何看法。這些人會狡猾地說「維持現狀」。他們灰撲撲地活在一個奇幻的「現在」的身分裡。

那是我出生以後第一次進入大陸。那個時點恰夾在前後兩個台灣人湧進大陸之人潮高峰的中間：開放之初，我父親那一整批離鄉半世紀的老榮民們，他們帶著大量的金戒指金項鍊和外匯券（那全是他們的退休金加上半輩子的積蓄），像久旱後下的第一場雷雨，那些生離死別的傳奇、跪母靈修祖墳白髮夫妻涕淚重逢的場景，全在一陣蓬煙之後被偌大的中國土地收殺揮發了。接著是台商，這一次絡繹於途的人潮才眞正像螞蟻舉巢的遷移，前者只是台灣社會的邊緣族群，他們只是「回老家」。鄉音無改鬢毛衰。他們只是在寫實性地印證懸念了半世紀的「故鄉」並非一向異鄉妻兒吹噓的童夢：那些祖屋、族譜、舊地名、渡口市集或是零食老酒。他們的充闊很快就隨著彈盡糧絕而灰黯下來。反倒是那批台商，那些製鞋五金廠成衣廠低階電子零件廠，他們據點成鎮，改變著廠區周邊鄉鎮的勞動人口的流向（我要去江西探訪的朋友，他的大陸新娘就是在江西山區的一個貧瘠小城，和一群姊妹相約至廈門打工，而在工廠與任職工程師的我的朋友相識）。這些螞蟻雄兵帶來了資金，以及從前日本人或美國人帶進他們童年家鄉那些第三世界的童貞最初被跨國工廠進據玷污的悲慘圖景：酒廊、卡拉O

K、工殤、廉價勞力剝削與廉價買賣的女人身體、預知死亡紀事卻利用對方的貪婪與無知而重頭演出的土地污染……

我便是在那恍若隙光垂漏的穀倉般的時差裡進行著那趟旅程。在那節火車的軟臥車廂。也許我故作無知天眞，但傷害與恨意已如影隨形進我無由分辯的背景裡。那像稠膠般蔓延開來的遷移，拉扯的時空太過龐大複雜，我屬於他們每一個面貌中的每一部分，但又不是全部。後來我更多次進出中國大陸，總會在不同的場合出其不意地被問到相同的問題：「你們那兒……」「你們台灣……」「你們那搞獨立的人……」「你有什麼看法……」

我總是滿嘴酸苦，像一個遭詛咒無法將血濾淨的變色龍後裔，艱難地選擇兩邊皆唾棄的身分。

我總是笑瞇瞇地回答：「這個問題眞的太複雜了……」

但那次旅程，在那個森冷陰暗的冬夜火車裡，或因爲對那陌生幽黯國度的恐懼，或僅因隻身客途守護新婚妻子的孤獨無助，面對那位正直的解放軍軍人，我虛弱而自棄（那時我心裡哀傷地想：若此刻坐在那軍人對鋪的是我父親，他一定會精神抖擻口沫橫飛地對對方進行不到站絕不停止的精神訓話。他一定會大罵毛澤東大批文革把他們共產黨八百輩子前的歷史全揪出來算帳。或是換成我岳父，他一定會冷笑地回一句：你老兄去過台灣嗎？你懂我們台灣人的悲哀嗎？你們的國家主席是像我們的總統用民選的嗎？）地說：「反正大家不都說：中國這次眞的要站起來了。到那時候，統一或獨立不是都不重要了？」

這樣的話語像走江湖在幫人明哲保身的切口或祕訣。上鋪那傢伙的臉突然從暗影中明亮綻放起來。他幾乎要打菸給我了呢。「這樣說倒也是眞的。」那使我更加地哀傷，像是鍵入一個對的關鍵字便可以進入一整台你原先以爲更複雜隱晦的電腦程式。如此簡單。如此典型。像我父親。或是我岳父。那麼容易便到痛處或搔到癢處。而我卻不知不覺間變成一群人在談天，最後一個將臉自暗處抬起的那個人，那樣不典型的人。

解放軍軍官（他不斷把那根自菸盒中打出的菸，夾在耳後，過一會銜進嘴裡，再一會又用手指把那根菸繞轉個圈按在膝上）知己地說：「您想想，有一天兩邊統一了。好，你們（他促狹地說：國軍）的海軍布守南疆。南海、東南亞──從菲律賓到越南，全交給你們的艦隊巡曳。我們的東海艦隊、黃海艦隊則全心捍衛北疆。北可制俄防日，也不會讓壞美國東西堵著出不了太平洋……雙方節省了多少軍事開支……」

如今將時間逆推回去：我與妻結婚於一九九五年的十二月。所以我們那趟怪異的蜜月旅恰正値十二月中乾寒未雪的初冬時節。我記得那一年島內盤據暢銷書排行榜第一名的是一本叫《一九九五閏八月》的怪書。那是結合了僞軍事知識、曆法、預言書對兩岸情勢虛構結局的一本危言聳聽的怪異小說。不想卻勾動了台灣人歇斯底里的「共軍攻台」恐懼症。且該年七、八月間，共軍二砲部隊才對距台北一五五公里彭佳嶼海域進行地對地導彈試射。在那次旅行隔年三月，更有所謂「九六年台灣危機」：福建軍區實彈演習、兩岸軍機在海峽中線作射控瞄準、美國總統柯林頓派遣獨立號、尼米茲號兩個航空母艦戰鬥群進駐台海、台北股市崩跌的，恍如「金屬彈殼如此貼近眼前」的實體恐懼氣氛。

我便是在那灰撲撲的實體恐懼猶未自記憶印痕刮去的時刻，在火車密室裡聽著那位軍官無比熱情無比天真地描繪著「中國站起來」之後的美好圖景。我的妻子在我身後發出輕勻的鼻息。那個像被鋼鐵子宮包裹住的，冷到身體最內裡像胃、腰子或骨髓腔這些密室都格格顫抖的冰凍車體內，那列火車沉默搖晃地穿過中國冬天黑暗的大地。那個畫面如今仍如許鮮明烙在腦海。

那之後我們確實平安到達江西。我的妻子在天光微亮時便迷糊醒來。我和解放軍官皆徹夜未眠，我替他們兩人略作了介紹。那時坐在上鋪的軍官顯得有些靦腆。事實上在鷹潭站下車穿過月台走到收票柵門口這一段路，多虧那位不苟言笑的低階軍官挺疋著腰桿替我們拖拉那大箱的行李。（我的朋友接到我們後問一路平安否？我還笑著說好在同鋪的是位解放軍同志而不是他之前繪聲繪影恐嚇的火車搶匪。）我的朋友帶我們就站換搭另一列支線火車。然後我們分乘一種由背脊單薄的婦女踩踏的人力車，在黃昏前到達他妻子的山城。

那以後發生的事像燒著煙熏電石燈的薄紙走馬燈。像電影的快轉畫面：我們和那位大陸新娘的家人們在作爲新房的空洞房間裡剝著烤栗子聊天，一邊驚異無比學他們自在爽快地把果皮碎殼菸蒂往地上亂扔亂呸。妻子大驚小怪地拉著他們舊木床畔的泛黃牛角蚊帳鉤直呼古董（後來他們果然將之包起來偷塞進我們行李）。傍晚時朋友帶我們去他岳父有關係的一間公營招待所解大便（他們家沒廁所）。途中經過收攤而竹簍菜葉垃圾狼籍的市集，電線杆上還有一只擴音喇叭播放著：「湖北省快報！湖北省快報！湖北省××縣××大隊，上個月生產出一只幾十斤重的南瓜……」這樣內容的中央電台聯播節目。

第二天清晨我的朋友帶我們到鎮上的市集，我記得除了一簍一簍各式各樣色彩斑斕的紅椒花椒炒椒乾爆辣椒，依鮮紅、橙、褐、暗紅色不同分堆的辣椒粒，或像茴香、八角、胡椒這些乾貨香料。再就是狗肉砧檯上怵目驚心一具具開腸剖肚、白色脂肪和著黑色血水、直挺挺的狗屍。鐵鉤上掛著唯一能辨識黑狗黃狗或花狗的，未剝毛的狗頭。那之後我們又去逛了鎮上的打銀店（他們沒有金飾店），買了幾副銀耳挖和一枚成分極重的袁大頭銀元。我且順著妻子像收購古董那樣到他們的鞋店買了一雙膠底軍靴，在路邊攤子買了上刻環紋（可能是磨米漿）的陶碗。然後我的朋友又招了幾輛人力車（全都是身形孱瘦的婦人在踩踏），無比招搖地在那山城四處亂晃。我記得沒過兩條街便停在一片菜園田地前，我的朋友和一個挑大糞澆地的男子打招呼。我以爲那裡有什麼特別的景致，但我的朋友說那便是這個小山城的盡頭了。

那已是許多年前的事了。

我們幾乎是才過午，在新娘子家用過餐便匆匆離開。因爲從那兒搭小包車走山路到南昌向塘機場最少要六小時的車程。晚了沒飛機不說，也要讓師傅空車回程不至過半夜。在車上，我的朋友輕描淡寫地告訴我：剛才當地公安已經上門拜訪過他岳父了。我驚疑不已。他安慰我說這沒什麼。他們聽說有外地人來家中過夜。這裡的規定是，凡有外地人寄宿逗留超過二十四小時的，一定要向公安局報備。「我算給他們聽：你們昨天近傍晚到，今天過中午就走，根本不滿二十四小時嘛。」

我以爲那只是生命裡無數次旅行的其中一次罷了。後來我才知道：那只是關於我的一個大遷移故事的一則，極濃縮的隱喻。

那個隱喻的線索，是從我父親多年後在江西九江一間飯店，全身赤裸濕淋淋，怒吼一聲倒下，他的大敘事被按下停止鍵後，才在我的身上開始展開。

奈波爾說得沒錯。小說確實無法呼應那四面八方、分崩離析而來的世界，而撒謊隱瞞又如此輕而易舉……

4 第三天到第五天

第三天

我和以明大哥、二哥、三哥、四哥，抬著失去意識的父親。到「CT放射室」（即我們一般說的腦波斷層掃描）拍片子。我們病房在七樓，而「CT放射室」在另一棟樓的一樓。進電梯後，按了樓層，突然一片漆黑。那一瞬我想：「媽的，這太ㄔㄨˋㄚ賽（荒謬）了吧。」所有的人全用方言罵罵咧咧、指指點點。後來黑暗中不知是三哥或二哥說：「ㄟˊ，電梯仍然在下降。」（所以不是電梯故障，是燈壞了。）到了近一樓處，那日光燈啪嗒啪嗒一閃一閃地打亮……

我憤怒極了。無名的憤怒。不知所以的憤怒。

父親全身赤裸，只蓋一件綠色被巾，這樣在光天化日之下任人展覽。像他生命後半幾十年委頓藏身的那一切現代化場景全是一場幻夢，他又回到他那個年代的、亂世的、人的身體被如此粗橫對待的鄙陋場景。

那樣破爛的醫院大樓，那走廊上貧窮髒亂、兩眼迷惑的人民；那下降到一半可以突然停電，全部人驚聲大叫卻又賣弄世故評斷的一整電梯人；那一路顛簸塌陷的甬道——我們推著父親的擔架車，時時遇阻，有時是一截樓梯，有時是施工中的一堆磚頭，有時是不知怎麼想的在那已度過障礙關卡，難得的一段平坦走道，他們卻美美的鋪上凹凸有致的羅馬鑲嵌磁磚……

幾個堂哥皆已是七十歲上下的老人。他們矜默悲傷地和我扛著父親（失去意識、失去時間向度的身體），在那樣像來不及在白日天光驟曝時撤去的鬼域場景裡急行。我幾度想對他們哀嚎大喊：「慢一些，慢一些啊，不必那麼快的啊。」父親的頭在這一群同是老人的子姪輩的推運中，一震一震地晃動。如果不是失去撐起身子的能力，父親應會暴躁起身大罵吧。

大哥提著點滴瓶，一邊對這醫院的甬道罵罵咧咧的。我覺得這一切眞像喜劇一樣荒謬呵。（大哥害不害怕最後這件事被判定的印象是：「父親是被他活活氣死」？）

有幾度三哥一個不專心，讓父親的胖手臂垂掛下床架，其他幾個老人即憤怒地指責罵他，而插進父親鼻中的氧氣鼻管不斷脫落，我一直固執地將之拾起塞回父親鼻中……

然後我們走進那間奇怪的「CT放射室」。

怎麼說呢？從那個掛著白漆紅字標示木牌的門洞走進去的一瞬，讓我恍惚回到小學時和幾個值日生同學，在體育課結束後一起抬著一大竹簍的排球（而不是和這幾個有血緣關係的老人，抬著失去意識的父親），走到學校最偏僻、陰暗、布滿灰塵角落的「運動器材室」去歸還。亦很像從前在成功嶺，被值星排長帶隊到槍械室取槍的暗室印象：重重上鎖的閘門，帶隊官和貓眼惺忪的槍械士官之間的嬉耍打屁，那種森冷肅殺、倉庫意象又帶有一種封閉其中的人特有的百無聊賴……

在那條走廊盡頭的一個小房間裡（那是這個地下室倉庫的部門裡唯一有燈光之處），有四、五個穿著一式白袍制服的青年正在嘻嘻哈哈說笑著，但他們一瞥見我們在窗洞外探頭探腦，即虎下臉沉著嗓音：什麼事？要幹什麼的？以明大哥期期艾艾地遞上醫師開的證明，其中一個別著臉狐疑地看了（那確實是一張不太有說服力的破爛小黃紙，還好上頭蓋了萬主任的橢圓藍墨水章）——我感覺到這裡的青年一穿上制服，不論是層級如何低的，便對那些說話夾纏不清的農民老人，有一種刻意擺出來的蔑視和提防，似乎在一個外人不知道的歲月裡，曾喫過許多這類老人的虧似的——然後他蓋了印，便打著呵欠，領我們走到另一個房間（他拿了一串鑰匙，非常艱難地替那門開鎖）。並叮囑我們脫掉鞋子換上他們的拖鞋，再把父親推進去。

在那個房間的中央，倒是非常突兀地放著一台非常具現代感的大機器。我和那四個老人，一陣混亂將父親抬放上那像臥式划槳健身運動器材或蒸汽浴之類的機器平台。父親裸身只用薄巾覆蓋私處。那些穿著白制服的青年（後來我確定他們是這間醫院的放射技師和實習醫師），則躲在一整面玻璃窗的小間控制室，操控著那台儀器（現在它比較像雷射切割冷凍豬肉的機器）前進後退環繞著父親的頭部……

裸體的父親閉目躺在那台太空艙般的奇怪機器，似乎正孤獨地進行一趟我們不知他眼前景色爲何的漫遊旅程。我則和那另外四個老人兄弟們傻愣愣地站立在昏迷的父親四周（我記得台灣的腦斷層掃描是不讓其他閒雜人進去放射室不是？），那樣的冷光，強烈的冷氣，那要求脫鞋換拖鞋的規矩，都令我的老人兄弟們驚疑不知所措……

在這整個過程（我和老人們圍著老父親受難而形象屈辱的身體，而那些白制服青年隔著玻璃窗在另一邊談笑風生地操縱著那台正透視拍攝父親頭顱裡面的大機器），有個音響喇叭掛在這間空蕩蕩的房間上方，他們播放著音量極大的中國搖滾。那些農村苦力出身的老人對他們竟在這樣古怪科幻的未來場景裡，如此粗暴地以年輕小子的墮落流行樂轟炸一位垂危的老人異常憤怒。沒有任何預警地，我那位穿著毛裝一頭白髮的三哥，突然走到控制室之前，用力拍打那扇壓克力玻璃窗，咒罵著（因爲音響聲過大，使我只斷續聽見他的破碎片段）：

「共產黨完蛋了……你們這個操你媽音樂這樣搞法……病人都被搞死了……」

控制室裡那些穿白袍制服的青年們都愕然瞪著我們（且一直到父親拍好掃描，一位醫生出來要我們把他搬回擔架。那音響的巨大音量始終沒有調低）。二哥、四哥和我大哥皆著急斥罵著三哥：老三你怎麼這麼沒有腦子啊……我們人在他們手上咧……你這……你怎麼這樣處理事情……我們巴結他們還來不及咧……

一直到父親終於拍好CT片，我們復推著父親的擔架車離開那陰暗地窖似的詭異房間（又回到和擁擠人群錯肩而過，路面咯噔不平，白日天光曝曬的病院走廊），二哥老人仍是漲紅了臉在訓斥著三哥：老三你這樣子辦事不行的，他們被你得罪了，給老爺的腦袋裡動個手腳，把好好的人整壞了，我們是在幫他還是害他咧？我從未看過這位總是瞇臉柔聲說話的二哥老人如此震怒過。

三哥老人則又像是對自己負氣，又像冤忿地咕噥咒罵著：他們放那麼大聲的音響……這樣的搞好……病人這樣子搞……共產黨就是這樣子搞垮的耶……

第四天

今天原本要讓父親作「腦微創手術」——這已是來到九江的第四天了，父親仍像具屍體黑著顏顱高燒不退，大哥說得最好：「橫豎這樣擱下去也是死；眼看爸爸是不能空運回你們台灣動手術；連南昌那兒一個半小時路程他們都不給公文放行……咋辦呢？死馬當活馬醫嘍……」——父親竟像無意識地對抗我們想快速將他送上死神的輪盤賭桌上的決定，他的燒退了，且可簡單進水，甚至可照著護士大聲吆喝指令下伸舌吐舌。我們在那擁擠的病房，和那位（我賄賂過了的）腦神經外科萬主任討論。我們羞赧地，像惹麻煩那樣抱歉撒嬌地向他請求「再給我們寬限一天觀察看看」……

萬主任說：「這是你母親？」然後他開始對著我大哥和我說話（從這些細節處看他眞的是個自尊心和職業倫理皆極強的人。他收了我的賄賂，大家心照不宣。表面上他仍保持著這個病院裡醫生巡床時和病患家屬之間的倨傲疏離，但一些看不見的細心和體貼已滲透進整個有限的醫療作業。他屏退了一開始主治我父親的那位年輕大夫，由他親自來詢問並向家屬解說每天病人的進展。那使我們對父親的狀況聽到更多專業語彙的描述。每天我去繳費處掛帳繳費時，藥錢也從每日二、三百人民幣跳升至上千人民幣，那似乎也暗合著他曾經的允諾：我會給你父親用最好的藥。那之後，那些小護士們，每天頻繁地進出我們的病房，替父親換掛水的藥瓶；而另外兩床同樣是腦出血病患，則是上、下午各一大瓶、一小瓶藥水便罷。但即使如此，他仍不正面和我母親說話——雖然在那陰暗辦公室塞錢給他的錯亂之瞬，我曾說：「這是我母親的一點心意。」——他怕他的專業角色被老婦人夾纏不休的語彙弄擰了）。後來他乾脆把我和大哥叫去辦公室，向我們分析這種「微創手術」的風險。我大哥以一種鄉村幹部的老練和記性，向主任背誦他在醫院這層電梯前牆上看到的海報：這種「本院獨家」的，穿腦抽取血塊的技術，自一九九一年發展，經醫療團隊投入研究，如今已相當成熟，曾獲一九九九年全國科技獎第二名……萬主任如此陶醉羞赧地微笑謙辭：是得了個小獎，不過給病人實際操作時，風險仍是有的，特別是你父親的出血點就貼著腦幹，可能只是一個震動就要走人的……

言歸正傳。風險有六：

一、手術中造成大量腦出血，這是下不了手術床的。（後來我才領悟他的意思是「可能在手術中就死在手術檯上。」）

二、雖然不是用外科開顱術（即正規的，以小鋸鋸開頭顱骨的外科手術），是用一毫米見方的鑽頭穿過顱骨將造成腦室水腫及腦壓瘀血放出。但究竟是一種外界的傷害，不保證不會因感染而造成其他併發症。

三、可能會併發呼吸道衰竭，或由腦出血引起之胃出血。

四、即使沒有這些後遺症，不保證手術後令尊植物人狀態有任何改變。

第五點第六點我不記得了，但不外乎是萬主任訕訕說了一些「到時是下不了手術床」的情況。那時我心底不免浮起一絲對這醫生的怨懟：你當初那麼憤怒那麼不容自尊受傷害地將我們往那個「南昌二附醫院」送的意圖攔下，現在怎麼又是這樣一副氣弱心虛的模樣？我說萬主任可否容我和哥哥們、我母親大家商量一下，待會再把家屬的決定給您報告？他說沒問題，你們可以考慮一天，但也別拖，你父親的狀況不是挺好，明天再給我答覆。

然後便是我和以明大哥站在這層樓病房走廊外的樓梯間（那是我終於看見那個他說的「得了一九九九年全國科技二獎」的腦微創手術的海報，上頭附了一些中風病人的腦斷層照片，手術前腦室的出血狀況與手術後的改善情形。還有萬主任與一干醫生戴著白口罩圍著一個病患專注地在進行「微創手術」——他們正用電鑽在他的光頭上打洞！——的照片），我們互相替對方點菸，然後沉默地叭答叭答地吸了三、四根菸。我知道這對以明大哥也是個重要時刻。問題是誰來下這個決定？我突然覺得無比清晰地在這個長我三十歲老哥哥的靈魂裡看見了我自己。我們都習慣在被迫要作出重大決定的時刻皺蹙著眉頭，似乎若有所思其實心裡一片空白。我和以明大哥幾次遭遇，發現我倆有一性格上的共同點：即是與人方便、怕麻煩，以及說漂亮話。在那一瞬間，我們或皆在猜臆對方的想法，斟酌著說讓對方舒服的解決方式。以明說：「我看爸爸這個狀況，是好不起來了。當然我們都希望有奇蹟出現。但依我看這兩天，媽媽憔悴得很厲害。小弟你放著小弟妹在台灣就快要生產了。我們怎麼決定都可能是錯的，也可能是對的。醫生他們是專家，他們會講得嚴重點嚇唬我們——但依他的意思，我看眼前只能動這個，什麼腦微創手術一條路了……」

那時我多想問他：那個晚上，在那個飯店房間裡，父親到底對他說了些什麼？而他回答了什麼？但我只是說：「爸爸的個性，據我瞭解，如果此刻他人是清楚的，必然也是說：幹什麼拖著，有一分希望總是好的。就動手術了。」我說：「爸爸是賭徒性格。」

於是決定了：作「腦微創手術」。在這個陌生小城的破舊醫院。不孝而明快的兒子們。如果不是由我來作決定多好啊。那時下一層的樓梯間有工人鑽牆發出轟轟刺耳的嘎磨巨響，我突然神經質地懷疑：媽的那萬主任鑽腦袋殼時用的電鑽，不會就是和這鑽牆工人手中一式一樣的鑽槍吧？（老兄你這電鑽借我們主任用用，動個手術下午就還你。）

但是父親今天早上，像是把自己從死神的房間裡拍手喚出。持續了四天的高燒終於退了。母親用棉花棒沾水塗濕他乾裂的嘴唇，他的喉頭會微弱起伏作出吞嚥動作。醫生來巡床時用光筆照他的瞳孔，拍打臉頰並大聲喝令他伸舌吐舌。他雖然像困陷在極深的眠夢裡被吵擾而皺起眉頭，但竟也照著指令吐出了舌頭。（我和幾個哥哥老人簡直像阿波羅十三號終於繞過月球背面又出現在雷達螢幕時休士頓太空總署的那些科學家們差點沒擊掌歡呼。）

父親，我們終於沒有像在路邊撿到瀕死的鴿子，閉眼將牠脖子扭斷；或是像帶我們家從前那隻得了痲疹絕症的狼狗到獸醫院注射氰酸鉀。「只求速死。」

今天醫院停電。隔鄰病床的年輕女人拿出大蒲扇替那個中風老人搧風（她可能是病人的女兒）。父親開始皺眉頭，躁煩地翻身（他最怕熱）。

第五天

他們用裝冰棒的掀蓋式冰箱當作貨架，用同一條牽拉的電線點了兩盞黃燈泡。燈光下堆滿報紙、香菸和礦泉水，顧攤子的少女搖著大蒲扇，夜色樹影下搖搖幢幢，頗像台北六〇年代那條街的一角夜景。今天隔鄰病床的那個年輕人突然離床站起，全部的人（包括他自己）全被那一幅景象嚇呆了，那亂像烤鴨店裡已片完肉的鴨架子突然濕淋淋撐開翼骨那樣從湯裡站起。大約停頓了五秒鐘，一旁的迌迌仔模樣的青年們才慌張起身擁住他。

我那時深深被身旁這一幕「復活」的肉體演出給驚駭震動。我正替仍陷於深沉睡眠的父親的柔軟身體擦拭，眼睛像無法適應曝光一樣倔強地睜大著，怎麼會呢這房裡三床的病人，三個一起進入與死亡等速幽冥航行的無知覺之人。怎麼會是那一床的傢伙掙脫了睡美人的咒詛，從死亡輪廓裡剝皮卸殼地跨步出來？

（那傢伙原先像僵屍一樣折臂直舉，瞪眼張嘴躺著。）

這倒給我一種幻影也似的鼓舞：父親也許也正在那厚水泥牆築的死亡迷宮裡，滿頭大汗地找尋出路呢。只要給他找到了出口（在我聽不見的死沙漏的滴落聲中），也許他就會像那個瘦肋排的年輕人，嘩地一下撐身而起？

妻打電話到醫院，告知她今日去掛號詢問治療她姊姊癲癇的腦神經內科醫生，有幾個重點：

一、父親小腦溢血至今五天，情況並未惡化，且慢慢改善，表示最危險時刻暫已過去。接下來要設法給他最好的照顧和藥物，切記，動刀或其他任何所謂「小」手術，皆是不得已時刻急救之用。

二、如果無法保證大陸當地醫院之衛生隔菌，無能保證不遭感染或併發症，千萬別貿然簽字動刀。他曾替一位在大陸動過手術的病人作二次手術，發現他們連該病患之頭蓋骨皆未裝回。

三、如果情況穩定，就醫學觀點其實是允許移動，惟中風病人每六小時必須吊一瓶腦壓藥劑。要確定從九江至南昌機場上飛機，到香港轉機回台北這至少十幾個小時的長途遷移，可以得到相關之護理設施。

四、在這樣的情況中，仍要接受病患隨時可能之猝死。

這樣的訊息使我安定不少。這幾天下來，我活像柏格曼電影《第七封印》裡，那個和死神對弈以拖延身邊人死亡時間的武士。我頭痛欲裂，腦海裡旋轉遞換著六七套棋譜（父親，我一要將你活著帶回去）。

從當初與母親趕機奔赴作好的收屍打算，到如今似乎一個子一個子喫下死神的局陣。但那是不是一個最終被全盤通喫的陷阱呢？有生以來，第一次這樣無從協商交換地，以父親的生死爲籌碼和外人對賭。我的任何判斷皆決定著父親的苟活或絕命。

我曾玩過無數次「拯救父親」主題之電玩，我亦曾以此爲題材寫過一本「切入年輕時父親之宿命時刻，拯救（改變）父親一生悲劇命運」的小說。不想如今我就正陷身在此一處境。

哥哥的訊息是：

一、保險公司可透過旅行社安排，有醫護人員隨伴一路從九江到南昌登機，再經轉機至桃園機場。

二、有一種國際救難組織，亦可派人員與醫護裝備，由九江一路陪同回桃園。

三、至於我提出由哥哥找台北的醫院派救護車至中正機場一事，或有困難。因規定須由最近之大型醫院（譬如林口長庚）派救護車至機場。

昨天晚上，妙音阿姨打電話到我們的飯店房間，和母親講了一個小時（後我不斷在我的床上對母親用誇張的手語加上唇形：「國際長途電話欸。」），妙音阿姨告訴母親，她們那邊的什麼什麼共修會之類的，一聽到父親的事，就湊齊了六、七十個人，連續一天一夜替父親念誦〈地藏王讖〉（我腦海裡浮現了六、七十個穿著黑色海青袍，拿著引磬或經書，閉目嗡嗡轟轟念經的老婦的畫面）。母親在電話這頭哭泣起來。這使我迷惑不已。這一路來從香港機場、到海南島轉機、到南昌，最後終於到了九江、在醫院見到父親頭大臉黑的可怖景象，母親保持著一種疏離的神情。有時她還會低聲和我耍寶說笑話呢。某部分我知道她是個好強的女人。她也許在對自己扮演一個堅強而不露出軟弱一面的角色。另一部分我深深地理解：這些年其實她也老了。她早已發展出一種不讓命運的殘酷劇烈圖景直接撲襲上身的自我保護方式。她總是在父親像獸檻裡恨意勃勃的困獸，無來由發狂驟怒時，臉上保持一種「眼觀鼻，鼻觀心」，事不關己的滑稽微笑。這樣的表情，到了有一天父親轟然倒下（這下你這老頭惹的麻煩大了吧？）卻仍變成習慣。像是只要刻意疏離著，噩運就不會走到最悲慘的核心。

5 萬主任

一開始我賄賂的是一位張醫生，他是一位白淨斯文的年輕人，我在那白日光照下顯得挑高空蕩（也許是那一片慘白的單調水泥牆面使然）的醫院樓梯間攔下他，將旅行社陳經理留下的一條三五洋菸和一瓶人頭馬VSOP塞給他，陳經理交代我不論如何先塞給主治醫生——大約是「閻王摸清底再說，城隍只看進門規」的意思——總算讓穿著醫師白袍急匆匆在那菜市場肉案般的病床間穿梭的神祇，願意停下步來，稍稍耐心地用普通話（而不是江西方言）向我們講解父親的病情。

實在我極難在以明大哥那帶著濃重南京口音，夾雜鄉村地方幹部的評議修辭及隱晦地想透過我向母親告解的不著邊際的解釋迷陣中，弄清楚那頭顱發黑陷於譫囈的父親，此刻正處於怎樣的一個處境。

（父親快死了。大哥不斷這樣憂鬱地說。恐怕不樂觀耶。）

那個張醫生以一種詫異的響亮聲調推拒著我的菸酒，有一瞬間我暗自懊悔自己是否太魯莽了，究竟是在這樣人來人往的樓梯間哪（這間醫院的樓梯間不同於台灣醫院之樓梯間被隔阻於逃生門外的陰暗角落，它像我從小到大所有國民學校的樓梯，敞亮開放地分擔了大部分上下樓病人或家屬的交通——或因僅有的兩台老舊電梯升降速度實在慢得匪宜所思且常故障）。但旋即他便在「這不成敬意，這不算東西」，「你們是台灣同胞，遠到這裡，看護病人是我們的責任」，「您一定要收下，只要能救回我父親的命，多少代價我們都願意付」這樣利益暗示與道德敷衍抗搏後，把那一塑膠提袋的菸酒兜進懷裡。

那是一個何其微妙的過程。彷彿心照不宣的叫牌與聽牌。像白日下緊湊運作的一個交易市集，如此地效率和上道。你一腳踩進去就知道自己弄對路子了。但似乎一眨眼，那一切又在曝光下轟然消失，仍只是一幅懶洋洋的，人命不值錢的破敗醫院場景。彷彿什麼都未曾發生。

但那天下午，那位醫生即帶著父親的病歷卡和腦斷層照片走來我們的病床邊，他面無表情（以峻退隔鄰兩床當地病人家屬好奇且欣羨地湊擠過來）地對我解釋（似乎認定我是這件複雜事件的決斷者，而母親只是一個茫然憂戚的老婦）：父親的狀況確實十分不樂觀，小腦大量出血，且出血點極靠近腦幹，因為顱骨的關節密縫，使得血塊壓迫四周腦細胞形成水腫。這段時間會造成腦細胞大量受損，且傷害到呼吸中樞、心跳中樞和吞嚥中樞，且因高燒不退，隨時可能感染發炎等併發症死亡……

那時我並無暇想像：倘若這個場景發生在台灣，我們的腦科醫生會用這麼淺顯易懂（簡直像高中普通生物學或護理課程）的醫學入門語彙向我們解釋嗎？我們憂心忡忡，似乎任何一個判斷或門路的覓找皆決定著父親究竟是客死異鄉或奇蹟被救回（像《讀者文摘》上的那些動人故事？）。

這種絕望慌亂中某種戲劇性模仿的「前進指揮所」（我在後來的回憶中才嗒然失笑想起自己用國際漫遊手機和家裡的哥哥姊姊報導現場實況及交代求援電話的語氣理路，多像好萊塢電影裡那些向著休士頓太空總署發出微弱求救訊號的漂流太空艙；或是被恐怖分子劫持的美國空軍一號上唯一倖存的特勤人員……），那時像在溺水湍流中伸手亂抓撲打在臉上的任何破碎物事，我在電話中要哥哥去翻父親的通訊簿，找一位十年前就在大陸投資的范叔叔，這個范叔叔是父親的同鄉，說來四九年還是父親帶著猶是少年的他逃到台灣。如今在安徽經營一間網球拍代工廠，據說在當地省長級幹部間「喊水結凍」。我要哥哥問他距離九江最近車程有哪裡的醫院有現代外科設備可以進行腦部手術？他有沒有管道？有沒有認識的官員或醫生。

那位范叔叔幾乎是立刻回電，他告訴我，這一帶最好的醫院是南昌二屬醫院（第二醫學院附屬醫院），他說：「……你先去找九江市市長，市委書記，或統戰部主任，或對台辦事處主任。你告訴他們，我是台灣同胞，現在我的父親在你們這裡出了事，我要求你們下公文給第一人民醫院，讓我們可以將父親移往南昌二屬醫院……」他說得鄭重又絕對，完全不像開玩笑的語氣，彷彿我可以直接穿堂入室走進市長辦公室，說：「喂，市長，我命令你馬上下一道公文，不要延誤了。」他重複把這一套「門路」說了兩遍，後來且說別去找對台辦事處主任，他的層級可能太低，催不動醫院，還是找統戰部主任。

那天下午，那位旅行社的女導遊來了個電話，她興奮地帶著一輕微的喘氣鼻音說，她已經幫我們和南昌二屬醫院的副院長同時也是心血管手術權威的某某醫生打好招呼，要我們儘快把「駱老」轉送過去。

我發現她或因意識到自己在這件事上，突然掌握了某種可以將我父親及我母親這一家人命運改變的機鈕（也或許她的走碼頭嗅覺，讓她極快地逮著了我隱藏在對應言語下的流浪漢氣質），她改了一個較輕佻的稱呼來喚我，「小駱」。

她說：「小駱，你現在就去找你們的主治醫生，要他由九江人民醫院這邊開一張證明，出一份公文，說你們家屬的意願，要將你父親移至南昌二屬動緊急手術……」這當然是一線曙光。雖然我心裡對那間「南昌二屬醫院」的景觀亦模糊描不出個想像輪廓，但在當下的處境，絕對是唯一可以帶父親離開這間傳統菜市場般，絲毫看不出有任何外科手術設備的鄉村醫院的唯一出路。且之前那位范叔叔不也提到「南昌二屬醫院」嗎？突然之間，「把父親移往南昌二屬醫院」變成了「有機會把父親救活」具體化的目標。

我對她千恩萬謝，但仍謹慎地提出疑問：如果九江這邊不主張移動病人呢？之前主治醫生才告訴我，父親小腦的出血點極接近腦幹，現在血塊仍壓迫著腦神經組織，他隨時都有可能送命，且父親的頭顱整個瘀紫發黑，如果在那一個半小時往南昌的車程顛簸途中……

「小駱，這些讓你們的主治醫生去判斷，你只要催他們開公文就對了。不能移動，我們可以從南昌過去九江會診啊，當然這樣食宿就要我們這邊幫副院長安排了……可是還是要九江那邊開公文來，說那裡有個危急病人，是台胞，需要請二屬這邊的某某副院長過來緊急會診……」

再一次我又站在那個光源與黝黑的邊界。白日裡我無從分辨，那一片祥和散漫的氣氛下，那些病院走廊自我手邊面無表情走過的年輕大夫和護士們，在那後面有沒有一個「眞正的秩序」？我聽不出女導遊的話中是否另有話？她究竟是單純的熱心（人性的良善）？還是在趁機作公關，替那位大人物副院長安排一趟面子十足住高級酒店（家屬負擔）有紅包可拿卻對父親病情無實質意義的出差旅遊？公文公文公文。我似乎被暗示著，只有陷在如此處境下的我們（台胞重症病患家屬？），隱密地享有豁免權或治外法權，可以要求這些活在二維光影世界的人們，暫時地脫離他們原有的秩序，擾亂他們原先各守分際的身分……只要我開口……

我和以明大哥在一間類似會議室的房間外等候著張醫生。（這間會議室和這層病樓所有的病房一樣，是敞著門的。除了我們，亦有三兩個心事重重的病患和家屬，挨擠在門口，對裡面散坐在併了兩張長桌的會議桌的醫生們探頭探腦。）一開始我以爲醫生們正在開會或作病情簡報之類的討論——電梯口旁牆壁上貼了一幅保麗龍壓背的「本院腦神經外科簡介」的海報，其中有張照片，就是醫生們排列坐在這間會議室裡作「病情團隊討論」——但後來我發現他們其實是三三兩兩，各自端著玻璃茶杯在嗑牙打屁。這個房間同時是醫生的休息室和共同辦公室。以明大哥遂進去把張醫生喚了出來。

我先向他致意，表示我們家屬對他們這裡醫生的醫術高度肯定，我還要謝謝他們在第一時間搶回了我父親一命——感謝他們那生鏽瓦斯鋼瓶般的氧氣筒和生理食鹽水的「掛水」（吊點滴）——不過，沒有不敬的意思，因爲有一位熱心的旅行社經理（我自作主張提高了她的職銜）介紹，說有個南昌二屬醫院的副院長可以幫我父親動外科手術……這對我們當然也是一個兩難的選擇……總之，就是希望醫生您呢，可以用九江人民醫院的名義，發一張公文傳眞給南昌那邊……

一開始我以爲他被我唬住了。他茫然地聽我說著，斯文的臉上一點表情都沒有。後來我發現他聽不懂我說的話，他說：「我聽不懂你的意思？」——也許是我的音量，我的口音，或是我裝滿外交辭令和使原意模糊相反的禮貌話——反而這時以明大哥用一口家鄉腔的鄉村里幹部的說話方式把我的用意又說了一遍，這次張醫生聽懂了。可惜我無法從回憶中重建以明大哥那像在江心洲替有土地糾紛或拖拉機壓死人家小雞之類的爭執作一仲裁勸說，唱作俱佳的滑稽模樣：「我弟弟的意思是，他們台灣人（他的發音是•ㄊㄞ——ㄨㄧㄣ ㄧㄢ）碰到這種情形，都要開刀的。開刀就不是要玩的（•ㄉㄧ），出了人命誰負責？當然要不計代價找最牢靠的嘍，現在他們台灣那兒有個親人，這人，也是我爸爸的朋友，他怎麼說？他說開刀當然去南昌二屬醫院開嘍，那兒究竟是大嘛，是不？九江有九江的長處，可說到這開刀，人家還是南昌那兒熟活兒嘛……」

大概是這樣的說話方式。我至今仍未弄懂，爲何這位穿了一身醫師白袍的江西年輕人，聽得懂我大哥那夾纏蘇北腔南京腔的土話，卻聽不懂我說的？

他說：「你父親現在的情況，肯定是不允許移動的。至於你們家屬希望邀請二屬那裡的——副院長是吧——來我們這兒會診，這是成立的。不過這事兒我作不了主，得去問我們主任。」

然後他就帶著我，像穿梭迷宮般地，在這棟老舊但挑高極高的西式建築裡（肯定是解放前國民黨時期的建物，因爲在其內穿廊繞弄，上下樓梯的空間感，髒污的磨石子地板，和光源自上方氣窗斜斜灑落的昏曖氣氛，都和我極小的時候，陪同父親到台北的公賣局、中山堂，或是鐵路局之類的公家機關辦事的印象，如此相似），不同樓層有不同的甬道往另一棟建築，來到一樓的門診大廳。

那是我第一次見到萬主任。

當我走進萬主任的辦公室時，腦海裡只有一種心思：如何有效率又不傷情面地，說服這個破舊醫院裡其中一個看不見的官僚環節，能夠快快地在公文上蓋章放人，讓我們將父親轉送到另一間較有現代醫療設備的大醫院（至少在當時的想像中是這樣的）。那時我無論如何也無法想像最終會事與願違，我們會像困於淺礁般地待在這座醫院裡進退不得。如我之前所述，從那個夜裡，走進瀕死父親躺臥的這個彷佛時光倒流的場景，我便知道，自己要和一套又一套和表面所見完全不一樣的秩序打交道，我只能做對的事、說對的話、走對的管道，這樣事情會像五鬼搬運一樣輕鬆順利。但只要我作了一次誤判，那個隱藏在底下的管道便會謹慎地關合上門。我什麼也別想進行。

如今回想：我一定是在一開始的時候，便選錯了進入那個秩序的方法，我說錯了話，走錯了門道，沒能理解他們理解事情的方法……

那間門診室，像是偏遠鄉下的醫護站。萬主任（他是個四十歲上下，個頭瘦小，一張貓臉戴著圓框眼鏡的年輕醫生）既無奈又怒氣沖沖地坐在一張大鋁製辦公桌前，應付著那些滿臉髒污，不斷從走廊鬼鬼祟祟往門內湊擠進來（搞不清是想插隊或只是單純好奇偷聽別人的病情）的病人們。他對他們吆喝斥罵，完全不留情面，他們則對他表面上恭敬畏憚，骨子裡則是嘻皮耍賴。那種醫病關係，和台灣大醫院的門診走廊，燈光冷寂潔淨，穿著高尚的病人們目光茫然坐在壓克力排椅上，安靜等候著電腦人聲和液唱數字板唱號叫人的氣氛完全不同。

這樣的所謂門診，其實是把一間一間的鄉下醫護站，像窯洞般排列塞擠在這陰暗潮濕的一樓走廊。只不過在每個房間外，分門別科地掛上一些不同的診看類別看板罷了。我就目睹著掛牌「腦神經外科」的萬主任懶洋洋地問他的病人：「怎麼回事？」那個老頭用鄉音咕噥著：「頭疼。」萬主任把身子往椅背一靠，翻白眼說：「頭疼？感冒不也頭疼？開兩粒感冒藥頭就不疼了唄？」那老頭還咧嘴笑了起來。

萬主任說：「怎麼樣？」（他正眼瞧也沒瞧我一眼。）張醫生俯近身，低聲用江西話嘰嘰咕咕向他解釋我的狀況。雖然我聽不懂那語言的內容，但心內亦微微詫異原本氣定神閒的年輕醫生，爲何講述的語氣，變得拉高了嗓門，急促又慌亂。原先那位正在受診的老者，和門口挨站的人們，臉上全掛著模糊的笑意，他們一邊聽著，一邊微微點頭地看著我（在這個房間，只有我聽不懂他們交頭接耳地正說些什麼）。

萬主任突然用一種壓抑不住怒意的聲調說：「二屬的，那是哪位醫生？叫什麼名字？」他是用普通話說的，顯然是衝著我問話。該死的是我根本不記得之前那位女導遊告訴我的名字。我囁嚅地說：「……好像是一位副院長？」

「副院長？副院長也有個名字是吧？連名字都沒有，就叫我開公文？」這擺明是給排頭喫了。他似乎連門診也不看了，非常躁鬱地倒轉原子筆哆哆哆敲著桌上的看診單。

我說我來問問看，我便那樣像街頭行騙被拆穿的鼠輩，爲了證實自己所言不虛，當眾掏出手機，裝腔作勢撥號打給那位旅行社的女導遊。

女導遊接的電話，聲音悶悶地午睡被吵醒，我說對不起我是小駱（情急之下我竟也這樣稱呼自己了），對不起請問一下，你說的那位副院長，他是叫什麼名字？

女導遊說：「怎麼回事？他叫做某某某啊。」於是她又重複了一遍教我如何去請九江人民醫院這邊開公文的程序。我心裡後悔得要命，一開始我就覺得這個女人說起話來浮誇不實，整件事被弄得鬼鬼祟祟的。

這時萬主任把筆往桌上拍，說：「是某某某是吧？他是搞心血管疾病的，這個病人是小腦出血，他來能動什麼手術？」奇怪是他並沒聽到電話中女導遊說出的名字，所以其實他一開始就知道那個副院長的名字。這一切只是爲了戲劇效果罷了。

那時我心中突然荒謬至極地想起一個畫面。我記得許多年前我第一次和妻要到大陸，出發前整行李時，父親異常執拗地要我準備幾支注射針筒，我對於旅行竟要攜帶這樣古怪又瑣細的配備感到滑稽可笑。但父親非常堅持，他甚至親自跑去屈臣氏買了盒十支裝的可拋式塑膠針筒，要母親捎給我。那時我有點被搞毛了，很是發了一頓牢騷：「如果機場海關查行李，以爲我是毒梟怎麼辦？」但父親的理由是：「萬一在那邊生個什麼病，到他們那邊的醫院注射——他們不興用一次性針頭的喔——糊裡糊塗染了什麼愛滋回來怎麼辦？你可以堅持說，我要用我自己帶來的一次性針頭……」

耳邊嗡嗡轟轟浮現父親的聲音：「一次性針頭。」那像是一則隱喻。許多東西在那個失重飄浮畫面裡都變成了隱喻：一具龐大而崩壞倒塌的老人身體，一幢時光逆錯的老醫院建築，一趟和死神的沙漏討價還價的荒謬旅程，或是：許多年前，父親未經過我的同意便擅自作主將我轉學到就在我原來那所小學馬路對街的另一所小學，我突然換上髒兮兮的國民學校制服，從原先那些穿水藍色漂亮制服的私立小學同學面前，垂頭喪氣地走過……

一次性針頭。

我的左耳和右耳像是可一八〇度旋轉的喇叭型聽筒：一邊接收著手機裡女人夾纏不休地

賣弄「人家副院長也是很忙，我好不容易逼他點了頭，你告訴你們那個醫生，這個醫院之間不是也有那個什麼教學觀摩……」另一邊則招呼著萬主任在我腦後以勝利者之姿挑釁式地嗆呼喊叫（他的聲音甚至帶著笑意。事實上他也確實重新掌握了對這件事的專業權威）：「怎麼樣呢？二屬那邊的醫生我全都熟喔，某某、某某某、某某某（他念了一些人名），問題是你是要找誰呢？這是腦神經外科耶，不能隨便找官大的就跑來動手術，是不是？」然後，像在大街上敞胸擄袖的評理演說，原先那些畏縮恭謹的圍觀病人，這時竟喝起采來：「好！」「說得好……」

不知何時，或因感到我這邊背景的嘈雜，或明顯地聽出我嗯嗯唔唔的敷衍聲音，那位女導遊，突然羞怒地掛了電話。但我仍將手機貼著耳朵，像是繼續嗯唔著電話那邊的講話，並且假裝收訊不清楚，我背對著房門裡的其他人，把臉貼近辦公室後方的一扇紗窗，透過那片湮霧般的綠紗，我居然看見在那類似天井的窄小空間，在堆放著一些木材、斷腿桌椅，或類似一具馬達那樣的鏽蝕鐵器之間，有模有樣地放了一盆桂花盆栽，有一隻老鼠——也許就是從盆栽壓住的那水溝洞間縫爬出來的——渾身濕漉漉地，像坐在度假小島海灘上日光浴一般，半人立坐在那花盆盆沿的乾土上，好舒愜地舔拭整理自己的前爪。

我和張醫生在走回病房樓層的走廊上，他低聲像自語又像責備地對我嘀咕：

「應該讓你哥哥（他指以明大哥）去和主任講的，你講話講得太複雜，你看現在不是弄擰了……」

我們在離開萬主任的門診小房間前，我終於失控地對著他咆哮（其實我亦極沮喪，從高中時在街頭和找麻煩要圍毆的學長對峙那樣的時光，我便發現，只要我一憤怒激動，喉頭就會緊縮，嘴裡會吐出和自己凶獰長相完全不搭的，尖細的，變聲期小男生的嗓音）。我說：我和我母親可是千里迢迢遠從台灣來處理我父親的狀況的，這就是你們的待客之道嗎？我怎麼可能認識什麼一屬二屬醫院的誰誰誰是副院長，誰才是你們專科的腦神經外科？一句話，我不就是病急亂投醫嗎？只要能救回我父親，花多少錢我們都不在乎（我對自己在急怒中，仍能精明地「露白」——擺擺台胞的財大氣粗，感到非常滿意）。但是你有把握救回我父親嗎？如果因爲你這種態度，延誤了急救時效，我爸——一個台胞——死在您手上，您負得起責任嗎？

遺憾的是一旁的那些病患並未對我的精采演說吆喝鼓掌。萬主任倒是被我的氣勢稍稍壓住，他瞇起貓臉，若有所思地（也許我觸動了他亦困處在這座設備簡陋的破舊醫院的懷才不遇，或是某種珍貴價值之情感）說：「當然救人是我們的天職……不是因爲你從台灣來就怎麼樣的……」

所以那位張醫生，這才懊惱又擔憂地（究竟他收了我的洋菸酒），在錯身而過那些形體多少歪斜或損壞的病患間，像自己人一樣地咕噥抱怨。

不過那是最後一次，我和他如此私密地商量我父親的事該如何處理了。那天傍晚，我趁了個空，便鑽進萬主任的辦公室（這倒是這層樓唯一一間有掩上門的小辦公室）。在他還來不及調整該以何種態度面對我時，我塞了兩百塊美鈔在他的醫師白袍口袋。並且，為了避免他在混亂推託間的掂捏誤以為那只是薄薄兩張人民幣。我一邊和他抗拒的手腕搏鬥（他抗拒得比張醫生認真且用力），一邊低聲急急地說：「……你看我們現在為父親的事忙亂，連匯兌都找不到時間，就先用美金……」

他則像在密室裡，真心誠意地對抗一場性騷擾一樣，用勁地來扣我的手腕，並掙脫我抓住他的手肘。

他從頭到尾都低聲重複：「不存在。不存在。不存在。不存在……」我不知道那是什麼意思。

後來他終究是把錢收下了。我們兩人皆氣喘吁吁力氣放盡地對峙著（那時我極力控制：我若是笑出來，一切就毀了）。他在身體上的僵強使勁使得他收下的鈔票上有勞動力的莊嚴汗水。他可以告訴自己：「我盡力了。」那一刻我真心相信他是一位有尊貴信仰的好醫生。他說：不存在。那是微弱地抗議著，在這個貧窮的醫院（或內陸小城），不存在這種資本主義社會的陋習？還是指這一幕在我和他走出這間辦公室後，便「不存在」了。他與我之間的，醫生和病屬的尊卑位置不容被這插入的一幕給輕微撼搖……

我對他說：「這是我母親堅持對您的敬意。」我又說了一遍：「只要能救回我爸的命，多少代價我們都不在乎。」那時我多想悲哀地對他說：我也是不得已的啊。我也不想以這樣粗暴的方式玷污您和我但我非走這樣的捷徑不可……

我走回父親病房時，天已昏暗下來，房內沒開燈，所有人的臉廓顯得模糊黯淡，床上躺著三個失去意識的人體，床邊坐在板凳上守護他們的活人都靜默著。反而是那三個壞毀的人形發出極大聲的鼾息，另外還有氧氣打入鼻孔前進入水瓶過濾的單調氣泡聲。父親高燒不退。頭顱仍發出死屍般的黑紫色。母親閉目盤坐在床沿，拿著一大串念珠在念經。輪流看守的二哥老人和三哥老人安定地坐在一旁，一個壓著父親手臂上的點滴針頭（父親無意識地躁怒狂揮手臂會把針頭弄掉），另一個則不斷用濕毛巾換水，貼覆父親的額頭。

他們沒有為我這樣大半天不見人影而困惑責難。他們一定搞不懂我這樣在醫院各樓層間跑來跑去和父親的病況有什麼關係？

二哥老人一臉皺紋，慈祥地問我：「怎麼樣？」雖然我不知道他是問什麼，但仍回答他：「搞定了。」他也並沒有任何理解細節之企圖地：「噢。」

第二天一早，當張醫生來到病房替父親作驗血、驗尿分析並決定當天要吊點滴（他們說掛水）之藥物時，萬主任走了進來，他低聲對著張醫生說：「以後這床交給我來吧。」並把父親的病歷資料要去。

那時我可曾注意張醫生的眼神？他一定馬上就知道了，他被繳了械。我直接越過他去賄賂他的長官。以後我不需要找他商量任何事了，一切有萬主任作主。他會不會推測我塞給他上司的價碼呢？

6 第六天到第十五天

第六天

時間感已開始潰散。今天是幾月幾日？是星期幾？開始如散光眼看蠅楷小字，重疊成一小截一小截的瑣碎事件：我在那座破落的人民醫院廊道間穿梭，兩側盡是排不到病房將病床拉在走廊吊點滴的當地病人，我走進一間像廢棄海濱小學的空體育館的建築，那像工地（這裡所有的建築內部都像未完工的工地）一樣的空房間裡放著兩台電腦、一台列印機，和一疊一疊的紙張資料。有兩個戴眼鏡穿白袍的年輕人（這在這座城裡何其稀貴）坐在那兒。我說我是來拿七〇六病房二十六床的駱某某的檢驗單。他們說您等會兒。然後他們說你們從台灣來的？我說欸。其中一個說，旅遊途中出事？我說是。然後他們一如在任何場合你遇見知道你是「台灣來的」的大陸同胞，話匣一開即問起「台灣人民對台獨是怎麼看法？」「現在股票跌光了是吧？」「這小布希就是希望咱們兄弟互打，他好漁翁得利。」之類的話題。一一回答。欸。是啊。現在眞是有點糟哪……我覺得疲倦且孤獨，事情變得似乎如此簡單且無聊，遙遠的那座島上的那些叩應政論節目。那些繁複的、精準的，如同現代化城市排水系統一樣迂迴婉轉的語言系統；那些酒後駕車被重罰的市政官員；我曾在夜深無人的高速公路隧道內任意變換車道被不知埋伏在哪的公路警車追上開了張三千元台幣的罰單（這絕對是此地人無法無法想像的酷法）……

後來其中一位檢驗士問我：你們台灣那兒，像我們這樣年紀的人，一個月薪水大約好多？

我謹愼（在虛榮與謙抑的雙重天性掙扎之後）地回答：約一萬塊人民幣唄。眼鏡後的兩雙眼睛乾澀沮喪地互望一眼，然後其中一個仍好場面地小聲說：和我們這差不多。

善意地補充說，不過在咱們那兒，年輕一輩的下崗率高得嚇人哪……他們的臉又明亮起來。唉，是啊，不過我們這兒也改叫失業嘍……又恢復那種窮兄弟想認親戚怕被傷害又搞不懂究竟在哪一環節被人棄嫌的友愛爽朗……

父親今日狀況又不如昨天。陷回深沉的昏迷，早晨我與母親趕赴醫院，大哥第一次面露疲色。他說父親拉了一整晚的大便，他和四哥搞慘嘍，揩了一整晚的大便，他說小弟你們別再搞這果汁來嘍，爸爸喝太多了一直拉不停咧。

但當主治醫師來查房時，我追上前問（我總覺得他因自己正直的天性卻收了我的賄賂而下意識避著我），醫師說父親昏迷已第七天，一直靠點滴注射或液體進食，大便自然稀。他說可以試著餵食一些稀飯或鮮搾果汁，他說他是說不要再只餵父親喝那種罐裝果汁了（小木几上放著一罐大哥買的開了封的椰子汁）……

之後又發生另一個微細的衝突：四哥拿著漱口鋼杯要上街去打稀飯。我把杯奪過來，說千萬別在街上買稀飯，我坐的士回飯店打唄。一陣劇烈的搶奪和大聲爭議（他們弄了老半天才搞懂，我不是爲搶付稀飯錢，而是嫌他們買的稀飯不衛生）後，他們用那一張張敦厚而迷惑的老人臉孔愣瞪著我……

……怎麼回事呢？小弟……這樣一碗粥一塊錢不到你要花十元來回搭的士？這太費錢咧……

今天中午，這座烈日之城居然下起綿綿陰雨，我的情緒跌落谷底。回飯店時然看見一樓大廳一角裝飾起來在販售高級月餅。

下午進醫院前，和母親先搭的士至「大眾大百貨商場」買一盒嬌生嬰兒濕紙巾，一罐嬰兒尿布疹護理霜，還買了一個指甲剪（我們的指甲都長了），一個鋼杯（後每日自飯店直接打稀飯到醫院）。我還買了一疊白信紙寫稿用（紙質像此地的衛生紙，薄而粗糙），另買了一罐「農夫山泉」礦泉水（預備放回飯店冰箱內，因爲今早爲了外帶飯店西餐廳的鮮搾柳橙汁無容器盛，故自冰箱抽了一罐，但冰箱上標簽貼示六元的礦泉水，在賣場裡只要一塊五。）

我似乎進入了這樣碎片段的時間摺皺裡。如芝諾的「飛矢論」：如果時間可以切刻成一格一格的單元，如果……不，也許我弄錯了，也許我進入的是「追龜論」……那麼時間可以停止。

今晚聽到一個壞消息，保險公司的小姐說根據國際航空法，必須等到醫生確定父親狀況允許移動時，再過十四天才能登上飛機。亦就是我必須最快等到九月中才能回去。那時妻可能已經生產。

我打電話告訴妻這個消息，她在那頭啜泣起來。

今午在飯店買現搾果汁時，那個服務生女孩拿著礦泉水瓶裝的果汁走來問：你們是那位從台灣來在這中風的老人的親人嗎？我說是。她說我那天早上在這有看見他們送他上救護車……我突然激動起來。眞的嗎？妳看到他們抬他上車？是啊，好幾個人抬他不動，好像有幾個老先生是他這邊的姪兒吧？還有旅行社的人和我們大堂經理……

那個早晨……

我和母親在飯店房間起了衝突。

我說：有時一個瞬間念頭閃過，既然我們現在，我們，可以暫時拋下那原先不可拋下的工作，我即將臨盆的妻子，和幼獸般的孩子……跑來這麼遠的地方，和父親一起困在這座陌生的城市。爲什麼當初，我無法抽出一天，兩天都好，安排一個旅遊活動，帶爸爸去哪邊走走……

那時我的母親正坐在飯店房間書桌前，將她那戴著老花眼鏡的臉轉向我。她說：「那是不可能的。你不是一直那麼忙嗎？」

啊。我在心底像胃被人重捶一拳那樣哀鳴。傷害已經開始了。父親尚未死去，我們已經像守靈夜的未亡人和孤兒們那樣，互相指責，言不由衷地告解、懺悔，互相傷害。向往昔時光的那些虧欠和曾經的粗暴索討一個讓自己心安的說法……

我們已經擱淺在這個混亂的異鄉城市，擱淺在父親團噎阻塞住的無意識時刻裡，我們進退不得。每日匆匆從旅店出門，招計程車到達那破陋的醫院場景；再從醫院招車躲回這座旅店，這座城市裡那些貧窮，兩眼空洞無神，那些無玻璃櫥窗只是一間間白灰糊牆的水泥房小框格商店，裡頭零落展售著衛浴器材、美術燈，貼牆木架上的國產可樂和飲料……那些街景在車窗外倥傯閃過。

我們擱淺在這動彈不得。

我從不知道這麼多年來，我母親心中的恨意如此堅硬浮沉。

病房裡，鄰床病患親人打聽了父親中風的原因，皆用沉重的江西口腔評斷（他們在指責我們嗎？）：「怎麼會讓一個中過風的老先生自己一個人參加這種旅行團旅遊咧？」

（啊那不就是轉臉不看的《楢山節考》之旅嗎？）

我們臉部的線條沒入一種慘澹的陰影中。如何倒帶？如何指證歷歷？當初是誰不勸阻不攔住父親一意孤行要隻身參加這個最後成爲他生命之旅終站的不祥的旅遊？當初我們可曾共謀地各自在心上想：「把這個壞脾氣的麻煩老人送出去幾天也不錯」？

第七天

今天是第七天了。

今天發生了什麼事？

今天我皮夾裡出現一張僞鈔。一張假的百元人民幣。怪的是我所有的人民幣來源皆是由這間飯店的大廳櫃檯兌換的。

先是上午我拿了父親的住院卡至醫院一樓的「劃價櫃檯」預繳時，被那個穿護士服的記帳小姐用點鈔機（兼辨僞機？這一部分他們像精明獵犬的鼻子一樣進化過度）發現了，她從那一疊鈔票中抽出其中一張，退還給我：

「這是僞鈔。」

從我與母親來到這間人民醫院以來，我已經來「預繳」過五、六次了唄，那像夢遊一般的流程，每日清晨，我從貼身腰袋裡抽出兩百或三百美金，至裝潢豪華的飯店大廳兌換人民幣；然後換個場景，又兩眼空洞地在那間像我小時候隨母親去西門町的「中央市場」買菜時，那種廉價的人肉無意地挨擠，地面總是髒污黑水隨鞋印疊來印去，那種人和人在較大之封閉空間裡以一種急躁的氣氛自由粒子運動的醫院裡，和那些任意插隊，瘦削且皮膚黝黑的當地病患在付帳窗口前胳胳蹭蹭，輪到我時我從皮夾裡掏出那疊大票面的人民幣，遞進窗口。

七〇六病房二十六床駱某某預繳藥錢。

這樣唱一遍口令。有時我繳一千五，有時我繳兩千。一開始，大陸的大哥還硬著口氣和我搶付，有一天他繳了一千。但後來他被嚇壞了，連同之前旅行社導遊在事情發生當晚先墊下的兩千，三千元人民幣沒三天就不夠掛帳取藥了。後來他像負氣受辱的孩子收下我塞回給他的一千元。我記得當初他還自信滿滿地拍拍腰包，說小弟你別替我們弟兄擔心，嘿，我從江心洲過來前，先向你姊姊（父親當初在大陸留下的女兒）借了一萬塊咧。

這四個老人一個禮拜日夜顚倒的輪班看護下，已出現心力俱疲的現象。我開始在一些枝微末節的小事上與他們發生衝突。譬如他們對我和母親在這不知要拖延至何日的非常時期猶堅持住在三星級的高級飯店而每日打的士來回頗不以爲然，但從來溫厚的老人們自動調整了他們的認知系統，他們謙卑地將自己和我們區隔開來。他們和母親年歲相近（二哥、三哥且比母親大上幾歲），但他們從不敢正眼看母親和她說話，母親說話時，他們露出和父親的年輕寡婦說話時，害羞又尷尬的笑臉。我且在此地的「大眾大百貨商場」，買了一盒在高檔專櫃展售的「強生嬰兒濕紙巾」和「嬰兒護臀霜」（這在台灣時是每周我必隨母親至公教中心補貨的平價的「嬌生」嬰兒用品）。大哥和幾位堂哥對我們用如此的高級品來揩父親的大便很激動。

他們問我多少錢一盒？我說八塊錢唄（其實是三十八塊人民幣）。後來他們亦不得不承認這美國人製造的濕衛生紙眞滑順不傷爸爸的屁股。

諸如此類的事情極多。我發現我正持續地、細瑣地，以一種異國的無法理解的櫥窗區隔在傷害著他們，但我正在保護著爸爸哪！我在心裡無聲地大喊。譬如他們以濕毛巾塞進爸爸的嘴裡擦他舌苔上白白的穢垢，我以極無禮的方式喝阻，且堅持要用棉花棒沾水或濕紙巾；譬如他們瞪起大眼勸阻我餵食父親鮮榨橙汁（因爲那太涼），我則一意孤行因爲醫生說可以開始試著餵病人進食一些有纖維的流質食物。或者當我夸夸而談向大哥描述著我和母親正透過保險公司，安排一個SOS國際救難組織來對父親進行海外救援之評估，雖然國際航空規定須等醫師同意腦出血病人穩定可移動後，猶需十四天後才能登機，可是我們決定不計代價地將父親空運回台灣（我試著以佛陀描述西方極樂世界那種琉璃滿地香花百草齊開的誇飾修辭描述台灣醫療系統的先進和科學——當然也尖酸刻薄地排剔了眼前這座菜市場般骯髒而落後的醫院一番）；大哥虎著雙眼跳起：「什麼！還要兩個禮拜！小弟，我昨兒和四哥商量著，不如我們弄艘大輪，從長江載爸爸回南京。那的醫院比這裡水平高許多。」

我傷害了他們嗎？今天大哥告訴我們，昨天夜裡，那位腦科主任，就在隔壁的隔壁那間病房（沒有手術室！）替一位病危的腦出血女病人，進行幾天前我們差點簽字同意他們替父親進行的「微創手術」。

大哥說他也擠去病房看了（所有閒雜人等皆可擠去圍觀），他說那個主任拿一把像工地鑽牆用的電動鑽槍，的的的的吱吱吱吱地往病人用白紗布裹住的頭部打洞進去，然後伸一支管子進去，放出大概一玻璃杯的血，血是紫的。另外放出一些鮮血，用一只白搪瓷小碟盛著（媽的，聽起來好像喫熊膽的廚子當眾表演將熊的胸膛剖開，切一小塊膽下來，再將傷口縫合那樣的景象）。

已經第七天了，醫院的場景像被永恆詛咒的煉獄：緩慢移動的電梯，裡面永遠沒人清理的病人嘔吐的穢物，每一層樓的電梯門口皆有用電鑽（曾借主任進行「微創手術」嗎？）和磨石機發出讓人痛苦欲死的噪音，只爲在這棟破舊病房大樓的電梯門面貼上一種合成石粉的磨青石裝潢……

有時我到病房走廊抽菸鳥瞰著下面醫院修剪成各式樂器輪廓的小花圃……

有時有人吆喝：打水了……三哥老人總是耳朵非常靈敏地喊：「打水了，快去，遲些被人打光了。」

我提著熱水瓶和一些老婦擠在一間幽暗小室，提領一個大型鍋爐裡的熱水。那時我有一種「欸，我跟妳們是一夥的」親愛的感情。

第八天

今天我站在醫院樓梯間的高處往下望。有一群工人正在拆一棟大屋子。他們一磚一瓦地敲敲，後將那些磚頭排列好裝到一輛卡車上。

鄰床的人渣在打電動。

我和其中一人渣一同拿糞便去檢驗課。

午飯時，母親對我大發大哥之牢騷。

今天是星期天，整個醫院長廊亦充滿著一種和平時不同的輕鬆氣氛，萬主任開一種艾葉，叫我至中藥處領。用紗布包著置放父親肚臍上。說如此可緩和父親腹瀉不止的狀況。

我想起幾年前，我喫胖逃兵，在退訓前短暫在鳳山受訓的時光。同樣在假日待在營區教室，等待那不知何時才批准的退訓通知。同樣置身在一群陌生卻不知爲何偎靠在一起的人們之中。

傳眞給保險公司，安排回程——

在病房講電話，鄰床的那個兒子露出落寞羨慕之神情。

今天晚間離開醫院，坐在的士上穿梭那塞滿漫遊人群的小街巷時，母親坐在我的身旁，突然冒出一句：「好美。」

是啊。那亦是我頭一回感覺到這城市的美。作爲行道樹的老楓，挨擠著那樹株間的隔距，是一盞盞小攤販的黃燈泡，是賣哪些東西的小販呢?車行速度過快，使我只能在一種前仰後抑的身體擺晃中，眼花撩亂地瞥過那些灰撲撲色調蓋住的擁塞街景：那些突然如此貼近的茫然而骯髒的老臉，那些艱難拉著長板車（此地的板車也許是從長江碼頭的搬運行會發展出來的，以兩只車輪為力軸的兩端皆極長，拉車伕的拉柄也長，後面物板亦像雉尾那樣長長拖曳著），上頭承載著無啥稀罕的當地節令的各色水果（梨、棗、蜜桃、蘋果、獼猴果、葡萄、橙，或是一整車的橢圓碎花小瓜）；街邊小玻璃櫃裡頭塞滿了只有童年五彩糖果盒可能勾起同樣旖旎慾念的各種顏色和名稱的長條盒香菸；街上混雜走動著各種不可能在我原先能想像的任一座城市時空裡同時登場的人物打扮。像是這座小城裡的人們不耐等候城市街區建築時間拉長的變貌和成形，自顧自以自身打扮為城市時代感的想像屏幕。那很像是將六〇年代台北中華商場靠鐵道那一面，七〇年代的苗栗火車站附近，加上萬大路果菜市場靠近環河快速道路集散處，或是極久遠年代想像中的艋舺碼頭市集的幾種恍惚印象疊合擠壓之虛擬布景，他們是可以將貧窮的零工（我且曾在某個白天在計程車上看見街角有四、五個赤膊穿西褲的青年蹲在分別寫了「水泥工」、「水電」、「搬運」、「電工」的牛皮硬紙板邊，兜售自己的技術分工的勞動力）、苦力、游民、下班的公務員、穿制服的中學生、穿印花布合身剪裁洋裝（何其美麗）的少婦、混混，穿廉價銀色系小可愛及皮短褲的辣妹……全那麼互不嫌對方礙眼地擠在那樹影間小黃燈泡光暈烘出的夢幻街景中。

父親的狀況持續好轉。雖然大部分時間他仍陷入昏睡，偶爾的清醒時刻他像酒品不好的人爛醉模樣那樣無理取鬧。他對三位哥哥（二哥已趕回南京處理賣船事宜）發怒撒賴，他不斷用口齒不清的短句命令著：

「讓我起來！」「快，拉我一把。」「我要自己去解大便。」那三個已是祖父的老人嘻嘻傻笑，像對著父輩無理酒瘋不知所措的委屈孩童，他們困惑痛苦不已，醫生明明交代父親小腦內血塊極靠近腦幹，任意搬動有腦內再出血之虞，但他們不知怎麼去忤逆這麼昏亂憤怒的老祖輩。

也許父親在他們忠誠崇敬的眼中，是一種被某種敵對魔力重創的華麗神獸吧，我第一次發現父親在另一組人記憶時間裡的，與島上他晚年肉身持續凋蔽壞毀景觀完全不同的輪廓。他們是如此顫危驚懼，如此愛眷不忍地料理清洗父親那癱瘓的龐大身體，他們淚眼汪汪地細心擦拭父親因腹瀉，每十分鐘即流出糞汁的受傷的肛門。他們扛著倒不起的巨大馬駒那樣合力將父親從床板移上些（讓他睡得舒服）。

四哥對我回憶九一年父親第一次回江心洲，「從來沒有過的，全洲上的人家都搭起炮架子。」北京那邊的廣播還報導父親回南京之事。

今晚回到飯店，找不到妻，打妻的手機、妻家裡的兩支電話、我們家的電話，最後甚至連岳父公司的電話都打了，但是電話沒人接，手機也關機，我突然陷入歇斯底里的恐怖：妻到哪去了？會不會出事了？我不在的這些日子，妻每日挺著八個多月大即將臨盆的肚子，開車載著我們兩歲大的兒子還有她母親，開車穿越那座如今來愈來愈模糊的城市，從岳母家到我們家。放狗尿尿、幫我聽電話答錄、回電話向那些人解釋我出的狀況、餵狗，順便整理一下即將生產必備的細軟或嬰兒的衣物……她會不會就在某一個街口，因為恍惚被另一輛車攔腰撞上？會不會她那樣像母恐龍牽著小恐龍艱難地過馬路時，我們的孩子突然摔開她的手，跑上馬路……

我悲慟地想：從父親這回以這麼戲劇性的方式出事之後，我心底懸撐著的某種正常性生命的細微支架被徹底摧毀了。對我而言，已沒有任何誇張形式的災難是不可能降臨我身上了。那像是一個曾被強暴的女孩，從此以後再無法不對任何抱住她身子即會勃起的男人產生厭惡與恐懼。

那時我對留在台灣的我哥不由不產生一種怨懟心情：他並沒有家累，為何是我扔下即將臨盆的妻子和兩歲幼獸，千里迢迢進退不得地困在這座雞巴小城。雖然出事當天他是因護照過期來不及補辦，所以由我伴母出征，但之後他為何不會體諒這老弟懸著妻兒的「蠟燭兩頭燒」之處境，前來換我回去呢？

我在只有我和母親的飯店房間內憂躁暴跳，如一隻怒意勃勃之鬥雞被囚鐵籠。那是父親出事，我和母親趕赴此地以來，我第一次在母親面前失控露出思念妻兒的強烈情感。母親亦被我的神經質弄得恐懼不已。她亦隨我胡亂猜疑究竟出了什麼事？但另一方面她似乎被我遺棄至一更孤獨的處境。似乎她是那如今仍昏睡譫語的病危老人的唯一親人，我有另一組親人隔著遙遠距離以電話監控而顯心不在焉。

事實上今天憂煩分心的不止我一人，從上午開始，病房牆上的那只電話便不斷有南京掛來的電話找二哥。那個一臉安詳講話慢條斯理的老人，一拿起電話，即用一種大嗓門暴怒的腔調說著家鄉話。（這使我有點詫異：原來這老人有其威嚴明快的一面）他似乎用一種權威不耐煩的能度指揮著對方進行一件重大的決定……

後來二哥掛了電話，又換回那張靦腆溫厚的笑臉，輕聲向我和母親解釋著：他們原來有兩條船，現在他打算賣掉手上一條。他們開價五十二萬，原先對方說手上只有三十來萬現錢。他要小夥子告訴對方拉倒不賣了。後來對方又說湊足了五十萬現金。這下換他兒子們（他說你姪兒）擔心那一大筆數目怕摻有僞鈔。他說這容易，你不會找人拉對方一塊到南京的大銀行去，現點收就存進戶頭。那銀行有現代化的點鈔機，眞僞立辨（這我倒領教過）。

後來二哥又和我聊了些碼頭工人的素質良莠差異。他說他們的船運貨沿長江下行，江陰的碼頭工人就不行，懶，又髒，南京的更不行。唉，到了無錫，就好些。再下行，蘇州，更好了。到了上海，那碼頭工人哪，素質眞是好咧。什麼都幫你捆好，幫你上貨、下貨，不用你一旁盯。又乾淨、又有效率……

但我看得出他在強自鎮定。整個下午，那邊的電話不斷打來，病房裡充滿著他嚴厲的大嗓門土江北話。後來我和母親勸他先回去處理唄。

今天父親第一回在我面前發怒。

他用一種我久已陌生的凶暴語氣對我說：

「別說了！走開。」（那時他硬要自己起身去大便，我以為我和身邊這些老人兄弟不同，用一種文明的語言警告他不能亂動，別發脾氣，這樣我們才能順利把他帶回去……云云。）

父親許久沒對我用這種語氣說話了，這使我想起小時候及青春期的記憶裡的父親。

父親腹瀉時，用嬌生嬰兒濕紙巾擦他肛門（他說：「這我怎麼做人？」）。他的肛門特寫如此清晰，己經被持續不止的拉稀和擦拭弄得潰紅腫起。

父親的屁眼

那時我突然發覺：我的臉（以鼻尖作為最近點）距離父親的屁眼，竟然不到十五公分的距離。我像外科的醫生，如此專注地凝視著那似乎被畫上圈圈的特寫區域。那個孔穴被我用左手拇指和中指鉗形撐開，周圍太陽光芒紋路的擴約肌，原本早已腫脹不堪，且在粉紅色嫩肉的夾縫間已出現了一小塊一小塊的破口。那是因為父親從昏迷第二天起便持續地拉稀，被我們用當地紙質粗糙的草紙反覆揩拭所致。現在那發腫發紫的周圍一圈都被塗上一層厚厚的白色奶泡（很像泡芙裡夾的鮮奶油），那是我和母親去「大眾大百貨商場」買來的「強生（就是我們那兒的『嬌生』）嬰兒護臀膏」，並且我亦改用「強生嬰兒濕紙巾」來擦拭父親三不五時便從屁眼小股小股流出的糞汁。

那個濕紙巾在台灣並不貴，那時每個禮拜天，母親會陪我和妻到永和老家的軍公教福利中心，補一些小嬰孩的奶粉、尿布或這個嬰兒濕紙巾。我記得三包補充包一袋是九十九元。但在這兒，在「大眾大」商城裡，那可是像那些舶來化妝品、香水、美白護膚用品一樣，放在有漂亮專櫃小姐解說服務的昂貴玻璃櫃裡販賣。一包三十八塊人民幣，眞是夠貴了。

第九天

飯店的玻璃窗上一隻灰色的蛾。隔著玻璃，那隻蛾巨大得讓人發怵。我可以看見牠的肚腹紋理和足肢如此繁複。

今天賄賂醫生。

北京醫院打電話來（他們受保險公司的SOS國際救難中心委託，與出事地醫院聯繫並確定病患症狀，以評估搭機運送回台灣之可行性），恰好萬主任不在（也是命該如此，我賄賂了他半天，且一再暗示，就是盼望他接到這通電話時，告訴保險公司，OK，這個病人你們可以來把他帶走。誰想到重要關頭，他人卻不在？），張醫生接的電話。在我們那間亂烘烘像菜市場的病房裡，他半倚著牆把聽筒夾在側頰，一邊翻著父親的病歷，像學生作報告那樣回答著一些數據。然後，抬頭用一種灰黯的眼神望了我一眼（我和幾個哥哥老人皆緊張地圍在他四周），無辜地說：「我們醫生的立場，目前病人不宜搬動。」對方大約又說了幾句，他嗯嗯了兩聲，又說：「但是，教科書上不是說，顱內出血病患，在八周內不宜做劇烈移動？」

他掛了電話。

我心裡想：是啊。這是給你的教訓。閻王易躲小鬼難防，從上了萬主任的路後，便以爲抓到了線頭。後來每天一次的巡房，我們這床也總由萬主任親自來探詢，開藥，這位張醫生面無表情地巡房查問隔壁兩床的病人時，心裡會不會懊悔當初不該把我們那麼快交到萬主任手上。他就只收到一條洋菸和一瓶洋酒。

我在心底近乎悲嗚地自語：像是要在每一處皆測試人的極限嗎？胃像被宰殺的河豚拳縮著。

我和大哥衝進辦公室。大哥怒氣沖沖（用他那南京腔極重的口音）地說：「目前家屬的意思，就是急著把父親送回去……張醫師你這樣一說不絕了後頭一切的辦法……」

（唉，他眞是氣急敗壞哪！）

張醫生看著我們，用一種「你們還搞不清楚狀況啊？」半是勝利半是悲憫的微笑，不疾不徐（他心裡一定爲今天自己接到那通電話縱聲大笑）地說：「但是教科書上眞的說，你們父親這種急性腦出血症患，在八周內不能作劇烈的搬動。不要說飛機了，連這裡要往南昌，救護車上的顚簸，隨時都可能會送命。」

我大哥說：「但是萬主任不是說可以……」

我打斷了我大哥的話。我說：「這樣的，張醫生——」那時我從皮夾裡抽出一整疊（少說十二、三張）百元人民幣，往他的醫師袍口袋裡塞，他當然反抗了一陣，但我仍把那疊錢塞進他口袋。這段日子，我慢慢對這個曖昧且陰暗的動作變得熟練了。我想像自己像那些好萊塢黑幫電影裡密室談判的毒梟、警察頭子或黑社會老大。我連講話的語氣都變酷變低沉了。

我說：「我們當然不希望這樣，這一陣以來都受您的照顧，一直找不到機會謝謝您。我們沒別意思，怎麼說呢？什麼事都沒發生過，就是代表我母親，向張醫師表達我們的謝意。」

他整個人往椅背塌陷，他開始囁囁嚅嚅地說話。這整個過程，以明大哥皆極詫異地看著我的臉。走出辦公室後，他亦一語不發。

我知道在那個時刻，我不僅粗暴有效地挫折羞辱了那個年輕醫生。我同時亦深深傷害了這個年過半百，自幼即被父親遺棄在家鄉，一路從貧窮饑荒和黑五類鬥爭中存活下來的，同父異母的哥哥老人。

第十天

今天發生幾件事：

一早與母親到病房，竟然發現父親的病床是空的。有一瞬間胃向下沉，似乎病因曝光而只剩下床架、窗框等簡單線條與一種溴化銀的氣味，後來鄰床看護的那幾個人渣告訴我們「你父親去CT室照片子了」。我們急匆匆地搭電梯下樓，從病房大樓正門的樓梯台階上，遠遠看見三哥、四哥、以明大哥三個老人，像我小學抬便當簍的值日生小朋友那樣，嘻嘻笑著推著父親的擔架床上一個斜坡。

我和母親跑到他們跟前，他們才看見我們。我立刻加入運父親的行列。父親困惑緩慢地轉著眼睛仰看著他臉上方的天空和已入秋的樹影。這是父親出事以來第一次清醒地離開那間烏煙瘴氣的病房，秋天早晨的天光下，父親的眼珠像那些黑色素不足的外國嬰兒折射著一種淡藍色的光暈。回到病房（不知爲什麼，今天大家都有一種慵懶緩慢而喜氣洋洋的氣氛），大哥告訴我們說父親的腹瀉好像已止住。後來萬主任也跑進病房，他又爲了我們家屬想最慢在下禮拜二（如此距父親發病爲十九天）運父親上飛機以及他們醫學判斷腦出血病人最好在三禮拜後才算穩定這些時間差距和我們討論了一番。但他顯得心不在焉。原來他主要是要替二十七床那個孟克男人裝鼻胃管。

一開始我以爲他要替那病人作「微創手術」（就是拿鑽槍往腦殼打洞放血的那手藝）了。他一直圍在陽台抽菸打牌，臉上掛著促狹的笑意，像是不敢面對這決定生死的重大決定。後來我才弄清楚他們不過是要爲那病人裝一條鼻管（以利餵食）。又是一大堆別病房的病人攜老抱幼聞風來看熱鬧，三哥告訴我們說昨晚那些小夥子硬給那病人餵食，病人又不能嚥（但他的嘴因中風而洞開不能合攏）還硬餵。今早抽痰，從胃裡抽出一杯那種「娃哈哈」牛奶。

下午CT片出來，張醫師拿父親出事當天照的片子，我來之後和眾兄弟在烈日曝曬下抬父親去照的CT片，以及今天的CT片作比較。結果第一張是有四格斷層底片有圓形狀的血塊，第二張剩下三格有，最後一張只剩一格有那硬幣形狀的血塊，另一格只剩下一點模糊殘跡……這表示父親的顱內正自行吸收那出血的瘀血，表示逐漸在好轉。

保險公司似乎在這樣的時間流動中（我們急切注視著父親身體像植物的細微變化，且愁困於這動彈不得之蠻荒城市），縝密不動聲色地收集情資，以電話聯繫醫師，作成有效文獻。因爲合約的密麻小字裡，有一行一小句的內容是「復發性疾病者不予給付」，他們一直在哄著我們無警覺地將父親描述成「二次復發」之中風。

今天另一件事是醫院的電梯竟在一夜之間換上新的木片地板，在電梯廂內兩側各掛上一幅花卉靜物畫哩。病房大樓的入口也變成玻璃自動門（平常進出從不知這有自動門哩）。入口處立著一海報看板：「熱烈歡迎省消防團專科蒞臨我院考察指導」，兩旁放兩盆花籃。媽的，原來這一陣那世界末日般的電鑽聲磨石漫天粉塵只爲了這勞什子的消防團來檢查評鑑。

（我和母親吵架：哥哥不來換我之事，母親竟在飯店餐廳眾目睽睽下失聲慟哭：「我現在已經很脆弱，你可不可以不要讓我崩潰了。」邦迪亞上校在結束十九年無意義的戰事後，裹著血污軍毯無比孤寂回到馬康多，知道「這世界只有他的母親易蘭知道他們所曾經承受的全部苦難」。但我則是那種「被知道」的母親薄膜永遠滑擦錯過了。）

第十一天

在父親右邊病床上躺著一個老人（鼾聲很大），他有兩個漂亮的女兒、一個兒子、一個大女婿，一個戴老花眼鏡的老頭是他弟弟。

點滴（點滴打完按鈴叫護士）

氧氣筒

大家的衣物

小木几

裡面塞著小玻璃子彈形的氯化鉀

熱水瓶

鋼杯

二哥、三哥的玻璃熱水瓶

像孟克《吶喊》裡的男人的鄰床病人

看護者：一群人渣

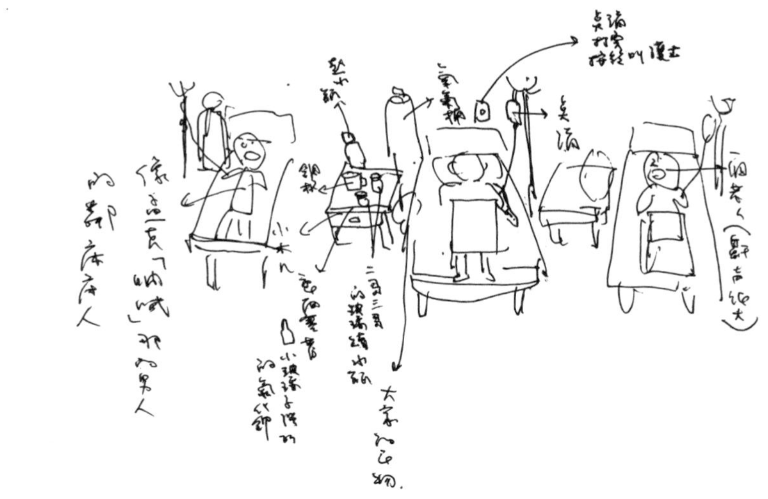

第十二天

我究竟對這座城市瞭解多少呢？

有一日早晨坐計程車往醫院途中，經過一所被巨大濃蔭遮掩住的小學——我是看到擠滿小朋友的校門口上方掛著一塊紅布剪貼金紙大字的巨幅：「熱烈歡迎新老師新同學」才確知那座建築物的身分。此地的建築體因一些輪廓接處的斑駁擾亂物事（譬如一些爛布棚、一堆木頭違建、一些自店家伸延至小街街心的竹簍攤販，或是一株大樹）而失去了當初獨立蓋起時的一性，所有的街景皆以一種將空隙處填滿的方式纏綁架接成一團。

不止街景，所有的人亦是亂烘烘地像某種將廢電纜瀝青廢棄建材融燒成一團的裝置藝術那樣擠在一起。譬如說我幾乎不曾在這來來去去的動線上見過任何穿制服的小學生或女高校生。街上蹭擦過的人種似乎只有這幾種型：工人，穿著破舊草灰制服紅肩章的軍警，一臉苦相的苦力老人，小販，還有理平頭濃眉大眼穿著仿名牌棋條紋深色休閒衫（很像我們中正特區路哨的便衣打扮）的旅行社導遊，再就是計程車司機與看不出源出何流行系統的各色辣妹（有的眞土；有的竟如許復古優雅；有的超越時空有些近乎台南新光三越百貨的在母親的洋裁縫和時尚雜誌間折衝的閉俗又可愛；還有一些辣得如此原始廉價，該短該少處皆盡力了，但就是少了一截時差台北東京援交少女的青春氣息）。

有一晚我在飯店咖啡屋的落地櫥窗寫稿，外面黑暗的夜街走過去一個甜美的辣妹（修細了眉毛，畫了鈷藍眼影，穿著貼身荷花袖露臍T恤和粉紅銀色迷彩緊身褲），她停下腳步站在窗外笑著和我打招呼。我呆愣了一會才認出她來，原來她是這飯店商務中心裡，那個每晚我跑去打國際長途電話與妻傾訴思鄉之苦時，那個穿著紅色墊肩制服，孤單一個坐在櫃檯後以制式語言招呼我並在我掛上電話後收錢找錢的甜美少女。

有一次我甚至在大眾大的圓環旁的混雜人群裡，瞥見了平時白制服一臉酷相的護士長，有模有樣地短裙恨天高變身成辣妹。

我對他們瞭解多少？一開始病房的鄰床親屬忠告我們不要在醫院待至天黑，他們說九江入夜後吸毒的人多，每在黃昏天黑前樓下醫院門口開著車門一夥抽菸聊天的其中一個一臉殺氣傢伙的計程車，我總有短暫失重貧血的憂懼時刻（他會不會把我們母子載去暗巷做了，把錢全搶光）。

我可曾理解我賄賂的那兩個醫生？

他們可會在傍晚回家的餐桌上，在公家宿舍房裡驕其妻妾，對著老婆孩子吹噓說院裡住進來一個台灣老頭，他的兒子塞了這麼多的錢給我。

第十三天

偶爾從咖啡座窗邊走過一個兩個相識之人，他（她）們會慢下步來，或點頭微笑，或想做鬼臉向我打招呼，我困惑又溫暖，在櫥窗裡的燈光中抬起屁股微欠身向他（她）們致意。我心裡想：天哪，我究竟在這座城市裡待了多久了？竟然已經輪廓模糊地浮現出所謂的「熟人」了。

這兩天飯店裡人心浮動，大約是管理高層下了動員令，要各層樓各種職位的服務人員向住房客人推薦飯店特製的中秋月餅。中午和母親至大堂櫃檯加簽續住天數順便匯兌時，一個長相甜美的女服務生問我們想喫她們飯店的月餅否？我問她中秋節是哪一天，她說是九月一號。我沉吟了一下，告訴母親說我們倒是可以帶幾盒去請護士房的護士們，或是請同病房的病友家屬，我問她一盒多少錢？她說八十八塊（人民幣）。我說我和我母親回房考慮一下，看幾盒下午再向她訂。她低聲撒嬌地說下午就不是她在這咧，不然明天這時候，您們決定了一定要向我訂喔。

回房後我和母親商議後決定作罷，八十八塊人民幣換算台幣一盒要三、四百塊耶！眞是不便宜耶。我們帶那樣價位月餅到病房去，一定被三哥他們那些儉省的老人念死。今天上午，隔鄰那位「孟克男人」的父親跑來向我借那只電動刮鬍刀，他把前柄的推刀頂出，在那兒的的喳喳地剃他兒子瘦削下巴的鬍子（我想起鬍刀艙內父親的鬍渣還未清理，想像著父親的白色粉末的鬍渣和一個異鄉陌生人的年輕黑鬍渣和在一起，心中覺人生眞是奇妙呵）。後來我亦把鬍刀借給另一床那個中風老人的女兒，她先自尊地推辭，說她帶了剃刀，待會就來幫她父親刮，但那位孟克男人的父親熱心地勸說她，這電動刀的推刀好順好俐落……於是我的電鬍刀艙內就盛裝了這間病房裡三個昏迷之人的鬍屑了。

那時三哥老人問我這電鬍刀一把好多錢，我說三十八塊唄（那時是在大眾大商場的鬍刀專櫃挑了較便宜國產的一只）。三哥一直瞪著大眼堅持他在市場看到一個十元人民幣的。怎麼可能？我和他爭辯起來但他哇啦咕嚕地用濃厚的鄉音對我說了一番大道理（我其實常並不很聽懂他說的話音），這段對話最後的情節是，他在文化大革命時避難安徽鄉下時，有一次一隻驢子來咬他的胸口（都咬爛了），他火了，一隻手扯住那驢嘴上的繩，另一隻手抓牠的蹄子，把牠整隻舉到半空……（在病房和三哥一起守護父親的這些時日，我常因聽覺識能力的局限和短暫失神的不專心狀態，前言不搭後語始終弄不明白三哥的大敘事裡的因果邏輯）。

所以月餅之事絕不能造次。但那天下午，我和母親要出房前撥客房服務電話要他們換一壺熱水（母親總愛在她的保溫壺沖一瓶熱茶帶去醫院）。那位拿熱水壺來的女中（這一陣子來我每天在要她換熱水壺時都順便向她要大張信紙，她也慷慨拿來一一這在這間飯店何其難能可貴。所以我對這位女中印象極好），竟也在我道謝關上房門前，囁嚅地說：先生，打擾一下，您想不想試試我們飯店的月餅……

這樣的情境持續出現：傍晚和母親從醫院回飯店後，我如常獨自溜進商務中心（那兒有一個玻璃門隔音的小間裡面放著隻電話），正打算打國際電話給妻傾訴思鄉之情，那個總是面無表情坐在服務檯後的安靜女孩（我懷疑她可曾由我和母親相偕來打電話，或我獨自溜來打電話，那些一旁竊聽來的片碎內容，拼組出在場的我和母親，以及不在場的這一家人陷困在這一災難的荒謬全景？），也開口向我兜售月餅。走進咖啡廳後，那個上回告訴我她曾在父親出事那天早晨目睹他被慌亂人群抬出飯店上救護車始末的女孩，也問我想不想試試他們的月餅。

那似乎像一隻嗅覺靈敏的瞎眼老狗，沿著固定路線定點撒尿做記號。這些冒出來向我進行兜售月餅任務的女孩們，皆是平日裡，我在這偌大飯店無比孤寂無助的漫長時間，曾溫暖善意（不帶任何目的）將她們的美麗臉孔自那一大群穿同樣制服的制式臉孔中浮現的，相識之人。

今天傍晚坐的士回飯店，那司機悶不吭聲開了一段路，突然開口：「你們是每天這時候都會從醫院探病出來是唄？」（我第一瞬間的念頭是：媽的，眞的被盯上了。）母親說：欸，坐太多趟了，每天都在這叫車。您是看見我們在這叫車是不？

那司機說：「你們坐過我的車。」

我不知爲何如此興奮，像他鄉遇故人，我用很不適宜傻氣口吻說：「眞的？眞是太巧了吧！」

今天又賄賂了萬主任一次（在病房走廊）。

今天妻來電話說保險公司說已評估決定，本周末就可走了。妻難掩歡喜地問我怎辦？但早上萬主任說其實連下禮拜五走都有點早。他說依他們專業判斷，腦出血病人要四周以上才適宜做長途搬運，我說就約下禮拜二吧！

託小學同學陳文芬幫我聯絡了榮總的蔡醫師，他要我打電話去講一下這邊狀況，且將病歷簡要傳真給他。我蹲在萬主任的膝前問他這可否，他說沒問題那時我發現周圍的護士全側目看我，我像是蹲在萬主任的腳下，我便盡量不著痕跡地一邊說話，一邊伸伸膝蓋那樣地站起。

今天從七樓廁所窗戶下望，恰好看見以明大哥和四哥兩個人渣，無憂無慮地提著兩個飯盒在醫院下面的花圃前的上坡路走著。

今天用父親的相機，偷偷摸摸跑到醫院角落拍照，才拍兩張，那相機便發出極大響聲開始捲片（拍攝時有嚇死人的閃光）。我想會不會有人去向公安密報我是潛伏進中共內部醫院體系的國特間諜，將我逮捕。（連父親進中國這事都是高明的安排，病床邊拿著念珠閉目念佛的母親是國特濁水溪三號？）

第十四天

兵疲馬睏，沮喪不已。

今天發生的事，有：

早上萬主任拿了一張張醫師寫的診察摘要，問我這樣可符合我們那邊的規格。我拿那張摘要獨自坐的士回飯店商務中心傳真給台北榮總的蔡醫師。

今天和母親下午到醫院，以明大哥、三哥、四哥又睜大眼一臉嚴重地警告我們不得再餵父親喫任何東西了。說下午父親原先想吐，吐不出來，後來用力一掙，掙出好大傢伙一坨大便。父親已三日未排便，大家開始擔心他是否反而便祕，今天排出軟便，大家又雞飛狗跳。我且和以明大哥發生了一段爭執：他說像父親這樣，醫生都有給他吊點滴，營養肯定沒有問題，不喫都沒關係（不孝的後人哪，爲了怕無意義重複擦拭老去親人的糞便，最後停止替他餵食）。我亦搬出醫師，說萬主任說要我們可以用湯匙刮一些梨汁和蘋果泥給父親喫，重點不是營養，是讓他腸胃保持些許的正常蠕動（他已兩個禮拜未正常進食了），不然他的器官會退化，大哥則不置可否地說，萬主任的話，有些可以聽，有些不必去聽他。

猜疑和彼此的不尊重已隨著肉體實質感的疲憊而逐漸擴大。我仍每日電話往返台灣，盯著保險公司確定我們載運父親回去的日期。原先說好是下周二，後來本地醫生說最少要三周那樣要到下周五，大哥馬上暴跳而起。之後由保險公司確定說最慢下禮拜二可成行。大哥和四哥這幾日相遇皆喜形於色。

父親仍長時間沉浸於無知覺的昏睡中。偶爾半睜開眼醒來，則像發酒瘋那樣迷迷糊糊吵鬧要起床，要回去台灣。下午我與母親不在時，父親喊著找我：「兒子咧？小兒子咧？」四哥竟跑去逗他說小弟回台灣了。父親問那我怎麼辦？四哥說，不如跟我們回南京算了。父親則虛弱地嘆氣說：好吧。

四哥是嘻皮笑臉告訴我們這一段，我聽了哀傷不已。父親他，竟然在心裡底層，相信我們，會將他遺棄在此，自顧回去。

事實上大家（包括始終安坐如磐石的三哥老人）都難掩「這事終於暫告一段落」的歡欣。

結果今天下午，我和保險公司聯絡，原先一直經手處理這件事的張小姐，突然消失了。換成另一位黃小姐，她告訴我，禮拜二的班機可能不見得排得上。我說爲什麼呢？她說主要是卡在香港那邊的航空公司，說你父親這種特殊病患，我們要帶氧氣筒上飛機，這是危險易爆物，必須在七天前提出申請，眼下恐怕來不及趕上下禮拜二的日期計算了。我說我們不是從一個禮拜前就不斷向你們表達我們急切盼望早日回去的意願，你們不是也「一再保證」（用那麼讓人心安的，專業又理性的口吻），只要當地醫生同意，三天內就可進行搬運，怎麼現在又冒出這個「七日」的時間規則？她則用同樣於一周來那位消失的張小姐一模一樣的安定口吻（我甚至懷疑她根本就是張小姐）要我放心，他們協助運送這樣海外重症病患的案例，是非常有經驗的……

到了晚上，我和台北的哥哥姊姊聯絡後，他們打電話到保險公司去查詢，他們的理由又換了另一版本，變成是由於他們收到當地醫院允許出院的日期是九月二日，所以再進行訂九月四日的機票是太匆促了。

所有的討論像狗咬尾巴一樣原地打轉。我像個夾纏不清的老婦追著一位年輕公務員那樣，將纏繞擰結在一塊的委屈、不公、芝麻爛帳、誰誰誰對不起她……這些瑣碎細節向電話裡遙遠國度一間保險公司訓練良好（如何應付難纏的客戶？）的女服務員娓娓訴說。

我想以明大哥若知道又要延遲到下周五，一定會掀病床翻臉唄。

今天妻在電話裡告訴我，哥哥跑去向她借她的身分證。什麼有個朋友要寄光碟片給他，他留的是妻的資料，所以借妻的身分證去領一下。我震怒且疲憊。

事實上我哥之前已多次以此類荒唐理由向我借身分證，有一次我以相當不留餘地的方式向他表示，我不希望有一天爲了這類事情傷害到兄弟感情。我不會借他的證件和印信，希望他也不要來借我的。如今我遠在此地處理父親之事，心力交瘁，爲了台灣及大陸兩種不同速度和質感的「卡夫卡城堡」弄得沮喪不已。當地旅行社在我們到達當晚即作鳥獸散，我每隔幾天就要在腦神經外科主任和主治醫生之間的微妙夾縫察言觀色，評估是否該再加碼塞紅包（上個紅包的燃料耗費期？），結果我的哥哥遠在故鄉不知鬼鬼祟祟在進行什麼怪事？

今天且有三事：

一、我和母親將父親的照相機換了底片，在醫院的病房、走廊、樓梯間、廁所各處拍照。我且拍了病床上昏睡的父親、一旁守護的三哥老人，我亦拍了隔壁兩床的病友（「孟克男人」和另個中國老人），還有他們的家屬。孟克男人的人渣弟弟們非常興奮地在鏡頭前擺出僵硬的姿勢。

二、今天有上級單位的老醫師來臨床指導，包括萬主任、張醫師和這一層樓所有男女醫師，全浩浩蕩蕩地擠進這間狹窄的病房。不過他們全圍去「孟克男人」的床邊，老醫師在孟克男人的身上摸摸搞搞，以一種計算了攝影機鎂光燈停頓間隔的時間不疾不徐地講解分析。孟克男人那些猴子般的弟弟們，亦忽上忽下地雜在那些穿白制服的醫師之間。他們似乎爲了聽不懂正摸著翻著他們哥哥身體的那個傢伙口中說的話而焦躁不已。

（父親在此時拉了一大泡大便，把藍色床單都弄髒了。）

三、下午，有兩個年輕男實習醫生來替孟克男人抽脊髓。（三哥老人在一旁悄悄說：「不行的耶，他們在抽龍骨裡的髓油，人的精氣就在那裡耶。這永遠治不好的耶。」）抽取的過程非常恐怖（照例是各病房的閒雜人等全跑來圍觀。他們的消息眞靈通哪）。第一個醫師用一個細鋼釘不斷鑽孟克男人尾椎骨的部分，雖然罩了一個挖了個圓洞的白布，但他戴的類似我年輕時混斯諾克撞球戴的那種防滑薄手套，以及戮力時顫抖的雙手，都教我爲孟克男人深感不幸。他戳半天戳不進去。後來換他的同伴（實習的同學？）亦是雙手發抖地戳半天，總算像釘掛畫牆釘那樣硬生生刺進去孟克男人的後腰。

第十五天

父親，我爲了救您回去，行賄、僞造文書……什麼壞事都幹盡了。

早上萬主任來查看孟克男人，之後他平和地對病人的弟弟說：這肯定是救不活了。總之你們、我們都盡力了。花那麼多錢，花那麼多人力，到現在該做的都做了，還是找不到病因。後來又來了一個老醫師（後來照例跟隨簇擁一大群白衣年輕醫生）。

孟克男人的妻子很像前陣子剛被槍斃的反共義士卓長仁的妻子高東萍。不過她稍小號一點。紮著兩條辮，頭髮很黑但髮質很差，活像曬乾縮小的印地安婦女。我很詫異她用一口清晰標準的北京腔向老醫師描述事件經過：

她說他那天早上還去堆牆（是砌磚牆吧？），中午回來，還和我們一起喫飯。喫飯時好像抱怨了一句今天不知怎麼堆牆都堆不準。我也沒多留意，喫完飯有睡了一覺，又出去堆牆，傍晚的時候回來。仍是說堆牆堆不準。七點許，又和我們一塊喫飯，也沒多說什麼（老醫師問說也沒說頭疼？女人說沒）。七點半左右，還自己洗褲子，後來還洗了個澡。八點還和孩子說了一會話（我再次詫異這女人第一次成爲被那些讀書人醫師包圍著當說書人，竟能如此得體準確地提供時間坐標）。後來他說先去躺著，這比平常早歇。九點不到就抱著頭變成這個樣了。

老醫生問說當晚就送醫了嗎？她說不，我們是外地人，我找了他兄弟來，他們把他壓在床上睡了一夜。第二天送×××醫院，他坐在走廊直著眼流口水。那兒的護士說他是瘋子，要我們送去精神病院。

老醫生問說之前喫過什麼別的東西？她說喫過一罐中藥（護筋骨的），不過他們也都喫了（身旁那些猴子兄弟七嘴八舌地作證：我們都喫了，也沒這樣）。

老醫生又問你們那兒蚊子多嗎？她說蚊子肯定多，不過……老醫生接口不過你們也這樣，也沒事？

那時我突然感到一種鼻涕蟲黏附脛骨的哆嗦恐怖（如此自私而人性），原來孟克男人不是腦溢血不是中風，而是一種至今醫院仍未找出病因的急性腦炎，我想著沉睡中的父親成日和這樣一具腦中布滿不知名病毒的身體隔床而睡，交換吸著彼此口鼻噴出的氣體。我甚至歇斯底里地想著：會不會最後父親九死一生被空運救回台灣，我與母親其中一人竟被感染這樣劇烈快速的腦疾？（我不禁灰黯地想起史蒂芬史匹柏的《搶救雷恩大兵》，媽的那部電影演的不就是最後雷恩神話式被他們從死神的懷裡搶出，把他帶離火線。但所有那些去搶救他的軍人全死了？）

打電話給妻，發現她皆處於沮喪疲憊之狀態。（天哪，時日再這樣拖下去，妻會不會在那遙遠而我漸模糊想不起細節的城市的醫院裡，孤單啜泣地把肚裡的孩子生下來？）

上午病房的電話響，有一香港人壽公司辦事處的女辦事員要我找萬主任，她大約問了一些父親病情細節，或是所謂的設施及藥品。但萬主任突然一改幾日前的樂觀大膽，用保留且憂心忡忡的語氣說，以他們的專業判斷，應當要四個禮拜才能走，現在是因家屬急著要走……他當然不能保證腦出血病患適宜長途搬運……

這些天來，我早已習慣在這樣飄浮失去時間方位的泥沼裡打轉，我們總是前進兩步後退三步。早上稍聽見一令人振奮的好消息，到了下午必然會轉為完全相反之噩運。保險公司不斷換著不同姓氏的接待員女生和我們說著時序前後錯亂的進度，他們還每日派一位護士打電話至病房教我們護理父親的褥瘡哩，醫院醫師的每一句建議對我亦失去了判斷的參考價值：誰知道那一臉正直的表情下，是在暗示我賄賂金該加碼了？還是僅因他羞赧背德收了惡魔誘惑反激而起的醫學良知？

國際航空法規定腦出血病人須在病發後治療十四天以上才能登機。此地主治醫師說教科書說急性腦溢血病人須三周後才能移動。後來腦神經外科主任改口說要一個月（最初他說兩星期了可以了去安排吧），現在又冒出香港航空公司規定氧氣瓶要上飛機須七天前提出申請……許許多多的時間刻度，父親像橫躺的夢遊老人飄浮穿梭在這些時間鐘面之間。

那位香港女辦事員說有幾份與航空公司申請有關之醫療證明需要萬主任簽字，萬主任說沒問題你們就把表格拿給我吧。但一會我聽見他為難地說欸我們這兒倒是沒有傳眞機耶，我趕緊把話筒搶過來說那請您把那表格傳去我住的酒店，我中午回去向商務中心取。我把飯店傳眞機號碼給了她，且告訴她我和母親住的房間號碼。

但是中午，我們回到飯店至商務中心詢問時，那傳眞並未如約來到。我和母親遂優閒地至二樓餐廳喫那十四天來一模一樣的中餐菜色：兩碗素湯麵、一份「活豆腐」、一盤清炒綠葉青菜。母親對我回憶了她懷我哥，懷我姊以及懷我的各自分別不同的困厄處境。（她說：「懷你哥哥時，還和阿嬤住，你爸每天對阿嬤的一些事暴怒不已，我整天活在恐懼和痛苦之中。這或許是今天你哥個性比較怯懦的緣故。」我心裡想：她也在爲昨日之事尋求和解了嗎？）

後來回房，打電話給台灣人壽公司的林小姐（總算今天仍是「林小姐」而未換成劉小姐或古小姐）。她說她們仍在努力和航空公司聯繫中，至於有哪些細節她也說不出所以然來。後來她又提起那三張表格，說會傳眞到我們住的飯店，之後我分別打電話給我哥和我姊，我哥說他問到其實台北的保險公司和北京那個什麼SOS海外救援組織並不是同一機構，現在一切皆卡在北京那兒。媽的，我咒罵出聲，怎麼又變成這樣？這麼一來恐怕不是下周二，連下周五都走不成了嘛。

掛了電話後，商務中心打來說么二〇六房駱先生嗎？有您的傳眞件在我們這兒。我說沒問題，我一小時後再下去取件。

那時我覺得頭痛欲裂，我想我非得睡一會再來重新思考這一切亂七八糟恍如一開始就搞壞了架構的一篇失敗小說的大綱，但這時台灣保險公司的林小姐（還是她！）打電話來說駱先生，您收到我們傳眞的表格嗎？我說有，商務中心有來電說收到了，我待會午睡後會下去取件。那林小姐著急地說不行耶駱先生，我們這三份表格（一份醫療證明要請主治醫師簽名蓋章，一份特殊飛行切結書要家屬簽字，另外要請主治醫師開一份准許飛行證明）……這三份非常趕，因爲香港那邊周六、周日不上班。這證明必須要在該班航機起飛前四十八小時提出申請。

我疲倦地想問她：那妳們爲何不早上或昨天或前天就把這表格傳眞給我？但我只說：那最好在幾點以前傳眞給妳？

她說：三點半。

我一看錶：兩點半，我和母親從各自的床上跳起，換衣穿鞋，直衝下樓，神魂顚倒地招的士。

一路我心裡皆以巨大的聲響喊著：他媽的！他媽的……

到了病房，只有四哥一人守在父親床畔，父親又在虛弱無力地鬧著要起來，四哥像逗弄一隻垂死大象那樣逗著他玩。我衝進醫師辦公室，有三兩個年輕醫師癱坐在會議桌兩側（昨天抽孟克男人骨髓的其中一人也在座）。我說萬主任呢？他們愣愣地說回家喫午飯了吧。我說他家住哪？我有急事找他。

我想所有人都以爲我瘋了吧。其中一個年輕醫師打了萬主任的手機，支支吾吾地解釋著（事情又像回到初始的辰光，他們茫然不解我的暴怒急躁，然後驚惶失措地打電話向總是不在場的萬主任報告。他們之間唧唧噥噥說著我聽不懂的江西土話。似乎這近一個月來，我和他們在醫院走廊相遇時互相靦腆點頭打招呼的交情，一瞬間又撕裂歸零），然後他收了線，像總算沒讓我找到碴那樣歡悅地說：「他馬上來。」

我回到病房，仍躁急不已。母親閉目倚坐在父親床畔數著念珠禱經。四哥亦像怕得罪我那樣斂起笑臉緘默下來。我在病房來回盤桓，突然想起張愛玲曾在文章裡憶及她幼年時的父親形象，她寫道她父親每頓飯後，必繞室疾走（養生的理由），並且大聲背誦著與那個世界已完全無關的八股文或奏章。她說他「就像一隻被困在鐵檻裡，絕望又憤怒的獸」。那時我突然想到：是啊，我應該自己來擬一張公文樣式的「准飛證明書」吧（我絕對相信這間醫院沒有這樣的證明書表格），於是我便坐在陽台，（一旁孟克男人的那些哥們打著胳膊在他們懸掛成萬國旗的濕淋淋內衣褲、毛巾下專注地打掌上型電動），開始正經八百地擬一份所謂「准飛證明」：

適合飛行證明書

旅客駱家宣

爲小腦出血症病患，目前復原情況良好，因特殊情況（台灣同胞在大陸地區突發急性腦溢血），在病人家屬強烈要求並簽字同意如有死亡或其他意外狀況，毋需醫師本人負任何責任，並有隨行醫護人員及相關醫療救護設備下，因並無傳染病及對貴飛行器造成安全傷害或不便，故適合飛行。請予同意。

九江市第一人民醫院醫師〇〇〇簽字蓋章

不久萬主任到了，他倒是表現得非常溫和且沉穩，他面無表情地聽我龐雜瑣碎地解釋了那幾份航空公司要求的簽名表格之必要性以及時間的急迫（也許這些日子下來，他已慢慢弄習慣我那些咬文嚼字而將事件的時間關係壓縮得非常緊張的描述習慣），毫無異議地塡寫簽字那些保險公司傳眞來的醫療證明。但是等他拿到那張我擬的「准飛證明」時，端詳了半晌，饒有興味地抬頭問我：「這些字全是你寫的？」我說是啊。他嘖嘖讚嘆：「有意思，眞是有意思。」他拿了那張紙，跑去醫療站對護士長和那些小護士說：「喂，妳們看，這是他寫的，你們看他年紀輕輕寫這一手字。有意思吧？」一開始我以爲他在開玩笑（我在趕時間哪），後來我發現他是眞的非常興奮，我想他大概是把「繁體字」和「書法」搞混了，他說這是他第一次見到像我這麼年輕的人會寫「這樣一手字」。那個小小的意外改變了他對我的態度，他非常戰戰兢兢地用他的簡體字重抄了一遍我擬的「准飛證明」（我害羞地不敢告訴他，我們那邊的人，每一個人都是寫這樣的繁體字啊）。不過過程中他沉吟地刪掉了其中的某些句子，包括「在飛行途中如有死亡或其他意外狀況」，「毋需醫師本人負任何責任」。然後他便帶著我到醫院另一棟大樓的院長室去蓋印。

蓋印。公文旅行。是啊，那是我早該想到卻沒料到如此迂迴緩慢，像卡爾維諾小說裡的章節名稱「在一片繁織錯亂的網路中」、「從不斷聚積的陰影往下望」……。我跟著萬主任在那幢古舊建築之間連結的走道和迴廊間疾走，彷彿進入時光倒走的老電影裡，彷彿不論是那建築物的挑高、牆壁上的白漆，或是身邊緩慢游動的病患和醫生護士，皆用一種暈糊的方式，吸收掉我對現在時刻感受較尖銳的光的稜角。在某一處無人的樓梯間，我又手腳機伶地塞了兩張百元美鈔到他的白色醫師袍口袋（這時我是眞心誠意地感激他）。他簡潔地推讓了兩下，又說了那句高深莫測的話：「不存在。」但也就收下了。這時他帶著感情說，他也許長我幾歲，但大致上我們算同一個年紀的人，如果我不見外，可以把他當作自己的大哥。他很能體會我和我母親大老遠跑來這個人生地不熟的地方的心情。他要我放輕鬆些。沒問題的，都是自己同胞嘛，我們一定會把你父親平安送回去的，他說我太緊張了。然後他又問了我在台灣還有哪些家人？我從事什麼工作？（我告訴他我是寫小說的。）他且問我寫「哪一類的小說」？這讓我不知從何答起，含糊提到幾個我尊敬的大陸小說家名字：莫言，王安憶，韓少功。他似乎也知道他們，但也沒表示什麼（我猜他並沒眞的讀過這些人的作品吧）。

但是等到他帶我走到一處顯然是這間醫院最隱蔽最內裡的地方，事情突然變得不順利。那是一個陰暗而安靜的走廊，我猜是這家醫院的行政中心。他的臉突然變得像小男孩一樣乖覺而稚氣，他不斷地和從各個不同房間走出來的醫生或行政人員打招呼，那些人像是他的學長或是學姊，他們也開著玩笑和他哈啦：「大醫生怎麼有空跑來我們這兒啊？」他們有時還寵溺地摸摸他的頭，像是他是他們看好的一位有才華的後輩。這時我突然想起我第一次在那個陰暗的小診療間見到他時（那時我們想請他批准讓我父親轉到南昌另一家較大型的醫院）他是那麼桀驁自負地咆哮：「二屬的副院長？某某某是吧？我們熟得很，找他來跟我談，看他對小腦出血行還是我行？」那和此刻他在這舊黯走廊的光影裡笑嘻嘻打招呼的謙遜模樣簡直判若兩人。

他帶我在一間會議室的門外等候，請人進去傳話。不一會一個像我父親那個年代（那些學校裡的老長官或老同事）的老者走了出來。他告訴我這是他們醫院的院長，並向那院長報告了我們這邊的狀況，他把那幾張醫療證明和准飛證明請院長過目。院長並未細看，只是說：「好，好。」然後告訴他去找那個誰誰誰處理這件事。那個老人轉過身和我握手，說他聽他們說了，我們是台胞，這個狀況很特殊，他已經交代要他們給我們最好的照顧和配合，他問我們有受到好的待遇嗎？我自然是致謝不迭不斷鞠躬。（那時我心裡魔幻地想：我是不是該趁和這個老人握手的當下，不動聲色地塞幾張美鈔到他那潮濕又熱烘烘的手掌心裡？但那要多大的數目才不會顯得小兒科？那個時機稍縱即逝。且我不知道那麼做會不會失去萬主任的信任，像當初張醫生那樣隱沒進暗影之中？）

然後萬主任又帶我去另一間辦公室。但那個負責人似乎不在，於是我便和他坐在那個恍若我父親那個年代的學校辦公室的破沙發椅。頭頂的米黃漆電扇嘩啦嘩啦地轉動，那個祕書小姐翻著一大本公文卷宗，在另一張複寫表格上謄抄著。萬主任拿起辦公桌上的一支電話，撥了幾個不同單位的分機，「喂，我是某某某，那個張處長有沒有在你們那？沒事萬一他有去你那，麻煩轉告他，我在他辦公室等他，是急件。」他的嗓音在這時間悠慢的房間裡晃盪，不慍不火。讓我也安閒悠哉起來，東張西望打量著這辦公室周遭的擺設，彷彿我闖入了父親年輕時代的某一場景，而不是此刻他正失去意識困躺著的一間現實裡的醫院。

大概過了一百年那麼久（那時牆上鏡面黏滿蒼蠅屍骸和老鼠屎的老圓鐘指針早已過了保險公司交代的三點半了），那位張處長才一臉惺忪地出現（也許是從哪一部門牌桌或密室的午睡藤椅被萬主任的電話給硬生生叫回來）。萬主任陪著笑向他道歉，把那幾張證明遞給他，說院長看過了，現在家屬這邊趕時間，就要請老哥幫忙蓋個印了。

那個處長從桌上撈起他的老花眼鏡，仔細地，一張一張地讀著那些證明。他讀得非常慢，那時我內裡的那一組神經又緊繃起來，像這段時光在這片深海裡潛航的聲納系統又重新啓動。我知道一定有某個細微環節被疏漏掉了。我剛不該這麼大剌剌地像個鄉巴佬坐在那張沙發椅上，我應該候在門口，在處長走進辦公室的一瞬間塞他兩張美元大鈔到他的西裝口袋……現在事情又要在那看似合程序照規矩的日光巷道裡打轉。那時我暗中扼嘆自己太慵懶於萬主任之間的信任感了，他們總是這樣，一方面收你的賄賂，一方面變成自己人後卻又極慳吝地替你痛惜儉省你在其他關節要撒出去的浮錢。他們總告訴你：那裡不必的，你不要被當肥羊宰。於是事情又變成在迂迴折光的糾纏管線裡窒塞緩慢了。

果不其然。那位處長抬起頭，從襯衫口袋拿下一枝金屬殼墨水筆，「這段不好，」他畫去一行（「目前復原情況良好」），「這段也不必吧，」他又畫去「並有隨行醫護人員及相關：

……」那一整段，最後他甚至把結尾的「故適合飛行／請予同意」畫掉。還回馬一筆將第一行的適合飛行證明書也畫掉了。於是那張我精心擬稿的「准飛證明」，只剩下可憐兮兮的三行字：

旅客駱家宣

為小腦出血症病患，因特殊情況（台灣同胞在大陸地區突發急性腦溢血），在病人家屬強烈要求並簽字下出院。

九江市第一人民醫院醫師○○○簽字蓋章

他抬起頭，摘下老花眼鏡，然後笑了：「這樣可以吧？」

他看看萬主任，萬主任看看我，「可以吧？」（這是在開玩笑吧？）我控制住不讓自己的聲音聽起來顫抖或帶著哭腔：「可以吧。」大家都鬆了一口氣。萬主任非常體己地翻出桌上的一疊醫院公文信箋，要我照著那刪改過的樣式重謄一份。那個紙非常薄，原子筆寫在油亮的正面，油墨會自較糙粗的背面染散開。原先那種細微肅殺的緊張感消失了，那位處長和萬主任輕鬆地打起屁來。那時我心中一陣搖晃，我想：不就是要騙你們蓋一個官印嗎？我在那張薄如絹帛的公文紙上謄寫時，抬頭故意空了一行，且在那寥寥兩行字和最下方的簽名蓋章處之間，留了一片空白。

（等落了印後，我拿回飯店傳眞前，再加上我要的字樣。）

（眞笨。）

謄好了，交給他們過目。處長小心翼翼地要祕書小姐拿出一串鑰匙，打開一旁一個公文櫃的抽屜，翻翻撿撿，找到一枚橢圓木章（冤家！），掇了印章，再翻面瞧瞧，好謹慎地，總算落了「九江市第一人民醫院醫務科」的印款。

我幾乎是飛跑出醫院大門攔的士。我不斷和萬主任鞠躬致謝時，他乍乍地露出迷惘不好意思的表情。沒事的，沒幫到什麼忙。他說。他絕不知道我心裡在打什麼主意。事實上他一定清楚自己在某些微妙的細節狡猾地賣了我一個空人情。那是什麼狗屎「准飛證明」！但我卻出乎意外的感激和興奮。他心裡一定悵然又僥倖地想：這個傻小子。我覺得那是一則人性在不斷的暗影中的浮誇言辭，點到爲止，背信和爾虞我詐中，卻能萌生出一種美好情感的奇異關係。我衝進飯店房間，一個人坐在梳妝桌前，拿出筆，在那張蓋了印的公文箋剛才空行的部分，把「適合飛行證明書」、「該旅客無傳染病，也不致造成對其他旅客的不良影響」、「特此證明」……這些我要的句子，一個字一個字地填上。

窗外車潮聲洶湧，且間著一聲接續一聲江輪的汽笛鳴響。我從來不曾在這個時間回到這個房間。我發現我在加上那些字句的時間，心裡被一種翻湧的情感充滿而使拿筆的手不自覺地顫抖。

（父親，我爲了救你回去，什麼壞事都幹盡了。）

7 孩子

我對孩子說：「乖乖待在車上。」我又交代了一次，這個、這個和那個——我指著手剎車桿、排檔桿和插在電門上的鑰匙——絕對不能亂碰哦，那孩子坐在我一旁的座位，低著頭說：「好。」他的手卻沒閒停下來，把他前方的塑膠置物箱扳開，一會兒又玩起電動車窗的撳鈕。我想了一下，決定還是把車窗留一個小縫，把鑰匙拔下。

我把孩子鎖在車上。隔著那條車窗空隙，對他說：「乖乖在裡面等我，爸爸去寄個信，一下就回來。」

那是一小段上坡，走出去就是砂石車轟隆駛過、塵土漫天的曲折公路。我把車停在一座「萬應公」的圮敗的小廟前，那是祭拜一些孤魂野鬼之類的好兄弟，神壇上卻沒有雕像，只貼著一張紅紙，一只小金爐，還有堆著一包包泡水潮濕而將豔紅染料暈印在塑膠袋套的敬香。我也不很清楚當初是什麼人決定，在我們這個破舊傍山社區的入口，安一座這樣的陰廟。但每回開車進出山莊大門時，總會隔車窗向那空蕩蕩的神龕拜一拜，當作打招呼的意思。

我走到那段上坡盡頭接公路處，不放心地回頭，那孩子已爬到駕駛座上，他的臉有一半被方向盤遮住，他低著頭專心在玩弄著什麼。我有時確爲了這樣離開他卻竟絲毫未造成他一些不安，而在心底莫名酸楚地搖晃了一下……

轉個彎便看不見那座廟和那輛車。我記憶中有一對郵筒應當立在這巷口出來的公路不遠處，但是待我將一個大彎道走完，幾乎已要走到下一處公車站牌（站名是「賴仲坑」），仍舊沒看到任何紅漆或綠漆郵筒立在公路旁的蹤影。

愈走愈遠……心裡開始發慌……也許剛剛應該把鑰匙插在電門裡讓引擎發動著，那樣讓冷氣吹著至少不用擔心這毒辣的日頭將那孩子待著的車子慢慢曬成烤箱……但實在無法承擔那更大風險後面的驚悚畫面：孩子若亂摸亂搞地將車子開動，但衝上那公路中央恰正被大彎道疾駛過來的貨車或公車攔腰撞上……我腦海裡像放在錫箔包裹的發燙的馬鈴薯中央放一小方塊黃牛油，浮蕩著烈日曝曬下我回到現場公路中央一團稀爛的金屬車體……而且我們那近於貧民窟的山莊裡住的那些牛鬼蛇神……任一個經過看見一輛忘了熄火只有一個小孩在其內的轎車，怎麼可能不跳上車或將孩子推下或乾脆擊殺駕車而去……

愈走愈遠。整條公路在烈日下冒著煙，但是融化的柏油礫被覆在厚厚一層黃沙塵下，只有在那些大砂石卡車近身壓過時車胎下陷的瞬間特寫，你才確定眼前這整幅被強烈光照支架住的畫面，並不如想像中那些發燙的玻璃或鎢鋼刀那樣堅硬剛強……。一旁山壁上的巨大樹蕨全被灰砂蓋過，另一邊急遽陡降下去的溪谷，河床見底，從前口蹄疫疫情大量爆發時，新聞亦曾揭露這一帶緣溪溯游而上的養豬戶，把上百隻的瘟疫死豬埋進附近的土坡。暴雨來襲時掩土沖刷殆盡，潰爛腐臭的腫大豬屍們打著滾整批掉進這景美溪上游，屍水讓溪水泛著一種奶油濃湯那樣奇異的潔白……

現在眼前卻是一幅，烈日曝曬乃至於所有污染意象的水分全蒸發掉的，完全的枯槁。公路蜿蜒彎曲，路旁的景致卻一成不變。從前開車帶孩子在這公路行駛時，偶爾路旁會有戴著斗笠的老人蹲坐在一堆堆竹簍或鐵絲籠後面，一旁立著夾雜錯別字或注音的馬糞紙板看招：果子狸、貓頭鷹、白鼻心。一晃而過。寵物。現殺。

什麼都沒有。

該不該回頭了呢？但或許下一個彎道便看到郵筒？這樣猶豫的時候，對面車道一列用小發財車載著的七爺、八爺、太子爺、財神爺的大頭神車隊呼嘯而過。後一輛車載著綁紅頭巾穿皂色功夫褲肌肉稜稜的赤膊少年仔，汗津津以快板奮力擊打著鑼鼓；再後一輛車的少年仔則將一串串排炮在這荒郊的公路上燃放甩下。

我心裡想：這些迎神車隊，待會一定會經過我那輛車停放的路口，我的孩子一定驚奇極了趴在駕駛座前，臉貼著擋風玻璃，看著這些穿著五彩鮮豔戲服大木偶面罩的神明隊伍，像駕了觔斗雲呼嘯從面前飛馳而過。

到底那封信是要寄給誰的？

也許現在回頭再走回去也已經太遲了（已經走過了三個公車站牌了）。孩子這次一定以爲我眞的遺棄他了。其實我這樣繼續往前走，是經過衡量計算，再走兩站便是市集聚落有小學有OK便利超商的小村鎮，到了那兒，乾脆就把信寄了再搭公車或招個計程車回頭。那樣或許還比較快。

突然想起，父親晚年，一直有拆我信件的習慣。不，或許不止晚年，而是父親一直，一直在拆我的信。與年輕的妻熱戀時，有一次她和一票女孩去走絲路，寄回來的信也被拆讀了（裡面自然是一些讓人臉紅的親熱話）。其他那些扣繳憑單、稿費、讀者來函，或一些人渣老友從前情人的信，父親交到我手中時，信封一律已被撕開。毫不遮掩。毫不羞恥。我連向父親抗議的力氣都沒有。「爲什麼要拆我的信？」父親總是那樣理所當然地，爲了怕延誤要事地，把那些信件的內容略述給我聽，有時甚至和我討論。

我記得我小時候，有一次在澡缸裡洗澡——我們永和老家的浴室，是一個青石混小白碎石磨平的浴缸，後面擠著一座用半堵牆充作區隔的馬桶。那個浴缸年久失修，如今上面覆滿一層灰灰黏滑像鼻涕一樣的體垢，無論如何用刷子鋼絨或強力去污劑皆刷不去。青磨石的表面，盡是像海邊礁岩洞穴一窪一窪凹陷的淺坑。我們小時候，皆是用一鋁盆或塑膠臉盆放滿水，連人連盆蹲坐在那磨石浴缸裡，邊潑水邊搓肥皂再潑水——父親推門進來，到馬桶那邊撒尿。我們繼續洗著。

父親撒完尿，走到浴缸邊——如此他是居高臨下站在光著身子的我的上方——我自然地拖著那半盆水往後挪，主要是空出位置讓他可以就著水龍頭洗手。

這本來是記憶裡那光影稀薄的狹窄老屋裡，一家人蹭擠著在那小空間移動，某種沉默、下意識的身體退讓，使各自的動作不被中斷。但是那一次，我父親並未彎下腰洗手。很怪異地，他伸出食指到我鼻尖，少有地和藹地笑著說：「你舔舔看。」

我記得我猶豫了半晌，但還是順從地舔了一下。

這許多年過去，我偶爾想起那個模糊怪異的畫面，始終百思不解父親當時做這個動作的動機。雖然他一直是個嚴厲的父親角色，但我如今的年紀比記憶中的他小不到幾歲，有許多複雜的中年心境亦是這幾年有了孩子，才像夜晚撲蓋上沙灘的潮汐，慢慢有了更複雜幽微的體會……

父親只是一時童心大發？或是他一個恍惚看見一個半大不小的男童，裸身在一個髒澡盆裡洗澡，而那竟是他的兒子。他的擁有物。父親只是一個無厘頭想證明自己絕對的擁有權，於是就手將剛把完尿手指上殘存的尿漬要這孩子舔舔？或他在四十多歲時便擔心自己身體的狀況，他懷疑自己是否有糖尿病，於是讓這孩子試試是否有甜味？

我完全想不起那時舌尖味蕾舔到的是甜味？腥臭？鹹味？或是腎小球已初現衰竭而自尿液中流失的尿蛋白，那種臭雞蛋的臊味。

（這許多年後，父親即使從鬼門關撿回一命，仍常在醫院夜裡，抱著頭自噩夢驚醒。淚汪汪地哭道：「我的頭呢？我的頭又不見了？頭被他們拿走了！」事實上父親出事的那個凌晨，根據後來拿到我手中的，他們緊急送去急診的那間破醫院的「診療手冊」，上頭記載著：

「昏迷。尿失禁。血壓 240／120mmHg。神智恍惚。雙瞳孔縮小。態度不合作。」)

現在回頭也來不及了。

眼前的景象，開始從一片黃沙、空蕩蕩的公路，路面中央挖開的一個大土坑，還有一旁灰撲撲但用機器臂將自己車體前殿撐舉在半空的挖土機，那些黑黃斑馬紋的拒馬石墩、紅色閃光警示燈和零亂拉開的膠布條……，慢慢出現了工人用焊槍將截切的鋁窗條噴得銀光四迸的鐵門鐵窗店、修車廠，甚至公路旁還出現了茶葉行和OK便利超商。我已走到了這一站的公車站牌，但並沒有人在等車，公路上空蕩蕩也不像有公車來的跡象。

仍沒有看到郵筒。

怎麼回事？這一條公路沿線的郵筒全被人拔掉了嗎？我突然是那麼憎惡且懊悔自己一時自作聰明，固執地一路走來為了投遞那樣一封來路不明的信，而將那孩子孤零零地留在車內。（他現在怎麼樣了？是受不了熱像小獸本能自己開了車門，坐在那座鬼氣森森的萬應公廟前等我，一邊用小手揮趕著那些叮咬他的小黑蚊？還是早已被烘烤得昏睡過去，趴在那發燙像要融化的人造皮座椅上，呼吸微弱地等我回去？）剛才應該把身上這支手機留給他，這樣至少還可以打個公用電話給他。但旋即想到這兩歲多的孩子並不會使用手機哪。

我經過一家瓦斯行，發覺所有的人都圍在一旁的派出所外面，有許多高大留長髮的年輕記者扛著攝影機混在人群裡。有一輛車開出來，他們憤怒地衝上前，有的想跳上車頂，但隨即掉落下來（那車子的烤漆和防風阻的流線弧度實在設計得太好了）。他們用力地拍打車窗。

人群中有一個婦人是我認識的。她是我常去租帶子的錄影帶店老闆娘，有一卷帶子被我弄丟，一直沒還，他們在我的答錄機裡留了幾次催討的電話，後來我就不敢再上這家錄影帶店了。

我有點尷尬，但她似乎不以爲意。她告訴我：那一家人（她指給我看在派出所台階前那個哭花了臉的乾瘦婦人），彼咧查某，伊小姑ㄟ同居人因爲不滿那個查某講要和他分手，就買了一桶汽油去他們家樓下放火。結果沒燒到大人，把三個小女孩活活燒死。兩個是她的孩子，一個是鄰居來玩的小孩。

「就是剛剛，看新聞講在市民大道被逮起來，就在這警局裡偵訊，死者的父母親人厝邊攏圍來啊啦……」

又一輛偵防車開出來，五、六個穿制服的跟著簇圍著那輛車，有一個光頭大喊：「我看到伊啊，就是那咧林金德在裡面。」所有的人憤怒地一擁而上，用拳頭捶著車頂車窗，但大部分人皆被那幾個條子用肉身擋住並隔開。

我亦渾渾噩噩，像夢遊一般加入人群，追打著那輛載了那個殺人魔的偵防車。但當我的拳頭揮下時，我感到那個低頭擋住車身的條子，用一種擒拿術的技巧一兜一帶將我的肘關節向外引，當即軟綿綿地仆倒在那黏滿雞屎白漬和檳榔渣的柏油路面。「保護壞人喔，警察保護壞人喔。」那個光頭和我一樣摔坐在地。但殺紅了眼的人群從我們身上踩過，繼續逐打著那輛緩駛的車。

翻起身，追上去，撥開那些鱔魚般的腥臭身體，往穿制服的褲襠踴了下去。居然發出一聲像女人般尖細的哀鳴，跪仆倒下。人群全魘咒地停頓一晌，但下一瞬他們全瘋狂地從那條子倒下讓出的缺口，攻擊偵防車的後窗。

那一刻我看見那個縱火犯的臉，他戴著安全帽，無比驚恐地看著車窗外的我們。那個車窗已被打出一片蛛網纏密的裂紋。就在我心裡想著「他們就要把這片窗玻璃打破了，然後這些手會伸進去把那個禽獸從車裡掏出來」，駕駛偵防車的警員突然猛催油門，車子加速暴衝，把所有趴附在上面人體甩落。噗一聲，揚長而去。

「幹伊娘ㄟ——」我身後的幾個，拍打一身灰，喘著氣，扼腕不已。

這樣子站在教人發狂的白光裡，眼前那些單調貧乏的街景：那些醜陋的五層公寓加蓋鐵皮頂樓、那些廣告看板、那些電線杆和縛綁在建築四周的第四台偷接線纜……所有的事物似乎皆在那樣的強光裡變成化石上的三葉蟲或鸚鵡螺的構圖線條一樣美麗。它們在災難中呈現了與它們本來的缺憾完全相反的氣質：因爲沒有縱深，所以整幅街景被熾白強光喫掉了影子時，反倒有一種版畫刻意的紊亂割紋。

我想到我的孩子正在幾個公車站牌遠的萬應公廟前的車子裡等我。爲什麼最初不就開車載著他過來寄信呢？有一天那孩子長大了，會不會爲了曾經在記憶裡某一個夏日午後，被父親孤單遺棄在鎮上的車子裡，而永不寬宥地憎恨我？爲什麼？只爲了某種互相衝突矛盾的，找不到答案的疑惑？

我記得小時候有一次母親帶我去算命。那算命的在一本簿子上排列了我的命盤後，對我母親說：「汝這孩子是佛祖腳下十八羅漢裡，其中一個下凡來投胎的，」他說：「伊破父破母破兄弟破姊妹破妻破子，就是不破朋友。」那許多年過去，我早已不記得那算命的低聲囑咐我母親一些按小流年計時的瑣碎事項（諸如我幾歲時不得近水有溺斃跡象、幾歲時不要騎機車、幾歲時會動一大手術），如今那些藏匿於預言裡的歲數時間我或皆已僥倖走過，但我印象深刻的是，那天從那算命的大樓公寓走出，站在電梯門前等待時，母親突然微笑地、意味深長地摸著我的髮漩的部位，說：「所以你終究會是個無情的人喔……」

另一個記憶大約也是在同一時期。我記得那次我從小學校園撿了一隻瘦骨嶙峋的初生小貓，藏在書包裡帶回我家。有一些記憶的細節如澡缸排水孔淤塞的頭髮和黏物。我想不起爲何那時父親會對我不斷自外面撿一些小貓小狗回家如此震怒。總之那個畫面裡，我是在一種提心吊膽的恐懼中，把那隻小貓豢養在閣樓頂的小房間，我泡牛奶用手指沾著撬開牠的下頦假裝是奶頭塞進去讓牠吸吮；並且自作聰明覺得該訓練牠自高處摔落能在空中翻滾而輕盈平衡落地，所以反覆將牠自床沿推落地板……

那樣匿藏在閣樓上的，那樣光線柔和如牛奶搖晃的安靜時刻，近乎父愛的一種寵溺和訓練……終於被父親發現。他並沒有如預期地大發雷霆（當然後來他還是命令我將那隻雛貓拿出去丟棄），只是嘆一口氣，像是爲著預見了這孩子不幸未來的某個圖景而嗒然沮喪。他說：

「你這樣見一個就捨不得一個，這一輩子怕就會爲了這個『情』字所苦了……」

完全相反的兩種描述（預言），始終蠱惑著我。

所以我該怎樣提防，才不至變成他們指證鑿鑿的那個陌生的我？後來我果然「破」了我父親，「破」了我母親，「破」了我哥，「破」了我姊（我父親倒下之後，我便和他們變成一種輕微敵意的對峙關係）。事情是怎麼發生的？即使我那麼地小心，事情還是發生了。後來畫面變成了：我母親、我哥、我姊，目光呆滯地圍在父親的床榻邊，他們變得愈來愈老且發出臭味。父親則像一個過熟的嬰孩愈來愈胖，但他的腳則像少女的手臂像花莖一樣白皙孱瘦。他呵呵傻笑躺在搖起的床板中央，他大便在褲子上（沒關係，下面鋪著產褥墊）；他的碩大龜頭因爲長期插著導尿管而中央黑疳外緣一圈泛著屍體白，但每次印尼看護女孩用濕毛巾替他擦拭時，它都會無恥地勃起。父親會在高燒昏迷的囈語中胡說一些顚倒斷裂的色迷迷的話。母親則沉默地旁觀這一切。像是心甘情願地看著這孩形怪物大口大口地吸回他原先花了五十年吐出來的這幾個孩子，像幻術一樣先是慢慢變大，最後再慢慢萎癟變小。

我哥得了甲狀腺機能亢進，兩眼凸出頸脖腫大整個人削瘦像少年；我姊得了一種後天免疫系統障礙，體溫恆定抱持在三十八度的細火慢燒狀態；母親自己則患了躁鬱症，並且假牙下面的牙根悉數潰爛發膿。

只有我，牽著妻子，一人抱著一個嬰孩，隔得遠遠地看著他們。

（現在我想起那封信是要寄給誰的了。）

我記得妻剛懷這孩子四個月時，我們去作了一個「唐氏症篩檢」的抽血檢驗，大概是說在一個比例內，有百分之多少機率會生出唐氏兒的危險。

我記得那天我去幫一個人渣朋友迎娶，他是個囉唆的傢伙。那天我們必須在一個吉利時辰以前開車到三峽他家集合，等到他那些開賓士、BMW的舅舅叔叔軍中朋友湊齊之後，再一行人浩浩蕩蕩出發往基隆去迎娶。當我確定我的破車並不在車陣之列時，我問他可否直接到基隆新娘家巷口和他們會合。但他堅持我一定要先南下，再隨著大夥一塊北上……。我記得那天我們的車隊在日光曝曬的高速公路上行駛，我整個人昏睏欲睡，我不斷後悔自己把那個初次懷孕而顯得神經衰弱的妻子一個人扔在那屋子裡，而跑來混在這群全部是男性且互相不認識的迎娶隊伍中湊人頭。

不過後來到了女方家，我倒是充分扮演了甘草人物的角色。他們找去的那個媒婆是個一臉苦相的悶葫蘆。所有人擠在那窄仄的公寓裡，靜默地接過新娘端來的甜湯圓，然後尷尬陌生地把新郎預先備好的紅包塞給新娘。然後是一屋靜默湯匙輕輕敲擊瓷碗撈湯圓的細碎聲響。我們且像一群穿西裝的送外賣小弟或快遞，在那公寓樓梯間扛上扛下那些作爲聘定吉祥物的大紅木匣……於是我打破沉默，模仿我自己迎娶時從那些不認識的長輩口中聽來的葷笑話……什麼「喫甜甜，明年生後生；喝ㄉㄚㄉㄚ，明年生卵芭」之類……

接下來是回程的車隊仍在日光曝曬的高速公路上行駛，這次我眞的睡著了。那時心裡微弱地想著，我和這一群人混在一起，但這裡面除了那個作爲新郎官的人渣朋友，其餘的我竟一個也不認識哪。搖搖晃晃半醒半睡之間，手機突然響了，是懷孕的妻子從家裡打來的，她發出一種像被棄置在紙箱裡還未睜眼小貓那樣黏稠細微的哭聲，有一度我以為她在和我開玩笑（我正在別人的迎娶車隊裡哪）。但她說她剛剛接到醫院打來的電話，他們說篩檢報告已經出來了。我們的孩子，屬於唐氏症胎兒的高危險群。必須再作一個「羊膜穿刺篩檢」。我問她那是什麼？她說好像是拿一根很長的銀針，從下腹部直接刺進子宮裡，抽取一滴羊水出來作化驗。我說等我回來再說吧。

到了三峽我隨他們將新娘送進了新郎家（我並且在車子轉進巷子前被搖醒，朝車窗外丟了一串小排炮，以提醒等候在門口的人燃放大串鞭炮），便向那位人渣朋友告辭。他心不在焉地留我下來，我告訴他家裡出了點事，他則要我晚上的辦桌無論如何一定要來。他擠眉弄眼地對我說，他老爸去請了電子花車的辣妹來跳豔舞，有那卡西和卡拉ＯＫ喔……

回程的路上我自己在車內擠自己的臉，我試著乾嚎了幾聲，但始終無法打開哭泣的開關。我覺得驚恐又孤單。那時我才剛滿三十歲。我仍沒有一個固定的工作。妻在那之前的半年才剛流產掉一個嬰孩。我不知道在我的未來還有多少千奇百怪的不幸遭遇在等著我……那時車窗外的景象就是這許多年後，我將孩子獨自鎖在車上，固執地一路走來的景象之快速倒轉：曝白熾熱將所有事物的景深全吞噬掉的強光，像核爆過後荒無人煙的廢墟街景，一站一站的公車站牌、一些山坳轉角的小土地公廟、小發財車上堆著一粒粒一斤八元的泡水西瓜……

一切在強光裡快速地倒轉。

我記得那時我艱難地轉著插進鐵門鎖孔裡的鑰匙（這才發現：那天早上出門時我竟是將懷孕的妻鎖在那屋裡），一開門，屋內驟然暗黑的光的落差使我的眼睛有一種大量液體從原先飽漲的囊泡裡流淌殆盡之幻覺。我起先找不到妻。後來看見她縮坐在靠裡面的地板上。她的頭上掛著那盞布拉格手工玻璃浮鏤著三隻飛翔鸛鳥的掛燈。那昏黃的燈泡幾乎沒有光源可言。

我靠近時她便整個人埋在我的懷裡哭泣。那時妻的身體仍是那麼年輕纖瘦（後來她陸續生了兩個小孩）。我覺得她整個身子都在發抖，弄到後來連我也停不下來地發著抖。我安慰她說不要怕，如果眞是個蒙古兒我們也把他生下來。然後我們再也別生其他的孩子了。聽說蒙古症的孩子平均壽命大約是二十歲。我們就好好陪他走完這一生（給他全部的愛。我說）。等到他走了，我們又變回現在這樣了，又只剩我們兩個了。

妻聽我這樣說，又嚎啕大哭起來。她說，但是醫院說，只有百分之五的機會會生出唐氏症嬰孩。只有百分之五啊……

8 三峽移民

我其實想寫一個流徙的旅途（一趟動員偌大時空場景與複雜的歷史感受的大遷移），但結果我仍舊寫成了一凝結靜止的故事。我想寫一段在一座陌生之城裡，作爲異鄉人的所見所聞：沿途舟車橋棧、當地的碼頭、公安局、旅店、醫院、市集；或是打D的司機、小飯館老闆、陪酒小姐、賣僞製古幣的小販、甚至當地的大學生……。但我卻不自覺地將晦暗的場景放置於我躁煩如腳下浮土卻終於領悟我可能終其一生無法離開的，我坐困其中熟悉無比，卻再也無法自其中打撈出故事的這座陰鬱的城市。

有段時期我著迷於關於旅店的故事。我曾虛構過一個故事，關於一個中年男子，在東北角海岸類似頭城或南方澳之類的小鎮養病，他賃住在小鎮火車站附近的一家小旅館。那旅館的巷子往外走，街上有一家破舊的日本料亭，一家老式照相館，一間招牌乳白色壓克力俱已破裂露出黑掉了的日光燈管的小兒科，還有一間騎樓窄仄骯髒的收票口黑洞洞不像有人賣票一旁垂著花布帘的入口板凳上卻不可思議坐著一位鮮豔如花翹著腿裙短令人不敢逼視的美少女……。從那個旅店後門鑽過一些人家舊簷窄弄，隔著一條沙漫漫的省道公路就是鐵軌，翻過鐵軌可以走上一座海隄。男主角每日皆獨自走上海隄上散步。隄上總有一些被漁人扔棄的枯乾的河豚屍身，但牠們總維持著遇襲時全身鼓刺脊如海膽賁張的誇張模樣，被一腳踏下隄坡時喀啦喀啦滾動像一個個表情滑稽的刑場裡被斬下的人的頭顱骨……

我總是著迷於那些關於旅店的故事，但我卻都無法將它們完成。我亦曾寫過一個故事，關於一個旅人，在一座異鄉小城的旅店裡，結識了一位亦長期寄宿於此的年輕神父。那時我是多麼清楚地感受到那個故事活跳跳的勁道就抑藏在那家旅店裡：年輕人狂譫迷亂的熱情、一位虔誠的神職者被困在這座無數少年因為無知（或貧困）而犯罪的小城……但我終究還是沒有把這個故事寫成……

我和母親被困蹇於九江的那一個月裡，我們借宿的酒店，隔著一條六線道的大馬路，對面有一道延伸兩端不見盡頭的高牆深灰近黑，上頭鑲釘著一些簡體字的工業器材廣告的巨幅鋁板，在那座高牆的後面，便是長江。我們是到在那間旅館待到近一個禮拜之後發現的。初始奇怪每日清晨五點左右，窗外便傳來蒸汽汽笛低鬱的鳴響。但那時我們母子完全沉浸在父親「可能就要死去」的遲鈍恐懼裡，那幾聲汽笛鳴響便退藏成為這座陌生之城的背景聲音。直到有一天中午，我們如常低頭靜默在酒店二樓中餐廳用餐，我突然發現從我母親身後的落地窗下眺，隔著那條馬路和高牆，那外頭是一大片浩浩蕩蕩的水澤，在陰霾的天空下呈現著黃灰色重油彩畫似的顏色。那水面漫延到天際線的遠方，上頭靜物般地停泊著遠近大小的船隻。那些船隻全像霧中剪影，船身極長低貼水面，船艙極小。這樣遠遠望去，似乎全籠罩在那巨大水澤蒸騰的凝重水氣裡，清一色是那種鐵鏽或鉛灰的暗沉漆色。不似我們習慣在海島港口見到那些漆成白色映著藍綠海浪的輕靈高翹梭形船身。

我們被那巨闊且臨近的水景給噤懾，忍不住喚來服務生請教，您這窗外的這一大片，是哪條名川大河哪？

那女孩兒噗哧笑出：是長江啊。

且搭乘江輪的碼頭就在我們這酒店出去沒多遠處，打D麼連跳錶都不跳。

所以那每個清晨悲切如咽的嗚響，是碼頭上的首班江輪要啟碇前招呼客人的汽笛。

後來我們在那個陌生小城住了近一個月。偶爾我拉開我們那個房間（我母親總戴著老花眼鏡，跪在兩張床鋪中間的走道地毯，對著電話小几上供著菸盒大小的三寶佛像誦經）玻璃窗，撩開那厚甸甸的窗帘布，望著那暗黑不見光的江面，以及被馬路這邊潑照過去的燈光浮映出的灰色牆面，我心裡總模模糊糊有個盼想：也許哪一天抽個空（不往父親的醫院去），繞去那牆外的碼頭看看。那些在江輪邊上下卸貨的碼頭工人；那些蹲在船沿，等著桑塔娜轎車拖拉機老人婦女小孩出差的業務員學生或混混魚貫上船，嘴裡叼著拖拉機司傅打上菸的船老大；江面上的浮漂機油和爛果子菜屑……這一切都不過在隔了條馬路的一道高牆外發生，對於我卻完全沒有視覺上的實體經驗。

一直到我們離開，我皆沒有機會溜出那道牆，看看那「某一停頓時刻」的，長江邊的某一個碼頭。

我記得是第七天或是第八天吧？原先看顧父親最沉穩細心的二哥老人，接到南京洲上的電話，大約是他的兩個兒子都在搞船——老人說，現在上海起來了，整個長江從南京到上海的水運，好得不得了，年輕人都知道弄條船來跑比做什麼都有前景——先是大兒子（他說：「你大姪子。」）和媳婦（他說「你姪媳婦。」）弄條船搞得挺好。小的那個看了眼紅也吵著要弄條船。結果怎麼辦咧一條舊船七十幾萬（我心裡暗驚那不是也快三百萬台幣了？）搞不過來。現在要賣。恰好老爺出這個事情我們幾個老兄弟全趕了過來，他們小年輕夫妻的哪見過世面（他口中的我的「姪兒們」最少都比我大上十來歲）？人家一個磨蹭開五十萬他們也說賣了罷。

那個下午我在父親的病榻前，聽二哥老人用極重的鄉音細聲細氣地對我敘述了各式各樣關於在江上跑的船隻的知識：多少噸的，喫水多少，稱爲快船；有些噸位重的反而便宜，因爲喫水深，上行運載頂多跑到武漢。快船引擎好，喫水少，你五哥有一艘，貴（他露出肉疼的表情），沿江上去可以到重慶，他且說了沿江城市口岸各地碼頭工人的素質良莠，他說上海的碼頭工人眞好，就是不一樣。散貨木料一整船運過去，他們講都不用講，上船來自動就幫你紮捆，人家這個有制度、有效率，南京的碼頭工人就不行。懶！

後來我們看他浮躁得不行，就哄勸他回去，他先還不肯，像要翻臉一樣，我和母親和以明大哥一旁攛勸著，「二哥，反正你先回去盯著小孩子他們把船賣好了，再過來，說不定爸爸那時已下床走路咯。到時我們兄弟再和爸爸一塊喝點小酒，慶祝慶祝。」我這樣說話的時候，覺得自己似乎眞變成個和這些六、七十歲哥哥們平起平坐，形貌無甚差異的老人。但二哥老人仍嘴裡嘟嚷不已，眼眶含淚。（「這說不定是見老爺最後一面了。」）他固執的，透著醫院午後光照的大頭顱，在某一個表情茫然的瞬刻，讓我訝然於和父親晚年栽進自己那個孤獨自閉世界的神情形貌如此相像。你以爲他在沉思什麼，其實那一刻他腦海裡一片空白什麼都沒有……

「那好吧。」他突然就站起身，收拾之前塞在父親病床下的外套和袋子（那和其他哥哥們的包袱雜物、母親帶來的父親衣物和佛經、念珠、醫院的熱水壺，我們傾倒父親尿袋的搪瓷夜壺全塞擠在一塊。地板上還有小護士們每次來驗血時，從一條美工刀片上掰下一小截刀鐵，割了父親某一指尖，擠出血珠後，即將那片刀刃扔棄在地），「我趁早去，把事情辦了，再回來。」然後以明大哥和二哥老人用我們聽不懂的南京土話商量著事情，大約是託他帶話給那邊的老嫂子們，父親狀況比想像中複雜，留下的幾個哥哥眼下一時怕也回不去。四哥最窮，有一葡萄地正要收成，兩個小夥子不成材，眼看那一地要爛。二哥且掏出一疊人民幣要塞給以明，兩人嘁嘁窣窣地推擋著（他在我娘——以明喊媽媽，哥他們喊老嬸——面前，仍像乖順局促手腳不知往哪擺的鄉下少年）。「老爺這兒不定有什麼急用。」「你回去洲上，小虎子他們船的事還不知要什麼用項咧。」

接著他們討論起交通，鐵路這時怕沒班次了，客運車慢，現在搭船可能還有最後一班往南京（那時我的耳朵豎了起來）。鄰床中風老人的弟弟這時也加入（以當地人的經驗）：「碼頭可能到六點就不發客輪了，要就現在馬上趕過去。」

那時我該站起身說：「二哥，我送你去碼頭。」那樣我或許就能看看那堵高牆外的長江和泊在江面上的各式船隻，但我終究因爲拘謹和害羞而不敢開口，且在那驟然趕赴異鄉處理父親這荒謬事件的短短幾天，二哥是這幾個大訥害羞老人裡，我母親最信任的一個。現在他要離開，只有我知道我母親靠坐在父親床沿閉目誦經內心的不安惶恐。（誰知道過兩天，其他的哥哥老人們不會接連家裡有事，一個一個地跑掉？）我只能訕訕微笑地，和以明大哥一起送二哥到病房外的走廊……

另一次是很多天後，我們困陷在與台灣的保險公司及國際救難組織無法確定運送父親上飛機回去日期的猜疑憂惑裡，以明大哥終於沉不住氣，說了氣話：「乾脆我們弄一艘江輪，把爸爸運回南京去算了。」

那時我的腦海裡亦一晃即逝一幅畫面：我和以明大哥、三哥老人、人渣四哥，一同扛著我父親的擔架，滑稽又哀傷地，在江風獵獵的碼頭邊，等著一艘噗突噗突靠岸的鐵殼船……我的那些哥哥老人們，或會像老太太一樣細聲細氣，無比溫柔地哄勸著父親：「老爺，忍一忍，我們很快就要回家了。」像我後來，終於在飛往桃園的長榮航空機艙裡，對著被包裹在一艘橡皮艇模樣的氣式救生擔架上，稀便仍失禁不斷流出而發出甜腥臭味的父親說：「爸爸，再忍一會，很快我們就要到家了。」

我是那麼地想深刻一些描繪這幾個老人的形象。他們忠誠、善良，對我父親又懼又敬。當我父親隻身一人逃離家鄉，跑到另一座孤島，打混翻滾了半生，最後以一研究孔孟哲學的老教授身分回去，被他們當作從天而降的神獸般崇敬接待。（那幾年，我父親在生下我的這個島上屢次被人當作可憎的老芋仔從計程車上趕下。主要是他那時神智已散潰，口齒開始不清，好勇鬥勇的本性卻不改。有一次他在公車上和一位不肯讓座的年輕人爭執，他竟然當著全車說：「你知道嗎，我可是個教授，說不定還是你老師的老師噢。」這引起了眾怒。一個不相關的婦人嗤鼻說：「教授？哼，一粒老鼠屎壞了一窩粥。」）他們把我父親當作江心洲駱家遍散在枯瘠農地的不成材子孫們，莫名接錯了枝成了神仙種的傳奇祖先，而我，我哥我姊這些父親在那個陌生小島上另外繁衍出的（庶出？偏房？）改良後裔，則成了足不下髒田地，喫精米長大的秀異兄弟，神仙畫裡走出來的小叔爺和姑奶奶……

但他們的這一生也就活在我父親不負責任撩腳就跑，扔下的「壞成分」陰影裡長大。我記得我第一次帶妻子回江心洲時，以明大哥在他們家空蕩蕩的客廳裡擺了兩桌：一桌除了我和妻兩個少年夫妻，其他是大哥（我父親的大姪兒，只小我母親三歲），二哥、三哥、四哥（五哥那次到安徽跑車去了），這些以字輩的老人還有霞霞姊姊的姑爺（我該喊姊夫），還有金芳嫂子的哥哥，再就是一個地方幹部（可能是以明大哥的上級，因爲後來他把我帶去的機場免稅洋酒塞給了這位老鄉）；另一桌則是在我看來長得一模一樣枯白著短髮皮膚糙黑眼睛全埋進滿臉皺紋摺裡的老太太們，她們全是我的嫂子。我一說父親在台灣那兒的豪氣事兒混帳事兒，她們就全在那桌掩嘴搥胸地笑著，像一群歡喜無憂的小姑娘。一旁和我年紀差不多的年輕人全沒得入座。偶爾有外頭趕進門來的一對夫婦還牽著個孩子，其中一個老人便會站起喝斥著要他們「給你小叔小嬸敬酒」，弄得我毛躁無措，我還得打賞一封以明大哥先備好百元人民幣的紅包，然後老人便難掩愛意地介紹說這是我們家方好（或是方俊、方雲、方傑——他們是方字輩的），沒出息的東西！書也沒好好念。現在和幾個朋友一起搞木工家具。

我分不清他們誰是誰。那些老人（後來在九江這趟我便能分出誰是二哥、三哥、四哥了）一提起這幾十年喫的苦全紅了眼眶。他們鄉音很重，又搶著說話，所以我也弄不很清楚誰誰誰發生了什麼事喫了哪些苦，但他們的父親我的大伯父生前似乎喫了不少苦頭，我那時心底隱隱疑惑著，這一群無辜的老人，他們之所以渾渾噩噩揹著黑五類過了這苦難的一生，不是因爲他們口中的「老爺」我父親害的嗎？我記得那時大哥老人抽了抽鼻子，舉起酒杯，說：「可是小弟呀，現在在這個江心洲上，沒有人敢欺負我們駱家的人咧，我們駱家人最多嘍……」

我後來在九江人民醫院許多個下午，和以明大哥在走廊外一個堆滿空點滴鹽水瓶的樓梯間抽菸閒扯，才破碎模糊聽來一些他們的不幸故事。我幾乎可以聽見這幾個老人脊梁骨在故事裡，被命運碾壓時發出的喀啦喀啦的聲響。以明大哥說，三反五反那一次，洲上的革命委員會講明了要鬥駱家龍（就是我大伯父），但找不到茬，我們駱家幾代在地方上都清白公義，共產黨一進了南京城（爸爸跑了），大伯父就把家裡那幾畝地全分給了佃農，連地主都不是。結果他們去動員自家人，你三嫂不知怎麼糊塗了，竟眞的上台去指證大伯他「公公調戲媳婦」（「所以後來言麼多年，大伯父他人也不在了，我們弟兄幾個對你三嫂，仍是很不諒解。」）。

（我想起那一桌的老婦們。那些嘻嘻笑的老姊妹們。我的老嫂子們，誰知道在那暗室底片般快速掠過的一群人臉裡，曾經發生過怎樣的傷害呢？）以明大哥有一次淡淡地對我說：「爸爸後來不喜歡你金芳嫂子了。你嫂子也知道。可是我有一些事從來沒對爸爸提起。其實在你嫂子之前，本來有一門親事，是你家龍大伯父講的親，可是呢？那些年運動整風最厲害的時候，整個江心洲上都在鬥爭誰？就是人跑去台灣的爸爸，小學裡面都掛著白布條：「鬥倒國民黨特務駱家宣，鬥臭海外關係駱家宣。」他是誰啊？他是我爸爸。我卻沒見過他的面。我幾乎三天兩頭就上台自我交代。像上班一樣，後來是你大伯自己去人家家裡把親事退掉了，那時整個江心洲沒有人敢把女兒嫁給我駱以明。只有你嫂子她爹祥大爺，他其實是和祖父那一輩的。他說：「我就不信這個邪，我就偏要把小金芳嫁到你們駱家去。」我快三十歲了才可憐巴巴講到了這門親事，七八年你嫂子得了肝病，臉整個變黑了，那時我的成分稍好了，金芳便說這個婚事別當眞吧，她又不識字，現在身體也差了，高攀不上，我說不行，人生在世，就恩義這兩字，這兩字都忘了，不是豬狗嗎？」

以明說：「爸爸第一次來洲上，帶了兩條金鍊子，一條給你大伯母，一條給朱家老嬸子。一隻金鐲子給了金芳，另外，大嫂、二嫂、三嫂、四嫂、五弟妹一人一個金戒子，你霞霞姊姊也是一枚金戒子。金芳怕姊姊心裡難過，把她那隻手鐲摘下來給霞霞，我去信給爸爸說了這事，不想媽媽以爲金芳嫌手鐲太輕，又打了一條金鍊子託范叔帶過來。」

我不知道事情發生時，那光影晦暗的房間裡，父親對大哥說了些什麼？以明大哥又說了些什麼？母親說出事的前一晚，父親還打了電話回家，說玩得挺好，上了廬山，買了方硯台，還買了幅字，同團的人都很照顧他，每到景點要爬坡的他就留在遊覽車上，有廁所就趕緊去上（所以沒有小便在褲子裡），傍晚以明和老四也到飯店來見了面，父親要旅行社幫他們另開了個房間，晚飯叫他們一塊喫，爺兒們還喝了點酒。那天晚上，父親在以明他們的房間聊到很晚。母親說，電話中父親聲音聽起來很開心，不過最後說了一句讓人不安的話：「我把話都講開了，很痛快，回去再跟你們說。」

不想第二天一早便接到旅行社打來的病危通知電話。

當時到底發生了什麼事？

我們趕到九江那晚，當地旅行社地陪的小姜告訴我們：「同房的室友（另一個老人）說，父親一大早就進浴室淋澡，然後大概是出來就倒在地上。父親可能是怒吼一聲才倒下的，因爲老人是被一陣咆哮給迷迷糊糊驚醒，一瞧，父親光著身子躺在地毯上，身上地上濕淋淋全是水。

母親在機場往醫院的九人巴上低聲對我說：「一定是以明跟你爸爸頂了什麼嘴。」

但後來在醫院樓下和以明大哥見了面，黑暗中以明、四哥皆一驚惶。母親像小女孩天眞地說：「他大概是見了親人，太激動，白天上廬山傍晚下來溫差太大，腦血管才承受不住爆開的。」像是解釋給一旁那些不相干的旅行社經理、地陪聽。

以明說：「那一回爸爸帶了二十個金戒子，要我替他轉交給某某、某某。剩下的要我替他作主分掉。但是爸爸惦記的那些故人，有的早搬到上海去了，有的已經死了，還有洲上的一些老人——爸爸不知道，我也不好說爸爸總記得幾十年前的恩情，不曉得，那些年，這幾個叔叔伯伯可是讓我們弟兄嘗盡了人情冷暖。你大伯父被鬥爭得最慘，我們駱家兄弟最求助無門的時候，他們沒一個人敢搭理我們哪。我把那些金戒子分送給金芳娘家弟兄；四哥家最窮，我也給了你四嫂子娘家幾個；再就是我母親那邊，幾個弟弟，我一人給了他們一個。爸爸後來很不諒解，覺得你大嫂貪，金戒子全給了她娘家。其實那是我的主意。」

我那時沒聽清楚以明大哥說的是「其實那是我的主意」，還是「那是我的心意」。他亦已是個近六十歲的老人了。他的身形瘦小，臉頰亦像鼴鼠一樣窄削。完全不像父親一米八的北方傍子身材方頭大臉。除了右邊劍眉末梢翹起個尖兒，和父親（還有我）一個模樣。我想他內心一定委屈極了。他一出生就是孤兒。四九年我父親前腳才跑，我大媽後腳便改嫁了。好不容易盼了半生憑空掉下個父親（我猜孤兒心境的他一定比誰都起勁想撐起父親在家鄉的神話——譬如說父親怨恨不肯原諒的我那位「沒守節」的大媽，他利用地隔遠阻偷偷做了些小動作模糊讓人覺得我父親已原諒她了；譬如說父親根本沒放在心上的金芳一家的恩情重義，他亦私下作主替父親像打了個揖那樣表了感念之情），不想最後是這樣凶險淒涼的場景。父親在電話裡說：「我把話都講開了。」他說了什麼？在被監禁於阿茲海默愈來愈小的水族箱裡孤寂漫遊的時光，像狐疑剛愎的導演把手中殘存不多的膠卷任意剪接成不可思議的情節。父親在那腦內血管爆裂前的光度整個暗下來的房間裡，那個被遺棄的老孤兒出了什麼重拳？

父親最後一次回洲上，那種「家」字輩最後一個老人，那種泥塑金身，老祖宗式仲裁評講是非的權威已消蝕褪色了。譬如那個五哥，據說在外頭跑車時勾搭了個年輕女人，丟下我五嫂（那一桌黑臉老婦其中的一個？）和已經上高中的姪女兒在洲上。一年回家不上三次。那一回父親回去恰好給撞上，弟兄們在以明家擺大圓桌喫飯。父親兩杯酒下肚，趁著五嫂在，便唱戲文那樣訓誨了（他先斟了杯酒敬我五嫂子）：「今天你們幾個坐這，也都是做爺的人了，以根今年七十二了。平時這江心洲駱家誰最大！你們弟兄最大。誰當家作主說了話就算？你們以字輩這幾個老弟兄說了就算。可是今兒個你二叔回來，不是我倚老賣輩份用那癡長幾歲來壓你們——我這麼說，在我的眼中，你們還全是小夥子全是娃兒！」這話說得那幾個老人冷汗直流賣乖討巧頻頻給父親斟酒，老爺老爺撒嬌喊個不停。我父親說：「你們全是我那可憐哥哥的根苗。我離家那年，以發還在地下爬，以才混帳東西爬去河灣游水到天黑，被你爹爹吊起來死揍，是我求的情！」那幾個老人如癡如醉淚眼漣漣直說老爺老爺我們不爭氣犯了錯您揍我們罰我們痛快，別悶憋著這螃蟹黃酒傷心哪！我父親愈扶愈醉，在台灣誰聽他這麼吊戲文！他說：「你們喊我一聲老爺，我也當你們親兒子。沒有親兒子犯錯不許老爺說的——我就敞開來說吧，反正今兒個這一屋子在座的全是自己弟兄。」於是父親開始數落起五哥。一開始父親說得吭吭哧哧，還間雜著老人葷素不忌隱蔽笑話，臊得那五嫂子耳根發紅五哥拚命自罰酒其他那些老人們像頑童擠眉弄眼地笑，後來父親的訓話變得慷慨激昂汪洋宏肆，他靈感來了——只有我知道父親靈感來了是多麼恐怖的一件事——那一刻他眼前的世界快速縮減成一個封閉的房間，他在那孤獨恐懼的房間裡自己對著自己演說。那甚至不是一場演說。而是一趟旅程，是一個孤獨老人在他殘缺不全的回憶裡不斷修補那像船艙破洞湧冒進來的羞辱時刻。老人們的臉全在那暗室裡木然地張大了嘴。五哥也放下了酒杯，隔桌憎恨地看著五嫂子。五嫂子啜泣起來。他們不知道父親其實已進入自己的旅程。眼前的一切變得慢速而款款搖擺。

我有時仍會想起那座陌生城市隔著一道高隄牆外的，那條黃濁泥水的大江，和那個我始終沒踩踏上去的碼頭。那是什麼模樣的一幅景致？是整片搭配那灰漆鐵殼船或遠近陰霾天光水影的色系，而灌了水泥砌起的灰色平台？是一些柱腳浸在水裡的木頭橋棧？江面上會不會有一些伶仃的白色水鳥，偶爾飛至那防波水泥墩的爛木材垃圾，瘸罐頭間覓尋死魚？在我居住的那座島嶼，每年入冬會有三、四百隻被列爲國際保育候鳥的黑面琵鷺，從中國大陸東北沿岸、韓國、西伯利亞，穿越數千公里的航程，到達島嶼南邊一條叫曾文溪的溪口度冬。有一次電視以頭條新聞處理了這個畫面：在曾文溪口度冬的黑面琵鷺集體暴斃，鳥屍橫陳在溪畔泥淖或附近魚塭裡，共有五十六隻發病，其中四十三隻死亡，一開始有人猜測是因爲長途飛行體力透支，恰遇上入冬最強的寒流來襲，導致集體凍死，後來經獸醫研判，這些黑面琵鷺可能感染了肉毒桿菌，那顯示鳥兒的食物或棲息地有惡化現象。保育人員再進一步追蹤原因，發現曾文溪口魚塭密布，塭主利用冬天曬魚塭前，常會以藥物毒死魚塭裡的雜魚小蝦，鳥隻喫到將死的雜魚，或喝到污染的水，造成黑面琵鷺集體暴斃……

寒冷、毒殺、體力透支、肉毒桿菌、誤食，大遷徙途中完全沒有預先設定的死亡場景。大批鞋拔喙包公臉長相有點滑稽的遠程候鳥，鏡頭前僵展著潔白羽翼倒栽在那些泥塘裡。太多的超過想像力邊界之外的死亡之謎讓牠們原本用飛行張開的，像三六〇仰角天幕電影般的浩瀚旅程，突然失去了所有遠距的詩意。

以明大哥說（在九江人民醫院光影侵奪，掛著「靜、淨、敬」標語的病房走廊），文革開始的時候，你大伯母看這樣整法恐怕會死人。她保不住全部的孩子——像一隻疲倦而瀕臨滅絕的母鳥以生物本能，將巢裡缺乏營養而變得殼薄透明的小蛋銜置不同的地點以分散風險——於是將三哥、四哥、五哥送回安徽無爲老家，想就算南京江心洲這裡的駱家兄弟全被殺光，至少在祖父當初倉皇出走的小駱莊家老屋，還給大房家的留下幾株根苗，我沒有機會追問在那「分苗法」（基於一個恐懼母親活續後代的心機）後的數十年間，南京這邊的大哥二哥以明大哥霞霞姊姊經歷了些什麼？遷往安徽窮鄉僻壤的三哥四哥五哥遭遇了些什麼？（三哥老人有一次用極重的鄉音說：「有幾年，餓死不少人欸。」）九〇年初以明在江心洲上弄了一小片葡萄園，也用父親託人帶去的美金蓋了間大屋，他透過關係將三哥四哥五哥從安徽「遷回來」。

大遷移。我似乎只能用這樣冰冷中性的修辭，描述這些老人們認命地在各種荒謬旅程中移動的畫面。氣候驟變。環境惡劣。舉族遷徙。像國家地理頻道上那些雁群或斑馬面無表情隱身於龐大同類中長途跋涉的長鏡頭。有時他們會在整批孵化後蹣跚爬向大海的小海龜群裡，特寫運氣較不好的那幾隻。牠們有的死亡，有的擱淺在潮浪侵蝕的礁岩凹窪裡，遠離了其他小海龜的動線，進入一個相對靜止的時間。

以明大哥說，三哥離開江心洲時三十出頭，等他從安徽把他們弄回來時，已經五十好幾了。那時共產黨搞改革開放，大哥家的、二哥家的、以明家的、方字輩的第二代，有的搞船、有的自己弄個小家具工廠、有的進城開的士或飯店裡當服務生……熱熱鬧鬧好像都沾著點「現代化」的邊。只有三哥家的父子仨，力氣忒大，農場下地什麼活無一不行，結果卻什麼也不適合幹。三哥說他在安徽農場時，有一次有隻騾子發了瘋，追著人亂咬，後來連他胸口都被那畜生啃得稀爛，他一火，把那隻騾子，百來斤，直直舉起，扛回欄舍裡，那隻騾騾，在他肩頭上，像姑娘家抽抽答答四腿發抖，尿了他一身。我們在九江醫院看顧父親時，舉凡要將父親抱上擔架床（推下一樓照CT放射片），或是父親拉稀要抽換床單，乃至擦澡，翻身（防褥瘡），父親那龐大但整個癱倒的巨人身軀，都必須靠三哥老人撈起撐住重心，我們其他人只像在一旁瞎混打雜。到了後來，父親要作靜脈注射時，因爲血管壁皆硬化發白，小護士們怎麼樣都找不到插針處，兩個手背到前肘腕、腳背、密密麻麻全是針孔，慘不忍睹，每次下針找血管便成爲一天最慘烈痛苦的時刻，偏偏父親腦內受創，反射性躁狂揮舞手臂，一扯掉掛點滴的軟管便需再塗酒精找血管扎針。於是三哥老人每日的工作，便是直挺挺坐在床畔，抓著父親插了注射管的那隻手臂。父親間歇抓狂時便像腕力大賽那樣壓制住父親的手肘。

後來回到台灣，醫院的看護（她是個小個子的阿巴桑）用一種棉質柔軟的護腕將父親的兩手固定綁在床架兩邊的鐵欄杆，昏迷中的父親連動也不能動，床褥上放了充氣床墊（如此較不會長褥瘡），父親身下鋪了看護墊，且還穿上成人紙尿褲，父親練習飲水或進食時可以用電動按鈕將床頭仰起……那時我想起那近一個月像巨靈守護神一樣的三哥老人，心中不禁黯然。似乎換了一個世界，他那神話般的力量，以及那力量支撐住「父親受難圖」的魔術環節，僅用一些微不足道的小物件便奇淫技巧地全部替代了。

那樣輕易被不成比例的瑣碎物件替代掉的徒然感，像是關於三哥老人遷移故事的隱喻。他帶著倆兒子回到江心洲，茫然迷惑地看著所有的兄弟們和子姪們歡鬧騰騰地搞錢，搞新玩意兒。有一度以明大哥還和雨花台區政府提議把江心洲闢建成南京市的水上遊樂園。也就是說那些漁筏舢板和老舊的渡輪，全要換上快艇、水上摩托車和沖浪帆船，且在原先老墩子後面的一大片棉花田地裡立起一架大摩天輪，也許他們會去申請一隻老虎、一隻黑熊或一些猴子或大蛇什麼的……這把三哥老人給氣傻了。但他們父子仨能幹些什麼呢？於是他們幫所有這些樂觀且勁頭十足的第二代第三代駱家弟兄們挑磚砌土蓋水泥新房。（我記得我第一次和妻子回到江心洲上，以明大哥帶我站在一條飛機跑道般筆直，兩旁插立著白楊樹的黃土路中央，意氣風發地說：小弟，你望前看看，望後看看，這一條馬路，這一個大隊上，整排二、三十幢的水泥房，全是我們駱家的。）

在那個輪廓不明，光度晦暗，分不出那些老人的臉誰是誰的房間裡，父親夢遊般地對那些恭恭敬敬的老兒子老姪兒們說：「你老爺二十三歲那年出門，等到再到洲上時已經七十好幾啦。」所有的老人全紅了眼，他們委屈地想起各自那莫名其妙的一生。那除了傳宗接代之外可說是毫無意義的遷移。（所以那個房間可說是命運交織的家族暗室？）

我恐怕我自己關於這趟「旅程」的描寫，也困陷於父親那光度愈暗，所以視覺所能推及觸碰的邊界愈近愈窄的「阿茲海默的房間」。最後那個房間裡關禁著那幾個不勝唏噓、滿頭花白的老人。不知爲何，我每每提筆描寫這個老人，筆下便不自覺變得粗笨、僵硬且保守。似乎一種懷舊的情感反過來傷害侵蝕他們本該有的臉廓。我們總是這樣問：一個阿茲海默症老人的腦袋裡，在一生所剩的可憐記憶仍要被像削鉛筆刀那樣嘩嘩地削去，有什麼是他在散潰時刻不得不棄握而去的？（丟到遺忘的海洋。）有什麼是不到最後的死亡時刻——所有的腦子全被那金黃色小蟲沙沙沙地囓食殆盡——他絕不放手的？

我總是想將之描寫成一趟旅程。一個旅途。一場大遷移。但後來我發現我只不過在記錄描寫一間旅店——它甚至連一座陌生的、異鄉的城市之側寫都不是——那間旅店和那整座城市或這整趟旅程皆如此格格不入。它隔著一條大馬路和一道水泥牆長隄對峙著，牆外是條厚重雲層壓低在黃濁水面的大江，江面上檣帆雲集，機器鐵殼船的馬達噗突噗突劃著白色的波痕。碼頭上的人們，像默片般地在我看不見的高牆外面，忙碌地上船下船，裝貨卸貨。我記得有一天早晨，我和母親如常從飯店大門憂心忡忡地出來搭車（趕去醫院和以明大哥、四哥換班），不知爲何所有的的士都只在馬路對面停靠（然後搖下車窗遠遠對我們招手），不敢泊近我們的飯店門口。我們只好穿越馬路，上了車，那司機齉聲齉氣地說：「沒辦法，今天是三峽移民進城。所有公安、交警全上街了，這裡本來就不能轉過去的。今天特別不行。」他用手指了指對面，我們這才看見對街我們的飯店門口，掛著一幅貼金字的紅布條，上面寫著：「熱烈歡迎三峽移民。」那時我們仍像一對受驚而緘默的母子，沒有就這個話題再搭訕——其實那時我該多問問那位司機的——我們在那個城鎮待了許多天，始終沒有到報攤買份當地報紙，旅館房間的電視從未打開過。倒是以明大哥每個下午在父親病榻旁，會向隔床老人的弟弟討來一張黃色紙質的小報，戴上老花眼鏡細讀，然後和那位老者就一些當前政局、領導人間的軼聞傳說，發表一些看法。他們的意見和分析，在我聽來，也就是鄉村小幹部的牢騷或異想天開。我們總和那個陽光燦爛的街景和人群，保持一種病房氣味的隔漠與心不在焉。

我記得那個的士司機開到一個路口，塞住了，他用聽不出是不耐煩或興奮的語氣比了比前頭，說：「看吧，過不去了，三峽移民。」我對這件事的想像景深還停留在這一、兩年模糊於台灣報紙並不很重要的版面上的小塊新聞。三峽大壩。所以在新的水位線之下的三峽原住民們便需集體遷村。他們的家園、田地、房舍將沒入水底成爲新的河道。人民政府在湖南、湖北、江西、安徽一帶替他們尋覓了新的田地，分批遷置。那個司機說：「這幾天，就要有二十萬人口的三峽移民移入本市。然後政府再將一部分人移往昌九公路沿線的農村。」那時我太沉浸在父親遇難和我們母子被困陷在這異域小城的故事之中了，我無精打采地看了車窗外一眼，所有的景致全在一片秋陽似酒的金色稠膠裡飄浮著，我什麼也沒看見。或是我根本不記得我看見了什麼，也許在那曝光反差的畫面上，一輛一輛軍卡車高矗地塞擠在馬路上，那上面愁眉不展一身襤褸全家老小各自拎著重要家什棉被、鍋碗瓢盆，一個村子一個村子的三峽移民，他們原是從那道高牆外的碼頭，一船一船自長江的上游載送過來，二十萬人耶，那樣人頭攢動自船沿欄杆蜂擁跳下碼頭的場面，和我父親半世紀前的逃難故事差堪比擬。他們下了船，便被分裝上軍卡車，卡車一輛緊跟著一輛，形成一封閉的車隊。車隊穿過高牆閘門進入市區。沿途可見貼掛在商家、機關或路口的歡迎標語。或是一些上班上學的當地居民對他們揮手。我不知道他們有沒有隱約感覺到自己被一道看不見的什麼區隔著？「當他下船時，他是另一個世界的人。……他被置於裡外之間，對於外邊是裡面，對於裡面是外邊。」當他們進入市區時，他們被展示著並被歡迎著，但那只是歡迎他們的車隊通過，他們不被允許在市區哄然解散或各自跳下車溜進那迷宮船的城市裡（他們不准在這座城市裡「人間蒸發」）。

那時我該逆著光瞪視著窗外，順著那位在地的士司機的眼光細細觀察那些源源湧進的外來著。那些異鄉人。那些不確定的疫癘和惘惘的威脅。他們餓蜉般枯黃的臉骨和茫然驚恐的大眼。還有載運他們過來而壅塞挨擠在港口江面上的大小破舊船隻。一些無法親眼目睹的畫面從那些移民濃厚鄉音的口中傳出：他們描述一些千年古城如何在一夜之間萬巷俱空，然後在一些埋設的黃色炸藥引爆下成爲廢墟，再不久即成爲銀光晃漾的水底世界。他們無法成爲單一的個人，從決定遷村的旅途一展開，他們、以及他們的後代，即永遠地成爲孤寂又疲憊的吉卜賽。

那時我確實往窗外凝視了半晌，但我眼中只見一座金黃肅殺、灰塵漫漫的陌生之城。在我眼中的街道，連路樹都蒙蔽著灰塵。我如何能分辨眼前的景色哪些是本來該有的而哪些是突兀的闖入者？我母親畏怯地提醒司機，那麼師傅，如果這兒過不去，我們繞遠一點，走別的路也可以？我們趕著去第一人民醫院。

在我的國度，或者說在我的城市，人們習慣於一種「粗糙材質事物的懷舊情緒」。他們在酒館牆壁上掛滿那些貧窮年代的破銅爛鐵：譬如不過二、三十年前舊社區或公路邊的雜貨鋪（稱之爲酐仔店）外懸掛的菸酒公賣局准賣的鐵牌，或是一個圓鐵牌做成汽水瓶蓋上面漆著那些老牌子汽水的名稱，甚至連白色恐怖年代張貼各公共場所的「保密防諜，人人有責」木牌也成爲時髦玩意兒。他們在五星級飯店的昂貴展售攤位擺放我們兒時那種「五毛一抽」的抽籤小紙牌，獎品仍是那些廉價卻讓人懷念的綠豆糕「王哥柳哥遊台灣」、蜜地瓜、巧克力醬牙膏、橘子汽水粉、紅糟醬素肉乾或染了豔黃色素的芒果乾……雖然現在是十塊錢一抽。他們賣一些品質粗糙的童玩：木頭陀螺、羽毛響笛汽球、硬紙殼換衣娃娃、像強力膠一樣的吹泡泡劑，塗著螢光漆的橡皮彈力球，或是某種以橡皮筋上發條塑膠骨架塑膠螺旋槳的保麗龍泡棉飛機……它們全部價格不貲，但賣相奇佳。我認識的一些手頭寬裕的都市新貴們，他（她）們的客廳裡擺滿了那些塑膠材質俗豔油漆的無敵鐵金剛、科學小飛俠、小甜甜、鹹蛋超人、小仙女這些眞人大小的卡通玩偶。據說每一個那樣的玩具動輒兩、三萬而他們皆眼不眨一下地將之搬回（因爲是限量品）。

那些破爛物件或舊卡通人偶早已和它們原先存在的世界脫節。它們像已經不再流通的貨幣，完全失去了在眞實世界裡的實用功能。但我身邊的那些懷舊貴族們硬生生地想把它們從垃圾堆中撿出，拼湊出一個恍若時光靜止的場景：一條舊街、街角的酐仔店（掛著那些公賣局菸酒或白梅汽水的圓鐵牌），裡頭鋪排著五角抽和青色粗沙玻璃的大糖果罐，賣著新樂園香菸和彈珠汽水。亭仔角的門洞望進去是一台黑漆生鐵的勝家牌家庭縫紉車（我一個朋友開了一家pub裡面的桌子是十幾台這樣的老縫紉車上面蓋著木板，客人促擠又亂有情調地在上面喝馬丁尼或Tequila Bomb），他們小心收藏的有兩扇捲門有腳架的黑白電視上面放著大同寶寶51寶或52寶，如同他們以天價收購的大轉輪透明塑膠殼後有頻道數字貼紙讓指針移動的單晶體收音機，其實收聽不到威廉波特少棒轉播。

那些死物，那些除了堆置成一時光邈遠、積滿灰塵的靜止場景外一無他用的瑣碎物事，從它們本來置身的更多細節之畫面中被叫出來（其他的細節因懷舊者記憶力之限制而無法從垃圾堆中重新成爲光潔簇新之物）。它們如此昂貴，湊聚在一起又如此醜陋。我身邊的朋友們卻飽含感情地收藏著。他們說：「這是我們經歷過的年代。」如此貧乏、僵硬（想想那些黃色塑膠袋裡摻滿味精胡椒粉的王子麵碎屑、那些「保密防諜」的標語）和欠缺想像力的年代。

當我的朋友說：「這是我們經歷過的年代」時，我總是不發一言置身在他們之中，確實那也是「我經歷過的年代」。有時我們待的房間裡，玻璃櫥櫃裡擠滿了一尊一尊華麗戲服的布袋戲偶（神州大儒俠史豔文黑白郎君哈袂二齒祕雕……種種種種）；有時是一台復古笨重的投幣點唱機；有時是牆上貼著一些水漬泛黃的老舊國片或台語片的電影海報……。我像被催眠般地待在那個由幾組元素拼湊起來（老電影、老唱片、老卡通人物、老廣告招牌、老家電用品、老玩具）的懷舊場景——所以無論它們意圖被拼湊成的「昔時場景」爲何，最後總非常像一間雜貨鋪——似乎被那個我曾經歷過而粗心辜負的時空，如今凍結靜置在眼前而弄得頭暈目眩。

那樣的靜置與擺設讓我待在自己的歷史默想時像待在一間旅館。當我進出自己「經歷過的年代」時，只是像拿著不同壓克力房號鑰匙進出那些擺設裝潢得一模一樣的房間。我的身世和所有先後進出那間旅館的房客們的身世無分軒輊。所以「一整個世代」人的故事，便成爲一幢被歷史氛圍與紀念物件裝置起來的超級大飯店裡發生的故事：那些像幽魂般在各樓層漫走；那些大廳裡的社交、勾心鬥角、蜚語流言；那些密閉房間裡的傷害、哭泣、親密時刻、孤獨捱守的故事；那些鋼琴師、服務生、酒保和大堂經理的故事……

我帶著這樣的城市教養來到這座陌生小城（父親遇難的小城）。旅行社安排我和母親住進父親出事時寄宿的旅館。前一個晚上父親和以明大哥、四哥在其中一個房間裡關室密談。母親說父親在最後一通電話裡愉快地說：「我把話都講開了。」他當時說了什麼？二哥老人、三哥老人在父親中風的當天下午就由南京搭船趕至九江（那堵高牆外的碼頭？），我和母親則在第二天深夜才輾轉經海南島換機到南昌機場（夜間裡昌九公路兩側俱是規畫給那些三峽移民的新田地？）。我以爲那是一趟旅程，一趟縮影了畫面中（圍著父親病床，暗影遮疊那些哀傷的老人）許多人大遷移故事的旅程。但我們從進入那座城市的第一個晚上，就住進了那間大飯店裡。那間大飯店和它之外的整座破敗之城如此格格不入，像爛沼浮泥上的沙雕城堡。那座城市，比我那些充滿懷舊情感的朋友，用那些昂貴的破舊物事意圖搭建起來的「昨日之城」，還要貧困、破落，對廉價粗俗的聲光流行充滿羨慕。但從此之後，一直到我們終於載運父親離開，我和母親每日的動線，皆是搭乘的士往返醫院和飯店。

偶爾在某個傍晚，我們疲憊無比從父親醫院搭車回程，司機抄近路在擠滿緩慢人群的市集巷道穿梭，我會困惑且著迷地看著車窗外，那些簡陋門面的酒家（他們用耶誕樹上的閃光燈泡代替霓虹燈的繁華感），站在門口穿著貼亮片大紅旗袍，開衩至大腿根處的美麗少女，和一旁蹲著等拉板車的年輕苦力，或穿著公安制服的男子又噌又笑，那時才恍惚湧上一種「我闖入了一個活生生的昔日時刻」之感慨。

9 九江王

我想起在九江的那許多個晚上。那家不可思議自那座內陸黯灰之城矗立而起的高級大飯店。我們初到這座城市的那天夜裡，本來要留下在父親病房過夜，但那些哥哥老人們牛起脾氣要我和母親回飯店「歇著」。爭執不下的時候，鄰床病人的家屬（也是一個老漢）加入勸說：「回去飯店吧，你們是台灣來的，容易引人注意。這九江市，一入了夜，全城有十分之一的人在吸毒。」他這話多少有危言聳聽的成分，但確實讓人印象深刻。延伸著我父親垮掉的肉體意象，似乎這座灰塵漫飛、難以清楚聚焦成一現代城市輪廓的破敗小城，一沒入夜暗，即以一種暗彩卻濃豔的油畫色調。一種肉體造形的扭曲散潰，將那白日裡無法表露的貧窮與苦悶呈現出來。

這個印象潛入了我和母親的心底。於是每天傍晚，我們疲憊無比地自醫院搭的士回飯店後，便不再出門。當然那是一個莫大的損失。我們像最保守的觀光客，爲了安全和財物，入夜後便百無聊賴地躲在那些第三世界的觀光飯店裡。問題是我們並不是觀光客，我們是一對困陷於這座城市（因爲一具故障的老人身體？），每天都在想盡辦法離開此地的母子。每個晚上，我會將我母親獨自一人留在那個房間（我們的房門用的是一種頗先進之插磁卡電腦辨識鎖）：我離開的時候，她總是戴著老花眼鏡跪在床頭小几前念經；當我回去的時候，她有時仍在那兒；有時在浴室搓洗我們兩人的換穿衣物；有時則躺到床上和台灣的她那些共修師姊們講長途電話……我們間的立燈、梳妝檯燈的百褶裙式紙燈罩上，全晾滿了我的或她的濕淋淋的內衣褲。桌腳下的插座，我接了電流轉換器插上手機充電器。梳妝檯上堆滿我們帶去醫院父親未喫又帶回來的水、沖泡式麥奶粉，我們去大眾大商場買的一種叫「芝麻酥糖」的當地特產、鋼杯、母親攜帶的各式藥品或跌打損傷之膏藥貼布……似乎一個飯店房間，被長期投宿的房客盤據時日較久，自然而然就出現一種不屬於旅者氣味的，近似居家的某種慵懶或固執脾性，而那即使是掃房阿婆每天推門進來清理，也始終清除不掉……

我如今回想起許多個夜晚，總是要聯想起一些旅人因無奈的理由，被迫擱淺困停在一家豪華大飯店裡的小說：格雷姆．葛林的小說；奈波爾的小說；甚至村上春樹的小說或一些我不很記得情節的凶殺小說。那空調風口下窸窣擺動的棕櫚樹的陰影、那些巨型水晶墜編垂而下的宮廷大吊燈、那些踮著腳步走路深諳人情世故的男侍，那個爲了門可羅雀的生意、華麗樓景漸成廢墟而變得尖酸嫉世的飯店老闆……那是個我不熟悉的世界。而我那時正置身其中。

怎麼說呢？當我像那些旅行團觀光客，入夜後便躲在租界地一般的大飯店裡，不敢走出有制服侍者鞠躬替你推開的銅框旋轉門，沒入那些妖魔化的城市黑夜，我卻又清楚地知道，天亮後我得和母親，僞扮成當地居民，走進這座城市中心的醫院，我們不自覺滑稽地模仿他們的口音，質疑的士司機故意繞遠路讓車資灌水（「這段路我們熟了。」），和板著臉的小護士陪笑討額外的床單打理（父親又大便失禁拉了滿床），和醫院外的水果小販討價還價……當那些觀光客第二天整團人搭著遊覽車離去（借宿在這家飯店的中外遊客通常是慕名前往廬山），又會有新的觀光客 check in 住進來。只有我們這對母子仍得留下。我們既不是當地住民，又不是帶著抒情眼神看望這座城市的旅人。這不是一趟我們想要的旅程。我們被扔擲進一座陌生且偶然的城市。行前完全沒有閱讀任何關於這座城市的知識與資料，即使置身其中的時刻，也無心稍微瀏覽與增進對該城理解有關的任何報刊雜誌旅遊指南甚至飯店免費提供的簡易地圖。

如果那間大飯店裡，有人注視到我們（「那對母子」！）並想加以談論的話，我想有一個稱呼或較「旅人」更貼切：異鄉人。異鄉客。

每個晚上，當我將母親獨自一人留在那間已被我們的異鄉人氣味和瑣碎物件占滿的房間，我像個遊魂在那幢彷彿被任何時空擯拒在外的建築裡晃蕩。我總是帶本書到一樓的咖啡廳，點一杯二十元人民幣的藍山咖啡（極淡極酸，簡直像台北咖啡館裡用剩下一點汁漬的咖啡杯再注入熱水一樣，但至少是咖啡豆的味道，而不是那種甜膩死人的國產即溶咖啡）。我總是坐在同一個靠窗坐位。我孤單又敏感，試著用印旅館抬頭的白色信箋記下每一天白日在醫院發生的瑣碎事情，到了後來，有的輪班女侍會認得我（「您又是要一杯藍山咖啡？」），這會使我受寵若驚又感激。有的女侍則始終板著臉孔，將我和那些夜晚來泡咖啡座的大陸商人或老外一視同仁。我在那一個月裡，一共只讀著離家前匆匆塞進背包裡的兩本書：《百年孤寂》和《波赫士詩文集》。我逐頁逐句地細讀（其實每晚能坐在那兒讀書的時間甚短），似乎那樣閱讀只爲了打發旅次中的無聊時分。有時我難免會有一種錯幻之感：我埋頭細讀的兩本書，裡面描寫的不正都是一個貧窮、荒瘠、受創的第三世界的國度。我強迫自己在那些描述著貧民窟、監獄、廣場上的屠殺、泥濘大街……的字句符號間逗留（甚至用唇音低聲背誦），其實一抬頭，落地櫥窗外不正是一個活生生的，魔幻、暴力、貧窮且犯罪的國度。

大部分的夜晚，那個咖啡吧非常吵。其實客人通常不多，但他們會把掛在角落上方兩端的電視開得非常大聲。全都是足球賽轉播，這似乎有點台北農安街巷子裡那些英國 pub 的味道，但又完全不是那回事：播報員講的是字正腔圓的北京話，且球賽的內容是中國隊正在踢世界盃的亞洲區出賽權資格。戰況似乎非常艱困慘烈（每次聽到的對手皆是一些不熟悉的亞洲國家名字：阿曾、烏茲別克、阿拉伯大公國……）。播報員的聲調和氣勢讓那咖啡屋裡帶著一種「十億中國人站起來吧」的狂熱氣氛。如果是在台北的咖啡館，我早就推門離開再找一家了。但在那兒，我卻不敢離開那間大飯店（走到那條傳說有十分之一人在吸毒的街上，再找另一家夜間酒吧推門進去？）。

那些足球賽他們總是贏（中國隊驚險地踢贏那些中亞球隊或中東球隊），但贏球之後那間大飯店咖啡吧裡寥寥幾桌客人並沒有特別興奮或混桌互敬啤酒合唱國際歌之類的場面。雖然之前電視音量開得那麼大聲，且所有的客人皆抬頭聚精會神盯著螢幕上的賽況。這時咖啡吧會將電視音量調小（節目變成了鳳凰衛視台的一些中國流行歌手的搖滾ＭＴＶ），落地窗這邊的一排燈盞全部熄掉，換成非常奇怪的舞池七彩雷射燈。原先併桌椅坐在電視下的男侍女侍，自夢中醒來一樣地（或是準確地進入一個上發條的夢），回到他們原本的，沒有表情，挺直上半身，像水族箱魚群慢速在各桌位間巡游的樣貌。

如果我曾推門出去，走進那條充斥著碼頭工人、下崗青年、吸毒者、廉價的陪酒女孩、苦力的夜暗之街，走進其中一間當地酒吧，此刻或正置身在他們酒杯亂碰，激情慶祝的場面裡吧？

我發現在這幢大飯店裡，怎麼樣也不可能發生那種想像中發生在封閉大飯店裡的，旅途中的偶遇、邂逅，或是陌生旅人之間交換的詭麗故事，冒險吹噓。我像受到驚嚇的異鄉人，每晚躲在咖啡屋一角的座位，抱著兩本拉丁美洲偉大小說家的奇幻作品埋頭抄寫，或是頭痛欲裂地記下白日醫院裡發生的大小事件。但我記錄得潦草又紊亂，像一個躁鬱症病人歇斯底里緊咬著一些無足輕重之細節，憂心忡忡留下的筆記。那時我腦海裡或隱約存放著一個想法：等這一切過去，我一定要把這一趟旅程（這一座城市，這一幢大飯店）像一部小說那樣追憶重建起來。但事後證明，當我和母親終於和那些天降神兵的ＳＯＳ國際救難組織，用氣墊式擔架床將我父親搭飛機扛運回我的城市，許久以後，當我再次想起而百感交集地翻出那些筆記（那每一個晚上我坐在那個飯店咖啡座角落，用飯店房間梳妝檯上每日放上三張，印了飯店店稱和燙金圖徽的潔白信紙記下的），發現它們像古墓中出土的乾屍上的絲帛或紗翼，才攤開在手中即風化碎裂成灰塵。那些潦草的字句，完全沒有留下我以爲我曾經素描側寫的「一座光影凹凸的城市」，或是「一座廊簷裝飾，每一角落皆緩慢運鏡的飯店」。像風中對著光照舉沙，我置身在那幅畫面中追記下來的文字，比我後來斑駁記憶裡留下來的還少。那座城市像大把大把金色的沙子，從那些破碎單薄的句子裡散潰瓦解，乃至不辨形貌。

一開始的一個禮拜，我還抽著我自桃園中正機場免稅商場帶去的那條淡菸（我在我的國家抽慣了的）；後來的日子，我則開始混亂地換著不同牌子的、焦油含量極大的當地香菸（當然主要是紅塔山、阿絲瑪和雲煙，中間我還買了一種單名爲「贛」，還有一種就叫「廬山」的本省菸），那些烤菸抽得我又暈又燥，一晚上一包的量抽下來，嘴角燎泡鼻屎乾硬眼珠發黃。有一晚我仍在埋頭抄寫馬奎斯，一個落腮鬍的老外經過輕輕敲了我的桌沿，我抬頭時他已和另外三個同樣背著旅行背袋的同伴走至櫃檯買單，他回頭對我比了比大姆指。那時我迷惑不解。後來我想大約是他們一路在這月光曝曬、沙塵漫漫、滿街單眼皮無強烈表情人群的國度旅行（他們一定更是默片般地關禁在這些城市的大飯店裡，看著大廳、咖啡吧、電梯裡那些我的同族類們穿著西裝戴著粗金鍊拿著手機旁若無人粗豪殺氣地大聲哇啦哇啦），頭一回在這城市的咖啡座，看到一位當地文藝青年，獨自坐著喝咖啡讀書寫字吧？

問題是我已不再年輕，且我並非當地居民。我發現當我在抄寫那本自二十歲出頭便囫圇讀過的《百年孤寂》時，某些妖邪奇幻的段落，某些拗口的字句，竟像鐘錶內臟的細微金屬齒輪彈簧，或像嵌在牙肉和陶瓷假牙間的鐵絲線釣，以一種精準卻又異物侵入的形式，那麼貼切地與自己正置身處境，神祕而虛實不分地混淆在一起。

我已不再年輕了。但當我在某一個晚上，抄寫到邦迪亞上校的私生子約瑟臨死的那天下午，他的母親透娜拉從紙牌上看出他身上已帶著死亡的印記。她哀求那個衝動的兒子：「今晚別出去，睡在這邊，卡美莉塔・蒙蒂兒老叫我把她安頓在你的房間，等都等膩了。」之後那個執意出門的兒子果然當街被保守黨的里卡多上尉從背後射殺。那個殺他的凶手隨後被人在另一個街頭暗槍打死。當我抄寫到這一段：「……四百多個人排隊經過戲院，用左輪槍打阿魁勒斯・里卡多上尉那荒棄的屍體。屍體裝滿鉛彈，重得要命，又像浸過水的麵包，分成好幾塊，只得由巡邏隊用手推車來載走。」那個晚上，我第一次清楚感受到自己的年紀，已無法從遽失親人這一類傷痛中輕易復原了。我感到全身的關節疼痛不已，腰子發冷，兩個膝蓋不聽使喚，抄稿時頭髮落得滿咖啡桌都是。

那天晚上，我的妻子在國際電話的那一端說：「台北正在下雨。」時，我竟心不在焉地回答：「別驢了，嗳，八月下雨很自然嘛。」我的妻子靜默不再接話，於是我訕訕掛了話筒，後來我才想起：那不正是邦迪亞上校和他的老友馬魁茲上校透過電報鍵盤上的一段對話嗎？

受限於時間，我每晚皆只能抄寫極短的段落，但即使在那樣短的段落裡，每天總要抄到一兩個熟悉的角色死去。各種不同的死法。各種葬禮。各種近乎特技的死亡運鏡。像疊高的積木不斷玩笑從底部、中腰抽掉支撐的木條，整個故事仍可以歪斜奇蹟地繼續往上長。像大括弧中間的小括弧：主要人物死亡之間的諸多次要人物的死去。

我被這樣的日夜切分弄得陰鬱愁苦：白天我和母親和那些老人兄弟們，在那個設備簡陋的醫院裡，對父親那垮掉的胖大身體弄弄搞搞——擦稀屎、扎針孔、強灌餵藥、拍打背部、按摩胯骨兩邊及尾椎褥瘡爛口的周邊——爲是想把他弄稱頭點拉回陽世。到了晚上，我留母親一人獨自在飯店房間，念誦著那些替父親消解厄增加壽命的《金剛經》《地藏菩薩本願經》，我則在一樓咖啡座裡抄寫著那樣一則又一則的死亡故事。有時我亦難免懷疑：在接到出事消息臨出門的那晚，我是不是抓錯了帶錯了書？

有一天晚上，我作了一個夢。夢見我牽了一個私拐的女人，急切地在一個偏僻小鎭找旅店。那條荒涼的街景，於我如此陌生卻又呼之欲出。「漬痕斑駁的炕土牆，貼著枯死霉苔」。我心裡想：這是我故鄉。那些黃土牆壘遮蔽了較遠處鉛灰色天空。使得眼前盡是那種不同折光暗影的泥黃色。所有的店家住屋全依傍著山中溪谷陡升的坡道斜斜搭建。有一家店鋪裡甚至賣有炭爐、暖手小銅爐、簑衣、刻有螺形環紋用以磨米漿的陶碗……這一類東西。但是基本上整條街已經廢棄了。在一個類似十字路口，置了一架引水得豔紅的轆轤井的街角，站著三、四個穿棉襖戴氈帽的老者，他們是我在這一帶唯一遇見的人。他們用一種奇怪的神情看著我，似乎對我如此熟悉且飽含感情。當他們那樣看著我時，我的頭像有活物掙跳也莫名哽咽。但似乎有一種遲鈍粗暴的什麼隔阻在我們之間，使我們無法交談。

其中一個老者靜默地領著我和女人走進一間黃土牆塌壞的民屋。一樓「空空如也」，空擺著幾張木板桌，似乎在這裡的人集體撤離前，最後一次掙扎試著將破落的家改裝成小酒樓的模樣。我熟門熟路牽著女人跨上「那走熟的屋角扶梯，由此徑到小樓上」。老者沒再和我們上去，停在梯階的下方，用剛才街角那個老頭一模一樣的憂悒眼神看著我。

怎麼回事？是在譴責我嗎？在那樣的靜默裡，一種與族裔傳宗接代生殖想像剝離開來的，受傷的，孤獨的性慾，尖銳地在腦殼裡的某個中樞像短路的警報器嗶嗶響著。怎麼樣？不行嗎？會造成種的衰弱與疫病嗎？亂倫嗎？她是我的姑姑亞瑪倫塔嗎？但我不記得我父親曾有任何的姊妹啊。問題是小爺我只是洩慾。我被動過手腳了。不會如你們在暗影中嗟嗟恐慌地留下不肖的後代。長了豬尾巴的嬰兒。

老者走了。剩下我和女人站在那偌大空曠就作爲一個房間的二樓上。那時突然對身旁的女人充滿一種厭恨嫌惡的情緒。女人很白，但不美（她不是妻）。她狡猾地和我處在這種黏濕而齷齪的色情共謀關係裡。我發現炕上還放著一件紅色被面繡了龍鳳圖案的棉被哩。炕腳還放著一只搪瓷夜壺，裡頭泡爛著幾枝吸飽尿湯的菸蒂。我突然一點也不想把自己的精液注入這具彌散著霉味和病菌的白色身體裡，但腦袋核心的那只鬧鐘，仍刺耳地響個不停，好像找不到一個孔洞伸手進去把它揿掉……

於是我終究還是帶著一種反胃欲嘔的心情，在那個黃土牆頹倒的荒涼小鎮的小酒樓上，和那個白皙的女人在夢中交配了。

「唉。」

醒來的時候，一時無法弄明白此刻我正置身何處？正在這個「我」的生命裡哪一個時刻？後來我慢慢在黑暗中拼湊出現實圖景：隔鄰的床上，母親像男人一樣極響地打著鼾，床頭櫃上的念佛機仍紅燈一閃一閃，微弱地唱誦著某個佛的名字。我像在父親仰面漂浮其上的黑暗大海之岸邊，被那潮汐水流輕輕拍打沖刷。

夢裡那個皮膚白皙，卻像可以從靈魂蕊心不斷擰出污水的，讓人不快的女孩，是我大學時代班上一個並不熟識的女同學。我甚至第一時間在黑暗中還想不起她的名字。夢中卻和她是那種貼近親密的身體關係（我記得在暗影中，她像意會到自己受到的那種濕答答的嫌惡，孤單但自尊地坐在炕上，自己解開襯衫鈕釦露出瘦嶙嶙的肩胛，上面繫著奶罩的悲慘模樣）。是那大學四年，除了有一學期她當總務，在課餘時間乾巴巴地追著討班費，之外讓人完全沒有一絲印象的灰撲撲的女孩。怎麼回事（「怎麼是她？」「怎麼會在這樣悲慘的處境尚能作春夢且遺精？」）我的色情記憶圖檔是怎麼在夢境裡眼皮快速竄跳的汰選中，最後（那麼真實！）挑了這個女孩？

我不是「被動過手腳了」嗎？

那時頭痛欲裂地想起我的朋友黃君的一篇小說，故事的男主角在那場島內噩夢般的大地震中帶著妻小從震搖倒塌的災區街景中逃出，卻悲慘地發現自己從此進入一道「如剛跨過換日線，激烈的時差之中」。他總是不斷重播著那個畫面：「我們開著那輛破車逃走，遠遠的離開那殘垣敗瓦之地，離開那一片巨大濃稠的黑暗，到有光的所在。我們一家子。好安慰的感覺，全都逃出來了。儘管許多人都被壓在瓦礫堆裡。」但他開始聞到臭味。先是見到家裡那兩隻被棄留在災區廢墟的貓，「黃綠色貓眼裡，清楚地鐫刻著時間的刻度，指針飛快地轉，或順或逆」，他想牠們大概是死在地震當時吧。但後來他又哀傷地發現在沙地上畫畫的兩歲兒子，「下半截身體已經泛黑了。所以動作有點僵。有點像木偶。」

且那孩子以異於現實中兩歲孩子的神情抬起頭：「爸爸，我不能再陪你玩了。因爲你已經腐爛了。」

這是我近年來讀到最怵目悲慘的小說場景了。但故事卻並未在此結束。小說男主角繼續陳述有一日他在咖啡館遇見一個昔日的朋友（小說結尾才揭開底牌原來這朋友是男主角妻子年輕時的戀人），那傢伙看上去像是遭逢巨大不幸，滿頭白髮，憔悴又疲憊，「好像一個不小心生命就被偷換掉」的死樣子。到底在他身上曾發生了什麼事？他哽咽地對男主角回憶起年輕時分手的戀人。那是個美好女孩（即是男主角年輕時候的妻），那麼地純潔而美好，接著黃君的小說進入了一大段滑稽魔幻的色情描寫，這個崩裂壞毀、被生命掏篩成渣的早衰之人，不知情地對那位靜默聆聽（嫉妒？驚悚？物傷其類？）的丈夫描述那些美好昔時裡，他如何在一封閉的房間用盡各種方式想「硬上」那個美麗女孩。但不論她「應我的要求穿上薄紗性感內衣摟在一起睡，或是一起光溜溜洗鴛鴦浴」，就是「不可以讓她破身」。

接著，他懊悔地說到（那個不幸的時刻？），有一天他實在忍不住了，喝了幾杯酒，藉酒壯膽，回去看到她半裸的誘人模樣，「像摔跤手那樣把她壓得死死的，把她像柚子那樣打開，」想：「這回總得讓老子快活了吧？」不料那話兒突然一陣劇痛，痛進腸子裡，酒醒了，整個兒都軟下來了。「我這才想起她曾用兩根冰冷的手指就足以制伏我。結果根部留下兩個深深殷紅的指甲痕。」

那兩道，「深深殷紅」的，讓腫脹醜陋的根部快速萎癟縮入腹中的「指甲痕」，像金屬勾撓刮磨盤玻璃器皿般亦刮著我詫異的想像力。自從我讀過黃君這篇小說後，像是《西遊記》裡那些金箍棒、火龍火蛇、天兵金甲皆莫可奈何的黃毛妖道，突然天際微弱一句咒語，即翻撲在塵土中現出原形（那即是我所謂的「被動過手腳了」啊）。那兩道指甲痕似乎自此亦深深地割在我那不幸的根部上。

我記得老奈波爾在他的小說《浮生》裡有一段悲傷至極的話：「……我不知道我要走向何處。我只是任由時間流逝。我不喜歡家鄉那等著我回去的地方。在這裡，我也會總是想要跟朋友的女友做愛。我已經知道這是很容易的事，但我也知道那是不對的。麻煩的是我不知道怎麼踏出去，弄一個自己的女人來。沒有人在這方面教過我。我不知道怎麼去搭訕，怎麼去碰女人，去牽她們手或去親她。當我爸爸跟我說他的故事，說他的性無能時，我譏笑他。那時候我還小。現在，我卻發現自己很像我可憐的爸爸。……我像在洞裡亂倫小禽獸般度日。我們在暗中摸索我們跟女人的關係，又總是羞愧難當……」

我的朋友們總說我「變態」（我想他們是指我的小說）。有一次有一位可愛的女記者採訪我，她先禮貌性地稱讚說喜歡我的小說，但當我們談得較放鬆且更深入時，她突然變得紊亂且憤怒。她告訴我她最不能忍受的是我小說中的「變態」。我說我並沒變態啊。她用手蓋著那對因憤怒而泛著薔薇紅，像骨瓷環柄的耳朵，說：「夠了。我受夠『變態』了。你的那些變態。」我想向她解釋，也許眞正的原因是我「被動過了手腳」。

我的朋友們總不相信我回去後對他們描述的，在九江所發生的一切。當我說起那間醫院，他們認定我一定在那光影互換的病房、走廊、醫院花園或是隱匿各處的角落，追逐、調戲、甚至霸王硬上弓地剝下那些「九江小護士」們的可愛白色制服。當我說起那間孤寂、冰冷、百無聊賴在飯店裡的每一個夜晚，他們歷歷在目地指控我一定在那一間間不同房號的空調套房裡，把那些燕瘦環肥，穿著絲襯衫的女服務生們，推倒在白色的床褥上，撩開她們的短裙，剝下她們的絲襪……。

這個遊戲進行了一年。他們稱我爲「九江王」。他們總說：「你在九江的那些孩子們怎麼樣了？」意即我在九江那一個月裡，像僞扮成土著祖靈的白人，把所有女孩們（那些小護士和女服務生？）的肚子全搞大了。我成爲當地神話中的傳奇人物，因爲在我離開後的十個月內，有一批頭臉和我一模一樣的嬰兒，在某一段時間密集地出生。他們全是我的子裔。

時日稍長，我和母親和父親在九江發生的種種，竟然愈漸模糊。我亦開始加入朋友們加醬添料，關於那些玉體橫陳的九江護士或拿著皮鞭穿軍靴的「解放軍女同志」的色情笑話。

「九江」慢慢變成一個恍惚而遙遠的虛構小城。我在那兒像被注射了睪酮素的豬公，無休無止地對那些面目模糊、穿著制服的貧窮少女裸體，勃起、戳刺、射精；然後再換一個，再一次重複。……（也許「她們」只是一架架披了護士服，然後將搗碎母豬卵巢女性荷爾蒙油精塗抹在萃集槽口的粗劣木架？）

爲什麼我總是情不自禁對著死亡的純黑，覆蓋上那些俗麗金漆的滑稽宗教畫（那長在脅下肩後打著各式手印提擎著各種懾神法器的千手千眼小山羊鬍觀音，一臉哀戚莊嚴，其實正騎在一具俯趴著的白色女體上，姿勢僵硬地保持著銜合性交的狀態）？

我的朋友黃君在他的小說中引述大江健三郎小說《換取的孩子》裡的意象（也許環繞著亡友伊丹十三的女人們——作爲伊丹妹妹大江的妻子，或是從伊丹的色情錄音帶裡跑出來的年輕情人——可以通過隱晦神祕的受孕，把伊丹「重新生出來」），寫下了一句讓人觳觫戰慄的話，透過無邪的孩子，對著接到喪父噩耗電話的妻說：「媽媽，我們可以把外公再生回來。」

我遺棄在九江的那些，成百上千濫灑精液，卻像暗夜裡兀自藤爬瓜熟長成的孩子們。他們如何能理解，他們之所以這樣，鼻歪眼斜手腳長蹼，像單套染色體的透明青蛙那樣被創造出來（被拋擲在那個灰黯貧窮的陌生城市裡），只是因爲他們的父親，面對自己父親醜陋悲慘的死亡場景，雙膝發抖，無能面對無法修補（「把他生回來！把他生回來！把他生回來！」）手不自覺地伸進褲襠，像回到青春期那些無比孤獨，自體完足，戰慄驚恐，充滿罪惡感與撒嬌情結的時光。

把他生回來。

那時我寂寞又畏懼地發現自己兀立面對的，是一幢空蕩蕩的旅店哪。（我是不是不自覺地把那幢冰冷無感情，面無表情的男女侍者安靜地在其內巡游，看不見的樓層角落隱藏在陰影裡的，那幢建築物，當成了父親籠罩進阿茲海默症並又淤塞了大小血塊的謎霧頭顱？）我飽含感情並巨細靡遺地描繪那飯店內部的細節，卻再一次證明它「只是一幢空蕩蕩的旅店」。除此之外，它什麼也不是。沒有我想像的，旅人瞠目而視口不能言的霧中風景。（「把他生回來！」）但我的根部又變回男童時期那般幼孱短小，像半截剝去了殼的白色菱角。它困惑又純潔（上面並沒有兩道指甲刮下的血痕），完全無法理解「再生出一個父親」，那幅龐巨而時間漫長的不幸旅程。

我在父親倒下的旅店投宿，並在其內夢見另一間旅店，而我在那夢中旅店裡，嫌惡地和一個乏味灰黯的女人交配。很多年後，我的那些面容壞毀的「九江兒子們」，他們與他們置身其中的眞實世界無有溝通缺乏靈感，他們互不相識卻不約而同地找藉口住進那間旅店。似乎在溯游的終點，終於憑嗅覺找到那個夢境的現場。那個冰冷而不幸的夢，對他們卻充滿著一種濕木屑氣味，一種難以言喻的鄉愁或幸福滋味。他們找到了那個夢（那時我正兩眼空茫地扶著那女人的腰際騎跪在她的後臀處），然後——令我驚異地——他們全穿著拆船工那種沾滿褐紅或黑色油污的白色制服，以一種吸毒者特有的搖晃節奏，像拆卸一艘即將沉沒的報廢船隻上的鍋爐、鐵管、防水艙門、舵盤、樟杆……那樣拆解著我的夢境。他們不在乎地從口袋裡掏出扳鉗和錘子，或叼著煙或吹口哨，他們拆解動作純熟而曼妙（那時我心痛地感到自己是那麼對不起這群兒子們），像一群披著五彩戲服上上下下辛勤工作的工蜂。

那時我該不該威嚴震怒地喝止他們：「住手，不要再拆這間旅店了，那其實是你們祖父得了阿茲海默症的空蕩蕩頭顱。」

或者我該使出談判者的商量口吻：「你們就先把這間破敗空洞的巨大建築擱在那兒吧，等我這（可咀咒的！）小雞雞長大後（等我弄清楚事情是在哪一刻開始壞毀），我要進去把我父親重新生出來。」

我記得有一個晚上，我正離開那間飯店的咖啡吧打算回房（我母親像時間靜止般仍跪在裡面誦經），那時我站在鍍金框嵌在花崗岩牆面的四扇電梯門前，突然一陣頭暈腿軟，我心裡想：「我這是不是病了呢？」白日待在父親的病房裡，看著那三具中風者的身體像植物般靜止地展列生命形態，似乎僅靠他們粗濁的鼻息和氧氣瓶打在一個小水瓶的氣泡聲才證明時間的流動。連我在床旁拍打父親髖部臀肉（以防痔瘡）的動作，母親閉目撥數念珠，或是三哥老人抓住父親手肘怕點滴針頭脫落……這一切動作都像遭詛咒而凝止的雕像彷彿活人的身體怕驚散了父親那氣若游絲的一口氣，自動調弱了生命各項指數。我發現我的唾液分泌變少，頭髮大量脫落，呼吸變淺，常一坐下就打盹，洗澡時檢視自己的陰囊，像隱睪症那樣縮進腔內，以往一天得刮一次的鬍髭竟然在那一個月內僅刮過一次……我正不自覺地被父親的死亡意象吸進那黑洞洞的無重力世界。我正在以加速的衰老哄慰著被死亡驚嚇而撳掉開關的父親。這樣可不行！待這趟旅程結束，我回到台灣，妻子大約恰正產下我們的第二個孩子。我又得變回一個年輕父親角色……我必須讓自己的身體強健起來。

這樣想著，便推開電梯間旁的飯店逃生門，決定爬樓梯走上十六樓的房間（那時我決定在困居於此的剩餘日子，我每晚皆要以此爬樓梯方式，在這幢百無聊賴的飯店裡「運動強身」）。我一走進那陰暗窄促的樓梯間，便感覺自己將一切的幻影全帶進這幢建築物裡了。一種比夜之陰影更黑暗的陰影，跟著我，疲憊地，一級一級地往上蹬爬。

那樣在暗黑如井的封閉空間裡聽著自己的足音一步一步往上蹬的過程，有一種奇異的官能之外的慰療性的什麼擴散暈開。一直到在九江的這一趟旅途結束，我與母親終於將父親載運回台灣（妻果然在我們回去後的兩個禮拜分娩產下我的第二個孩子，我果然跌回那個年輕父親角色所遭逢的暴亂生活，父親仍高燒昏迷在他的「死亡時間」裡漫遊了近八個月，只不過場景換成了台北的榮總大樓；守候在病榻旁面容枯槁的人換成了我的哥哥和印傭莉雅），我終於無法抗拒地，將那趟晦暗如熄燈之夢的旅途中所發生的一切逐一遺忘：那間醫院、那幢飯店、那些老人、那個收賄的醫生（還有那些「九江護士」？）……一直到隔年春天，我在一位尊敬的前輩小說家強力推薦下，進電影院看了宮崎駿的暮年製作動畫《神隱少女》。

當然那是一個「少女拯救父母」的魔幻故事。少女荻野千尋，她的父母誤闖神靈的國境而不自知，還貪婪地將擱置在空街攤案上準備給神靈喫的豐饒美食猛喫一通（但那場景實在像攤販老闆跑警察上廁所或被朋友邀去小賭而暫時離開一下），於是變爲豬形。這個拯救故事（像目蓮以錫杖擊開地獄門放出眾鬼爲救死去的母親，或是潛入冥府搶回被冥王奪去的佩兒西鳳）的展開，便是少女困陷在各形神鬼游蕩其間的「神明的湯屋」裡，以被收去姓氏（她不記得自己的名字）爲代價，在那兒「工作」，以爲漫漫無期的救贖（把變爲豬形的父母救回人的國度）。

當然我一定踩到了老鼠，一隻或兩隻，黑暗裡啾嘰一聲滑膩又肉感地從我鞋底溜開。主要是二樓和三樓皆是這幢飯店的餐廳，所以這兩段作爲後間的階梯，每一級走起來皆油漉漉的。那整個密閉空間裡充滿著新鮮餿水桶的辛辣氣味：羊頭骨的膿味、青蔥的嗆鼻味，還有豬下水那濃郁憨實的味道、江魚的草氣……。我被那繁複難以言喻的臭味醺得昏頭脹腦。那樣地，爬過了四樓（安全門後的雷射舞台燈讓我猜測不是有舞池的夜間酒吧就是飯店附設的「K房」）五樓（有個牌子寫著「桑拿浴」）……

我是否恰正走進什麼事物的黑暗核心？我正在一個陌生國度的內陸。我對它充滿空洞想像和難以言喻的情感，但這一切皆與這幢建築物外面眞實移動的人群和街景不符。我想起一、兩幅印象深刻的畫面，那皆是這兩年來在我的島嶼突然流行起來的「兩岸尋奇」之類的節目片段——那不外乎是主持人帶著攝影小組，在中國大陸各省游蕩竄走，獵奇式地介紹各種荒誕鮮猛的喫食文化，我記得有一集是主持人來到廣州，一家門面骯髒無奇的小飯館，但那家店爲了炫耀某種貧匱中讓想像力朝一畸形方向滋長的講究，他們以一種奇特的「喫鮮」

菜肴而出名：在那油污黑垢的廚房案檯上，排放著一疊一疊與尋常無異的鴨蛋，但當師傅將那一只一只蛋在碗沿敲開，流淌出來的不是橢圓的蛋黃，而是濕漉漉輕微搖動已經成形的小鴨仔。他們把這些早產的小鴨仔直接丟進大火油鍋中，炸得油光水滑遍體金黃。主持人（那是位在島內素享盛名的「玩家」）對著鏡頭咬了那酥脆淌油的小鴨仔嬰屍一口，露出一種千滋百味皆難以比擬的雞巴表情：「噢，眞是殘忍又美味得讓我想掉眼淚。」

另一次是在四川成都。那次是個豪華的麻辣火鍋店，店裡的服務生為了「企業形象」（受訪的經理說出了這個彆扭生硬的詞），一律剃著大光頭，穿著黑色的功夫裝，活像那些日本高校熱血電影裡拿木劍打群架的太保們，卻一個個端著一鍋熱湯在客人桌位間穿梭。這家的美食特技是「生摳鵝腸」。主持人隨著飯店經理來到後院的養鵝場，他們先炫耀了一番「本店的鵝全是餵食特製的玉米，所以腸部蠕動頻繁，這樣的鵝腸有嚼勁，喫起來口感特好」，然後，便像那些A片裡強暴清純女高中生的畫面——因為太逼眞而使你暈眩地想：那四、五個惡漢，是不是眞的，「正在」鏡頭前輪姦一個被騙至片廠的笨女孩呢——他們七手八腳地抓了隻氣急敗壞的大白鵝，把牠制服翻仰在地板上，鵝屁眼對著攝影機，然後，那位一臉憨實的師傅，把他的一隻手（那時我突然臉紅地想到他那樣先停頓試探用中指撩撩那粉紅鵝屁眼的細微動作，多像溫柔體貼地撩弄女人私處的前戲啊）伸進鵝的屁眼裡，活生生地將那隻鵝的腸子從腔肚內拉扯出來，一邊不善言辭地解釋著：「這樣生摳出來的鵝腸，上頭帶著血，保證新鮮，有時端到客人桌上，那個腸子還在蠕動……」這整個場面被處理得如此喜劇又色情，你幾乎要以爲那隻被掏光了腸肚的無腸之鵝，在表演之後被他們拍拍頭，又抖擻羽毛呀呀兩聲放回池塘裡。「辛苦了。」因爲客人們要放進麻辣鍋裡涮的，就是鵝老兄肚子裡那一截活蹦亂跳的白色腸子……

那樣地，從一個活物的外表，熟練地，沿著牠遲鈍的狐疑的喘息身軀撫摸，找到一個洞，手伸進牠的內裡去，把那樣少女絲襪般白色半透明無限延展充滿彈性的事物掏出來，像變魔術一般怎麼掏也掏不完。那麼小的腔體怎麼掏得出那麼長串那麼長串的腸子？那就是牠的內裡嗎？像那隻白鵝，爲了對抗恥部的孔洞，被人這樣直戮戮地整隻手伸進去，只好讓肚裡的白腸子，一直掏就一直生出來；一截離開了身體，裡面便趕快再變一截出來。似乎一旦那腸子被掏光了，手便會離開，牠就只剩一具鬆洞洞的空殼和屁股處那個「被掏過了」的，恥辱的大窟窿。

我便那樣內心陰慘地，在那樣封閉鐵塔內迴旋上升的無止盡的階梯間，一步一步地往上蹬。也許這樣苦行般的爬樓梯可以神祕地讓父親活轉回來？我一邊往上攀爬，一邊感受到肉體巨大的疲憊和負擔。肉體似乎散潰成打翻一整鍋的豬下水，那些糜麗腥臭的白色袋狀物：那些白色的心臟、肺葉、煮白了的肝、一整坨的粗細腸子、還有兩顆一蹦一跳的腰子……若非兩根腿骨堅持往上一級一級地蹬，那些冒煙白灼的內臟們，一定整鍋稀里嘩啦地往樓梯下滾淌。就像那些卡通裡編造的，我的父母受到神的詛咒，變成了豬。而我必須動心忍性，不爲眼前的魔幻異景顚倒恐怖，因我必須是最後一個清醒之人，把他們以人形帶回原來的國度？

就像我父親的晚年，他已不再觀看與現時世界有任何關連的新聞節目了。他也不再像那些咖啡屋裡穿著一身酸臭夾克的老外省們，痰聲濃濁，罵罵咧咧地批評時政了。我偶爾回永和老家，在他癱坐搖椅對面的電視裡，永遠播放著京劇，或是《八千里路雲和月》、《大陸尋奇》、《台灣人在大陸》……這一類的節目或錄影帶。他總是無限神往一臉燦爛地盯著封閉在那個箱子裡的世界看：那些陝北大鼓綁著紅頭巾扭著腰肢左腳右腳甩踏起漫天黃沙的莊稼漢子；那些湖南湘繡婦女工作隊在一間破教室繡了三、四年只繡了一幅與照片肖似逼眞的《毛主席在延安》圖，畫面上的毛澤東變成俊俏美少年；那些貴州地方戲的老藝人們無比虔誠地上香燒紙金，抓著一隻活公雞在桌案前喃喃祝禱，然後割了那雞的喉噴灑了滿地滿案的血，爲了開箱「請臉子」，請出那些什麼清代傳留至今的軍儺戲木雕面具……那些老漢、大娘和孩子們，有一個共通處，便是面對攝影鏡頭時他們一律變得害羞、木訥且莊重。那個封閉世界，那個箱子裡的豐年美景、五彩斑斕、凝止的時空，對我父親（晚年的，沉默地走進阿兹海默世界裡的他）來說，似乎就是一個神的國度呢？

但這個故事最後的結局竟是：父親在那箱子裡的神的國度裡仆倒了。有一天妻在國際漫遊電話裡告訴我：她和她母親跑去台南問一位通靈仙姑，問父親究竟怎麼回事？他的陽壽已盡了嗎？還有救嗎？那位仙姑說父親的陽壽未盡，只是他這次跑去大陸，對那邊的兒子（那最後一個晚上，在飯店的房間裡，他究竟說了些什麼？）亂說了一些不該說的話，得罪了一旁聆聽的祖先，你們駱家祖先輕輕搧了他腦袋一下（像責備不懂事小孩），不想他就承受不住顱內出血，翻倒在地醒轉不回來了。

於是那變成了另一則故事的起點。那個故事第一章節必須這樣開頭：「……我們接到了父親在九江急性小腦溢血的病危通知，憂懼地展開這一趟拯救之旅。我們打電話拜託旅行社趕訂第二天的機票、特別簽證，並與當地旅行社聯繫……」那個故事便是搶救父親。

那是一個不幸的旅程。我便這樣踏進父親的封閉電視機箱子裡的神的國度。當然它們絕非如父親的想像屏幕上那般永恆靜美（我想像著白日裡那間醫院的萬主任、那些惡聲惡氣的小護士、或是每天讓我們母子受驚窩縮在後座的強盜嫌疑的打的司機們，一旦面對攝影鏡頭，鐵定露出他們害羞靦腆的一面）；但當我像瀆神者的後裔，妄想以我的城市教養或現代經驗（透過國際漫遊手機，聯繫保險公司，旅行社或任何可資援助的「有力長輩」），和那些「一巴掌將父親打翻在塵埃」的「神的國度」打交道時，確實千滋百味地發現一切遠非想像中的簡單，那不光只是手伸進一隻活生生的大白鵝的腔肚裡掏出無止盡的腸子而已。

那時，像置身在父親電路鏽壞的夢中場景，所以無論出現再魔幻乖異的情節也無法眞正驚嚇到我那樣地，在我的頭頂，在那迴旋梯塔上方一兩層處，有一扇逃生鐵門被打開，光線隨之以傾斜角度將這一帶台階自黑暗中描出。有人也闖進了這幢建築的陰暗角落，且一級一級地朝我這邊走了下來。即使我屏住呼吸停下腳步，現在想轉身跑走也來不及了。

是個女人。我聽腳步聲就知道了。有幾階她還歡欣地用跳的，整個垂直深井發出著地時

「砰」的巨大回音。怎麼辦呢？我會不會被誤認爲埋伏在這暗僻角落的變態男呵？我要怎麼向他們解釋；「其實我……」（我的父親在你們這裡小腦血管爆了，我必須要在他掛點前，把他像一包郵包炸彈那樣護送回台灣。）「我只是……」（我只是在這裡爬樓梯，「我想弄清楚我爸在我的裡面動過什麼手腳了？」）

終於逆著光和那女人一上一下地，在我的這一段階梯碰見了。「啊。」女人驚呼出聲，但她旋即認出我來。「你怎麼會跑來這裡？」我也認出了她，就是那個有一次跑來問我「您就是那位台灣來的，中風的老先生的家屬嗎？他出事的那天早上，我還和我們經理，還有你哥哥們是吧？一起幫忙抬他，六、七個人還抬他不動呢……」那個咖啡座女侍。

（那時我們在一個離世界好遠的地方。）

女人說，你怎麼會跑來這個地方？我說我迷路了。黑暗裡我刷紅了臉。女人說這樣唄你跟著，我帶你出去。我便那樣乖順地跟在她的身後，繼續一個階梯一個階梯往上爬。我的臉和她穿著飯店制服高衩旗袍的臀部如此湊近，她每踩一級台階，那暗滾銀邊的白色絲綢便沿著腰肢到足踝的一道斜弧輕輕搖晃。有一度她還噗哧一笑回頭說：「這麼大的人還會迷路到這地方來。」那可能是我在那整趟旅程中，最貼近我那些朋友奇淫異想（那些「九江護士」，那些黑暗裡伸手一撈便是毫不抵抗的少女身體，那些念著口令標語的解放軍女同志，那些散落在城市大街小巷的被我遺棄的孩子們）的一刻。如此親暱。如此孤獨。如此像異鄉人渴求一個最易開罐的「溫柔的慈悲」。黑暗裡我只要一伸手便可沒入那溫暖潮濕的所在，像探進一隻眼神黑邃的白鵝的腔肚裡，將所有裹覆住手腕的黏稠薄韌事物，一個反手全扯出到外面的世界去。

那時我突然想對她說：一直以來，我都活在一個遠距的世界裡。對我來說，妳只是我爸在看的電視節目裡的人物。也許更多一些。（就像我這樣彷佛仍置身在父親的夢境裡，在那樣顛簸搖晃的黑暗樓梯間裡，不可置信地想起擺放過久發霉長毛的壞毀錄影帶：畫面裡我那個拖著即將臨盆大肚子的妻子。）從我走進這幢飯店開始，我便感受到來自每一個穿著制服的人，一種節制禮貌後面的輕微敵意：大堂經理、掃房女中、旋轉門旁的服務生、商務中心的美麗女孩、咖啡吧的女侍……甚至包括身邊的這個女孩。也許那只是封閉於旅店的人們面對每天成千上百來來去去的旅者們，長期發展出來的宿命情感（因爲他們對那些旅者背後成千上百種「外面的世界」缺乏好奇與想像力？）。也許我那對於敵意的敏感，只是出自於我那座城市印痕在我身上的教養？也許就只是特例的，我父親這一支遷移者的族裔，永遠在侵入別人的身世，永遠藉著時差闖進別人的秩序，永遠在貌似同類的在地臉孔裡，觀察到輪廓陰影的巨大差異，即使牙牙學舌和變成苦笑的沉默者，最後仍是被辨識出來。如果我們永遠只是候鳥般的旅者那就好了：我們住進這間旅店，過一段時日，再搬進另一間旅店，然後再換一間……但我們終究像沙洲擱淺那樣停置下來，我和母親終於把我們的那間（房號么二〇六？）客房弄成堆滿家居什物髒兮兮的住家模樣（像我們在永和的那個破爛老屋）。我突然恐怖地理解，也許最後的下場是像那些小說的結局：我和母親永遠也無法將父親那具木乃伊般失去意識的身體弄上飛機，運回我們的國度。他的餘生或許將一直躺在這座陌生城市的破爛病院裡，像根鬚從褥瘡膿汁的背部穿過床板。待我們盤纏用盡，我們會搬離這幢豪華飯店，（眞正地）住進這座城裡的某一間民房。找一份工作，另外找一個當地婦人，在這裡傳宗接代。（像我台北那些朋友歇斯底里的黑色笑話：數不清面目的孩子們。九江王。）

10 如歌的中板

我們的對話多貧乏哪，我在心底說。

夜色漸襲，女人臉上的妝反而輪廓立體分明起來。不過或許一天下來的疲倦，她原先顯得有些男性化的牛仔褲或襯衫，那上頭的亮片漫畫人物補靪或某些小流蘇小荷葉褶邊的小裝飾，這時因她慵懶鬆懈的歪斜坐姿，從漸暗的光度裡浮現出來。

突然變得那麼地女性化。

只剩我們三個。女人、我，和身邊熟睡的孩子，女人的聲音沙沙哆哆的。她歪靠著身子，一手無意識地抓著空杯裡的紅櫻桃攪弄著那裡頭殘餘的巧克力汁漬。那時我突然有一種痛惜什麼東西的情感：啊，如果我那孩兒醒著的辰光，這種冰沙或冰淇淋上裝飾用的紅櫻桃，不是他最貪愛且強行索要的美物嗎？

女人顯得徹底放鬆，她這種漫不經心的姿態令我內裡窸窣滋長著一種純屬男性的屈辱感。像我學生時代坐在座位旁邊，把我單純當作哥們或手帕交的早熟女孩，毫不遮掩地在我面前挑睫毛、噴腋下除臭香水。然後完全不作態矜持端莊地打開話匣。

我在暗黑裡像少年那樣羞紅了臉。

時日遷移。我似乎從久遠以前就爲著這一刻做準備了。這樣的場景。一個中年女人。一個中年男子。一個孩子。

女人和男人對坐著喝酒。那個男孩早在之前一陣胡鬧之後便沉沉睡去。女人穿著銀灰薄紗罩衫，她把玩空玻璃酒杯時翹起的手指頎長優美，他們皆被一種典雅細緻、近乎被虐狂的慾火慢慢地折磨。男人目光炯炯地注視著女人，他知道眼前這人早已是個不折不扣的酒鬼了，她毫不遮攔地自她白皙的胸前，一陣一陣湧出那種倒掛玫瑰乾燥花香氣薰人卻難掩敗臭的不幸氣味。

穿著蝴蝶袖打褶白襯衫的女侍在他們的桌邊輕盈地來來去去，他們被慾火細細地煎熬著，卻仍不著邊際地閒搭著一些不相干的話題。一個凶殺案的電影腳本。某某和某某的八卦。「您先生他……」「您總是喝這麼多嗎？」其實那時那孩子早已沉睡多時，他正進入一個深湛的夢裡。他們大可以在這個時間的空檔，跨過那些昂貴紊亂的中年人拘謹，像他們穿在身上那些挺直或流曳皆精微控制，有著嚴格品味的名牌衣料，他們大可以說一些大膽無恥的狂熱告白。

「我等您好久了。」他說。

我似乎從久遠以前就為著這一刻做準備了。但萬萬沒有想到：在這個畫面裡，那個小男孩，是我的孩子（而不是女人的）。我就是那個父親，而不是被他以幼獸敵視捍守其母親，挑逗勾引他母親從裙胯間源源湧出令他陌生不安的淫蕩香氣的第三者男人。

女人才是第三者。

所以女人和男孩之間對峙的張力消失了。他太容易成為她的俘虜（雖然只是一個小奶油泡芙或一個便利超商買的三十元塑膠小車）。這反倒使我有一種輕微的不安，這倒是想起了許多年前一個夢吶。

這樣對女人說。那似乎是一個廢置的遊樂園，是個陰雨綿綿的天氣。紅泥土地上固定住的塑膠斑馬、孔雀、獅子的金屬彈簧支架都鏽跡斑斑，有一隻臉部被人打凹的長頸鹿還傾倒在地，翹翹板上的紅漆早已褪去，露出像狗啃過的木材的內裡。雨天中的小型摩天輪肚腹內全積著髒水，像是工地裡運水泥的小推車被懸吊上天，有一幢像是廢棄穀倉的遊戲機房，和這整座無人看守電力中斷的遊樂園廢墟其他設施一樣，玻璃被打破，門口撒滿一地印了髒污鞋印的票根紙屑。我從一個做成蜿蜒滑道的入口滑進屋子（那時我仍是個小孩的形體），不知為什麼，我的母親像跟我捉迷藏般地在這些嘎嘎作響的機器手臂旋轉門滑道和迴旋梯間追逐著。她總是在我瞥見其身影的一刻從某一處轉角鑽走。我怎麼樣也追不上她（我究竟是個孩子嘛）。很快地，我便意識到：這不是捉迷藏，這是惡意的遺棄。

好悲哀，女人說，你怎麼會記得這麼一個可怕的夢？

不知道，也許我不知情地闖入她的幽會現場，她只是急於擺脫我罷了。

你有見到那個男人嗎？女人問。

哪個男人？

我不知道。你不是說那是你母親的幽會嗎？那總該有個男人不是嗎？「你母親的男人。」

沒有吧。我不記得了。究竟那是我小時候作的一個夢。那時候哪懂得這些男女之事，倒是我之所以清楚記得這個夢，是因爲我記得那個醒來後的畫面：我一個人躺在床上，眼淚鼻涕哭得半邊枕頭都濕了。

好悲哀。女人說著卻笑了起來。

我的妻子可能得了憂鬱症。我說。

哦，那是怎麼回事？

隱約記得女人曾說過，她父親有嚴重的憂鬱症，她妹妹亦是憂鬱症患者，如果我沒記錯的話，似乎她的男友亦長期在服用抗憂鬱藥物（有一次她說：「昨天我和我男朋友從 pub 走出來，突然情緒低落得不得了，蹲在人行道哭了起來。我男朋友就拿了一顆他的藥給我喫，奇怪是一點感覺也沒有。難道是我的症狀比那藥的劑量要嚴重嗎？」），似乎她的生活被一群憂鬱症病患包圍？

這是一個話題嗎？

我的心底無法避免著一種巨大的哀傷。那是一個不貞男人拿自己妻子的隱私作爲底牌，去撩動另一個女人純屬生理上的好奇。那像是在覆蓋了餐巾的檯桌下，脫了鞋，用腳趾沿著女人的足踝、脛骨、小腿肚，隔著絲襪一路上移。大腿內側。檯桌上兩人面不改色。女人把腿胯張開，你的腳一滑溜便抵到她的腿根處，這時卻清晰想起自己那兩根足趾被頑癬侵襲而層層剝皮的灰指甲。

女人說，是怎麼回事？憂鬱症這東西，別掉以輕心哪。

也不確定是不是。總之是爲一些芝麻綠豆大的小事在鑽牛角尖。譬如說昨天。這孩子好久以來在學習自己撒尿：自己脫褲子、自己跑到廁所馬桶邊、自己把小雞雞……說起來他比同齡的孩子慢了，可能因爲這半年來我父親的事，然後又生了個小的。所以他在控制小便這件事上一直不順利。那天也就是這孩子不曉爲什麼，脫了褲子跑到廚房，把尿就撒到掀蓋式垃圾桶。這其實不過是個小事，我的妻子便崩潰了，衝進臥室裡肝腸寸斷地哭。

喔。女人復攪動著杯裡的長柄銀匙。

突然對於自己那麼輕易把妻子的隱私作爲話題取悅女人，女人卻不以爲意的這件事感到羞恥憤怒。妻子像一隻受傷的天鵝，把頎長的頸子以一種不可能的弧度彎折在肩胛啜泣的畫面，像發燙的白色光焰，在眼前這黯黑底色的咖啡廳背景浮現。

女人又說了一句：憂鬱症這玩意，千萬不能掉以輕心喔。

有一次啊，我對女人說，有一次我和一群傢伙，其實那時我們不過是一群念高一的男生，我們給自己設計了一趟旅程，我們從台北坐火車到台中，然後以台中爲根據地向周遭的風景區幅射狀出發，我記得我們安排了一天的行程去通霄海水浴場，一天去竹山找朋友，還有一天去溪頭過夜……

好怪噢，一群高中男生……

是啊，一群高中男生，我們有一天晚上還跑去台中公園那個有涼亭的人工湖，兩兩一組租那個船來划咧。別的船上都是一對一對的情侶，只有我們這幾艘，怪尷尬的兩個理平頭的青少年，湖光月色下，浮躁得不得了，也不知該如何是好……

天啊。女人笑不可抑，那時我注意到孩子在椅子上翻了個身，也許他快醒過來了。

主要是那次的行程爛透了，我點了根菸繼續說，我們的移動全靠搭公路局的老巴士（那個年代！），也沒有足夠的資訊和詳細的規畫。譬如說去通霄的那天，只是因爲我們裡面有個傢伙的姨媽住在通霄，他記得小時候暑假曾去住過姨媽家，那兒有個海水浴場很大很漂亮，我們就這麼決定安排一天去玩玩。結果光坐公路局就坐了三個小時，一路顛晃，那時車上也沒冷氣這一套，一票人晃到通霄，全爛兮兮地一個個曬成非洲土人。裡面有人就炸開了：操他媽的這個雞巴海水浴場我們直接從台北搭車過來是不是還比較快？我們下去游了沒兩個鐘頭天色就暗了，於是又一路暈車再搭三個小時車回台中。因爲我們在台中的旅館還留著房間哪。

聽起來好怪。你們不是一群 gay 吧？

應該不是吧。主要是有點土。我們裡面還有人揹著一把吉他，一路揹著上車下車，到海水浴場還和那些脫下的球鞋衣物一起堆在沙灘上。可是我們之中最厲害的傢伙也不過就會幾個C、A_m、G_7的合弦。我們還有一副墨鏡，大家搶著輪流戴。最臭屁的那個在公路局上還戴著裝屌不肯拿下來。

你們在那個海灘發生了什麼事？

那個海灘？我笑了起來，什麼屁事也沒發生。不就是一群發育不全的高中男生打著赤膊在游泳玩水嘛。我不是說了，後來天黑我們就又搭那個公路局回台中了。

女人從我的菸盒裡抽了枝煙。在桌上倒豎著，老菸槍那樣輕輕敲擊著濾嘴。這時我又煩躁起來。我不知道她對這個故事感不感興趣？她到底希望我把這個話題結束還是繼續下去？我們對坐在這個豪華大飯店大廳吧的咖啡座間，因爲晚餐時段而調亮了燈光，這使我們像置身於那些工地預售屋招待小木屋前立著的廣告看板油畫裡：人影拉得長長的，華廈下方畫著不寫實的花園，那些畫完了樹木和路燈剩下的油畫顏料，和在一起有點髒污並帶著刷痕地添上一輛加長型轎車。那個被鹵素燈打光的畫面如許空曠而冰冷。

孩子在椅子上又挪了下身子，並魘夢般呻吟了一聲。

不會是想上廁所吧？女人對孩子的事如此陌生而近乎無知。我笑著告訴她：這孩子還沒到學著把尿的年紀，他還綁著尿布哩。

這倒是讓我想起那群人裡，有個叫楊豪然的傢伙。我記得在那個海邊，一群人脫了上衣，全是可憐兮兮的雞肋排，乾巴巴的手臂上還有種牛痘的白色圓疤。只有那個楊豪然，不曉得為什麼那年紀就練了一副成年人的壯闊肩背，兩塊胸肌漂亮緥實得叫我們不敢直視，自慚形穢。但亦有一種強烈印象是他比其他人都要白上許多。

為什麼想起像冬日在餐桌上擱放過夜的冷雞湯，上面結的一層潔白無比的膏脂，那樣一具白色身體？

我說，那個楊豪然，很多年後，在服兵役（他的漢操果然讓他被抽中海軍陸戰隊）時出了事。因為我和他並不熟，是輾轉從別人那裡聽來的消息，他們說「楊豪然失去記憶力了」。不確定是因為手榴彈近距離誤爆還是因為被操壓力過大，某一天早上醒來便失去記憶力（我記得有這兩種說法）。過了一陣子，又聽說他被移至三軍總醫院治療，但始終沒恢復記憶。（聽說他身體其他部分皆復原無恙，就是想不起自己從前的任何事情。所以後來便被分派在醫院裡開救護車。）

那具白色的，放置在少年同儕裡顯得不協調的身體，因為失去了記憶自身的能力，變得像被溴化銀或福馬林之類的藥水沖洗或浸泡過般，那樣僵硬地在我這樣無關之人的記憶暗影裡蒙曖發光。

我說，有一天，那一夥裡的其中一個傢伙，打電話給我，說楊豪然想約我們這些昔日的高中同學碰個面。看能不能大家提供他一些「從前他是怎麼樣的一個人」，一些線索。我說好啊！雖然我和他真的並不熟。

我們約在舊的台北車站旁，一家叫「火車頭」的KTV。我記得那天我早到了，便在一樓的一間唱片行裡亂逛。當我像魚缸裡的魚族無意識隨著那個空間裡的身體推擠移動，不曉得第幾次移到那裝著防盜偵測器的自動門口時，有一個人和我面對面對站著。那大約不到五、六秒的停頓。我們互相看了一眼，就又在人潮中分開。那個人便是楊豪然。他像是完全不認識我一樣。

我說，那時我是那麼那麼地確定，他的「失去記憶力」是假裝的。我不知道他在軍中發生了什麼事？也許他在某一段時間確實眞的喪失記憶，因爲某種我不理解的苦衷使他即使在「一切都想起來之後」仍得裝成一無記憶之人。但我那麼肯定，他在一無預料的落單時刻和我相遇時的視若不見，是花了多大的力氣裝出來的。後來那些高中同學們陸續來齊，大家湊成一個圈子，負責聯絡的那個傢伙把我們一一介紹給他，大家像初次見面一樣靦腆忸怩。我也混在裡面微笑地講幾件高中時我記得（關於他）的趣事。

故事說完了。我說。

啊？女人微露詫異之色，她似乎被我說的內容輕輕打動，於是我們陷入片刻靜默。

我以爲你要說些別的。女人說。我還在想！你們這一群高中生，離開那個海濱，又搭那個幾小時的公路局，回到台中的那間旅館，究竟發生了什麼事呢？你們集體把其中一個人怎麼樣了？還是你們在旅館裡對一個女中怎麼了？我以爲那才是故事的高潮。

沒有。我說。什麼都沒發生。

那麼地艱難。

如何去愛?在我們這座日曝下如此枯槁雨季時又如此濕冷陰鬱的昨日之城。

女人說:你的孩子快醒過來了。

女人說:我們好像一直坐在這等他醒來。

下一個故事。來不及了。我多想說:讓我的手貼著妳的腰背曲線移動。趁這個冰冷的大廳裡所有走動的侍者離我們最遠的一個等距。趁我的孩子鼻息猶噴出夢境那帶著海膽褐腥的氣味。那是一個孤兒的慾望。像被困陷在藻類密生纏繞愈不見光的髒污水缸裡,最後一隻什麼,因爲滅絕的恐懼而不能抑遏地自胯下噴出白色渾濁的,像一隻隻透明搏動的水母。我們在愈來愈像池底水流的暗影裡說話,每一個字詞從口中吐出都如蜂鳥搏翼,後面劇烈拉扯著脆弱易碎的細小骨骼。女人面色酡紅,然欲泣。

(但是來不及了。)

我乾巴巴地對女人說:沒想到後來是這個樣子。

我想把我的手貼著妳的腰背弧線移動,把它放在妳的小肚子上。我以爲那裡面藏著一具發光的銀瓶。隔著靜電劈啪輕跳的雪紡襯衫和小女孩一樣的白色小肚皮,裡面是一具礦石材質的子宮。冷光。空曠。未來感。沒有那些液態的、黏稠腥臭的、恐怖顛倒妄想之類的,災難性的意象。

像一座玻璃鏡城。像我們置身的這座城市。

我感到我的慾望在那冰冷、螢光、把雜音都吸收掉的高級場景裡休憩。它們像這幢豪華大飯店裡，空調冷氣嘶嘶作響，用鹵素燈打光出一種妖幻靜謐的觀景草坪。它們窸窣作響，款款搖擺。禁不起那些凶猛劇烈的環境改變。

我說：因爲我是個孤兒了。這城市已變成了一座無父之城。

像那具後來失去記憶力的，在潑水赤膊的同儕少年間，顯得特別澹白的身體。

女人的臉在咖啡座旁的稀疏樹影和那似乎無力穿透夜色的投影光束下，看上去更立體分明。之前她說著一個最近在電視上看到的節目。那是一個叫阿寶的一線綜藝節目女主持人，她之前的男友恰是我們共同的友人某某。所以我們在談起這個阿寶時，都像是懷念故人般地帶著一種欷歔。「那某某現在怎麼樣了？」似乎提到阿寶，就一定要關心一下某某的近況。女人說她看到的那集節目，是阿寶和她的母親示範教人如何喫大閘蟹。從在攤子挑選被用草繩綁住的大閘蟹，到乾淨烹殺的方式。她說有一段鏡頭非常奇怪，即是她們母女各持一隻燙熟的大閘蟹，阿寶的母親（她超乎想像地年輕美麗）爲了炫耀自己對喫大閘蟹的內行，以一種慎重的口吻警告觀眾，喫大閘蟹最重要的一件事是，要先把牠的心臟挑起來丟掉。阿寶在一旁附和：「是的，你們知道，這個螃蟹本身就非常寒，這個心臟，更是喫下去，會寒到不行。」於是她們母女便各自在她們那隻剝去外殼坦露出肚裡蟹黃蟹膏的螃蟹身體中，埋頭找心臟。但是不曉得爲什麼，她們花了很長的時間，卻都找不到那兩隻蟹「寒到不行」的心臟。阿寶的母親一會用手指掏剝一會用鑷子找，還非常自信地描述那心臟的模樣：小小的（所以不好找），白白透明的，形狀像星星一樣。阿寶則在一旁擠眉弄眼跟著找。「一定要把它找到，挑出來丟掉！」但是鏡頭一直對著她們空轉。

後來她們乾脆（很不優雅地）把那蟹從中掰成兩半，從那汪汪漫湧的濃郁蟹膏中找，「找到了！找到了！」她們泛著淚光用鑷子將那小枚螃蟹心臟舉起，要鏡頭特寫。「把它丟掉。」

她說，這時寶媽媽把掰成兩半的蟹肚朝鏡頭晃了晃，說了一句發人深省的話。她說：「像這個大閘蟹一隻好幾百塊，所以要喫一定要公的。妳看看那全是蟹黃。母的就可惜了。只是肉。和喫紅蟳啦什麼沒有差別。」

那時她說，那觀眾看了這個節目，喫大閘蟹都只喫公的（喀啦掰開灰褐色的殼，雄性的膏黃燦爛地湧現），那公的全被喫光，水裡剩下全是母的大閘蟹怎麼辦？

那時孩子還安心地睡著。

女人說：「你笑什麼？」

我說，當妳在說那掰成兩半流出金黃色膏汁的蟹殼時，我想到另一幅畫面。女人說：什麼畫面？我說我想到近距離特寫的，我爸的屁股。

女人笑得坐直身子，她作出岔氣拭淚的誇張模樣。她拿起空水杯，說「敬你爸的屁股。」我說：「嚴格說來，是敬屁眼。」她略皺了皺眉（爲什麼要那麼粗俗？）但仍然用空杯敲了一下我的空杯：「好吧，敬你爸的屁眼。」

我說那是眞的，有一次我爸在一個陌生的城市裡大吼一聲就摔倒了，我和我媽跑去那兒把他拖回這座我們的城市。

女人說：「我要去化妝室。」

我說：「好。」然後她站起身，像喝醉那樣歪歪跌跌繞過我孩子睡在上面的那兩張併在一起的椅子。她若有深意地看我一眼，說：「我要去尿尿。」

我說：「好。」但我沒有隨著起身。像那些電影裡的浪蕩男子，他們總可以在恰當的時刻，隨那些薄醉而難掩媚態的女人，鑽進她們豪華大飯店冰冷的女廁。他們可以在窄仄不容旋身的空間裡把她們輕盈抱起，像桌舞女郎那樣放在小小的馬桶蓋上。他們知道怎麼逗她們哧哧悶笑；怎麼剝掉她們的牛仔褲而不使她們惱怒；怎麼解開她們真絲襯衫的鈕釦如她們期待地露出她們肩骨上的小刺青……

但是我就那樣坐在那兒，守著我那熟睡的孩子。（女人離去的此刻，孩子夢裡的威脅恰好也自他臉上撤退一般，原先顰蹙老頭的臉這時又變回純真的圓臉。）現在只剩下我們兩個了。我不知道我在此坐了多久？原先穿著蝴蝶袖打褶白襯衫的女侍這時全換了另一班人。他們打著呵欠，疲倦得不得了。以不靠近過來替我們的水杯加水作沉默的抵制。我不知道現在是幾點了。我們始終在一種夜河行舟輕輕顛盪的黑暗裡。也許下一個瞬間，他們將那長條垂墜上百條白棉紙作成的百葉窗拉開，我們才會發覺櫥窗外頭已是一個日光洶湧，車潮人潮無聲穿流的白日世界。

這究竟是一個兒子而不是父親的色情故事哪。我感慨不已。如果女人那時說：「跟我私奔吧？」我或會隨她而去。隨她走進另一個陌生的房間，早晨推開窗子是另一條陌生的街道。另外一個不一樣的生活。而這孩子醒來的時候會發現只有他自己一人睡在這個空蕩蕩的飯店大廳。他的父親早已離去。他長大以後會憤怒地發現：只是因爲他父親一時興起的一個荒唐念頭，他就成了孤兒。

我記得父親徹底栽進那只有過去的神祕時光（那時阿茲海默症已像電影剪接室的暗房，以一種我們畏敬不解的審美趣味，將他腦中淌流的記憶畫面，剪接成一則一則不相連貫的蒙太奇），在最後的一段日子裡，常常不得體地對著我們回憶那些在我母親之前認識的女人們。那些旖旎羞怯的畫面，從一個形容枯槁的老人口中囁嚅說出，變得酸腐而唐突。

我記得他曾提過一位「三鐵皇后」（可能這位女士在少女時曾拿過當時區運會的三鐵項目金牌吧？但因爲我們從無人好奇追問，我父親也不曾交代清楚，於是「三鐵皇后」變成我父親遙遠年輕時代古怪又充滿肌肉意象的色情照片），似乎他們倆曾不止一次地在一個密閉空間（他的宿舍或她的宿舍）裡弄弄搞搞，但我父親總在男女皆意亂情迷的當下想起他留在大陸的妻兒而急踩剎車。這樣反覆地將那「三鐵皇后」弄得羞恥又急躁，害那姑娘家幾度氣哭說：「某某，你不是男人！」

我不知道一個老人在他的暮年殘景，充滿感傷（與炫耀）一遍一遍對人訴說他年少戀人的私密難堪處境是否不道德？我記得我父親在他迴身轉進那「老人」徹底垮掉的形貌之前，曾有一次模糊隱晦的「不倫之戀」。那是我第一次見到我母親作爲一老婦而展現的嫉妒之恐怖面貌。「那個女人」小我父親近三十歲，據說我父親總在接到她電話後，拿著話筒躲到客廳壓低聲音（並把電視音量開大），「兩個不知在講什麼恩愛的肉麻話！」但我相信其實什麼都沒發生。他還能做什麼呢？我曾在父親七十大壽的餐宴上看見那個女人（我母親拉扯我的衣襬：「緊看，就是那咧查某。」），她長得又黑又醜，混在我父親的一群老同事裡向我父親敬酒，我猜我母親一定也悵然若失吧。

我牽孩子走出飯店大門，那裡有三兩個鑲金邊金排釦雪白制服並戴著像伊斯蘭信徒小帽的侍者彎腰爲停泊的賓士車開車門。大樓的隙風吹得我們一大一小皆縮緊脖子。我問孩子：「你剛剛作了個夢吧？」他這時尚屬辭不達意無法遂意使用語言的年齡。他說：「是啊。」那時我多想告訴他：我是多麼地愛他呵。我說：「你夢見了什麼呢？」

他說：「長頸鹿。」沒有猶豫。沒有多餘的細節。沒有延展畫面時打光在地平面上的陰影。

從前在大學的小說課上，年輕的小說老師曾設計了一個即興的遊戲讓我們腦力激盪：他要我們憑空設想一個場景，作爲一個飽含暗示與故事線索的小說開頭，他點名叫人起來，盡量詳細描述那個場景（但不准預先用筆寫下）。這個課堂上的即興遊戲對我是一個「成爲專業小說家」的震撼教育。許多聰明傢伙被叫起來，一開始侃侃而談：一些漂亮的場景，發生在龍山寺前舊貨市場的警匪追逐；火車已慢慢駛動月台上的男女戀人的驚險跳車；或是計程車司機將車開至停放了上百輛垃圾車的台北橋橋墩下準備火併……那些像電影運鏡一樣的畫面。但是接著，我們的小說老師會追問那些場景繼續延展的細節：嗯，好，他們橫過了那條馬路，跑進了那片臨時篷屋搭成的夜市迷宮，那裡面是些什麼攤子？草藥鋪？獎劵攤？賣赤肉羹的？沾醬番茄？……慢慢地，所有人皆一臉愕然地呆站在那，從虛空中一點一滴召喚出來的場景，卻在愈想擠出細節的描述下愈漸模糊……

我記得那時我設計的場景，是一條筆直的，廢棄的飛機跑道，有一個傢伙開了一輛二手車（他把時速飆到那輛破車之極限），音響震耳欲聾。他的後座，放了一具女人的屍體。

我記得我的小說老師被這樣一個空洞的場景弄得嗒然無言。他試著追問了幾個問題：為什麼「必須」是一個廢棄的飛機跑道？我說因為我要它是筆直的不能有一絲弧彎像那些美國公路電影。而且我要它在整個「廢置」的畫面上，那輛車是唯一的聲音源。於是他又問我，你這個「廢棄的飛機跑道」，兩旁是什麼樣的景觀啊？我說不外乎是較遠處一兩座大型的弧頂鐵皮停機篷屋，一輛底盤沾滿乾泥塊的橘色推土機，一些零落的黑黃斑馬紋的拒馬……不外乎這些，主要那是一片枯黃草坪和乾裸紅泥地的空蕪景觀……

我的小說老師要我坐下。那時我羞紅了臉，又是氣沮又是委屈。他為什麼不問問那具屍體的細節呢？為什麼不問我那個傢伙和女人的關係？甚至他可以問問我，那個「震耳欲聾」的，究竟他正在聽什麼樣的音樂？

沒有。他只問了關於「那條廢棄、筆直的飛機跑道」的一、兩個問題，而我回答了一些乾巴巴的細節。

後來，我又有幾次近似的經驗，在其他的場合，較輕鬆的氣氛，同輩的創作者，聊天打屁時不經意地問到：阿ㄆㄧㄚˇ，爲什麼你的那些沒頭沒尾的故事，那些臉孔模糊的人物，總喜歡跑進那些巨大的、空蕩蕩的，「廢棄」的場景裡？那些夜間無人而探照燈大亮的棒球場、廢棄的河濱公園、修車廠、廢棄荒蕪的遊樂場、背景是大型水泥水塔的城市上空的高樓頂層……？他們帶著複雜的微笑，像在善意地提醒，又像是困惑什麼和惋惜著什麼……

許多年後，我在一位前輩作家的引誘下，重讀了李維史陀的《憂鬱的熱帶》，像許許多多本年輕時分明囫圇讀過但聽人談論時卻腦中一片空白的經典巨作，從前摺頁畫線處至今讀來仍是讓人驚豔想畫線占爲己有的段落。那時突然讀到了一段美好如舊識的句子：

……在毫無特色的郊區有座機場；無止無境的大道，兩旁種著樹，排著獨門獨户的洋房；一間旅館位於四周圍起來的一片草地中間，看起來像是諾曼第一帶的種馬農莊，一排一模一樣的建築物，門全在底層，像馬房的門一樣間差排列，每道門走進去都是一模一樣的公寓式隔間，前面一間起居室，後面一間洗澡間，臥室在中間。兩哩長的大道盡頭是個省城常見的廣場，廣場四周通向更多的大道，幾間店鋪——一間藥鋪、一間照相館、一間書店、一間鐘錶店。置身於這些廣大而毫無意義的空間之中，我覺得我所要尋找的東西已無法得到……

（從虛空中一點一滴召喚的細節，卻使得那些畫面愈漸模糊愈空洞？）

……有時候，會有一個意象，一種回聲，似乎從過去湧現出來，在小小數碼的空間裡停留短暫的一兩秒鐘：小街道上的金匠銀匠工作之中所發出的清澈的聲音，好像是有一千隻小手臂的精靈在敲擊木琴……（但那些景象如今已不復存在）……那些老房子在過去就常常遭受破壞，破壞了又重修，一次又一次，因此看起來好像是一堆年代古老得不得了，難以形容的破舊建築的堆積……

……我開始希望我能活在能夠做眞正的旅行的時代裡，能夠眞正看到沒有被破壞，沒有被污染，沒有被弄亂的奇觀異景其原本面貌……

那時，我帶著仍餳澀著睡眼的孩子走在那條空蕩蕩而無比寬闊的馬路上。出乎我意料之外的，此刻仍是黑夜。我們一走出那飯店大門泊車道的燦亮光照，幾乎像手腳插入水中那般整個身體沒入深澹的黑暗裡。孩子的腳底發出喀嚓喀嚓的聲響，像是踩碎了某些禽鳥類動物的中空骨骼，但我幾乎是一瞬間眼睛的虹膜便調準了光圈，我看清楚那是遍撒草坪上，一片片巴掌大小的枯焦落葉。孩子興奮起來，追著那些夜色中泛著灰白的葉片踩。我像遛小狗把尿一樣等他撒夠了歡，才喝住他。我說，可以了，走吧，我們還要去牽車呢。

那時我確定我已徹底弄亂了我們所在位置的坐標。我不記得一開始的時候，我們是如何走到這座大飯店。那時我急匆匆地把車停到另一幢巨大建築的地下停車場，搭乘那豪華但似乎剛啓用不久的電梯來到地表（同樣是空蕩蕩的、鋪著巨大花崗岩地磚的大廳和鑲金框的自動旋轉門），我清楚地記下了那幢高聳建築的外貌（這次不會弄錯了吧？），沒想到，才從大飯店的正面側轉到馬路的一邊，完全將天際線遮蔽且如此迫近地壓在我們上方的，是一幢比原先那幢高樓要龐大上十倍的巨大建築。那像是濛荒遠古侏羅紀遺留至今，巨大雷龍的整副骨架，不，那已經是科幻電影裡，城市上空的怪獸酷斯拉的軀形。月光下它醜陋無比，像筋肉被剔下、油脂被熬爛剩下白森森的標本骨骼，但他們卻在那巨大恐龍的皮膚表面，貼上數萬片灰綠色的小方塊玻璃。那玻璃巨獸的長頸旁架了一座紅色的鐵架（護腕？），一架一架閃著紅燈的小電梯在那升降。巨龍的頭頂和背鰭部各插了幾根金屬長臂，緩緩地懸盪擺動，夜色中彷彿它確實具有生命。

孩子亦被這魅異夜空頭頂的巨大景觀震懾，他沉默地偎靠著我行走。我喃喃地說：「這也是爸爸第一次的經驗啊。」那時我何其渺小。

那時馬路上空無一車，我帶孩子垂頭喪氣地穿過那條空蕩蕩的馬路，到對街亮著燈光的無人銀行提款機去領錢（我的車子在那昂貴的停車場擱放了一整晚，身上的現金已不夠付費了）。那時我突然想起大學時期我在小說課上描述的那個「廢棄的、空蕩蕩的飛機跑道」。那些無法從虛空中召喚出來的細節。什麼時候我竟帶著「我的孩子」走在這座城市的邊緣，舉目望去盡是這種簡潔、幾何形狀、燈光投影下漂亮得像巨人嬰孩遊戲間裡隨意排列的積木之高矗大樓群。青紫色的天空被這些薔薇色的冰冷巨石切割了一塊一塊乾淨的缺角。

我們似乎走進了一個未來的場景，而我們的族類卻瞞著我們，整批整批地升空離去。那孩子走在如許空曠的場景裡，顯得益發地小。似乎愈走愈變成一灰色透明的影子。我從來沒有帶他走過這樣一條空闊街景，沿途不見一家便利超商、攤販、麥當勞，或是，一個人，一個同類，一隻貓狗！

有時我們會闖進一叢不可思議的樹林裡，後來我才發現那是某一幢「鴻禧花園大廈」代替圍牆的公共設施；我們並經過一座仿馬雅神廟金字塔的錐形階梯噴泉，從那懸浮中空的花崗岩頂汩汩冒出水流，我掬起一捧水讓孩子喝了（他一直喊渴）。那樣地，當我帶著懸惦至愛之人，憂心忡忡地置身於一幅眞正「空蕩蕩」的畫面裡，我們臉部的稜線在夜色微光中被塗描進暗影裡，我們左突右撞，找不到地圖，聽不到什麼神祕的聲音。像兩個小人兒，像兩個孤寂偎靠的兒子：「他筆直地站立著，痛苦地哭泣、祈禱、嚎叫。……他睡覺的時候，也並沒有被帶往有各種神祕動物的廟堂裡去。」那時我突然領悟，在我的腦殼裡，像有一枚被擠壓成蠶豆大小的花崗岩礦石，它變成了一台古舊收音機裡的眞空管，震盪接收著各種亂七八糟的電波、短訊、記憶和驚悚，它在這幅空蕩蕩的巨大場景裡，把我的腦袋變成一個不斷湧出各種細節的擴大器。那樣無止無盡湧出卻靜默無聲的細節，使得我眼前恍如幻境的未來之城，黃金成鏽鐵，白銀變泥淖，簡潔的花崗岩切面上，覆滿藤壺、牡蠣和苔蘚。

11 第十六天到最後一天

第十六天

我困陷在此，竟然如許懷念台北的誠品、遠企、捷運站或是義大利餐廳。那些資本主義的將人性像用精緻銀器從魚骨間剔淨，那些貨幣流轉與高級質材之裝潢、燈光電扶梯旁的乾淨玻璃凸面、那些不營養的八卦雜誌、那些便利超商叮咚一聲的開門聲、那些路邊停車位的自動投幣器。

我困陷於此，彷彿置身一座時光倒走之城。當我初抵此城時，那些暗色調泥彩般的街景人物如此令我著迷豔羨。那些不成比例地拗折的人的痛苦形體、那些乾巴巴鐵招牌上白底紅漆的簡體字、那些臉貌與我如此相似卻像曾在某一些裂開背脊蛻蛹的時間環節錯過了彼此而成爲毫不相關的族類……。如今皆使我像在盛夏無蔽蔭的烈日海灘曝曬過久，有一種唇乾舌裂，全身疼痛的枯萎恐懼。

那些在飯店電梯裡毫無忌憚地點菸的當地新貴；那些面對不合理的系統故障超出理解地忍耐承受的人體（譬如醫院裡每日發生的故障，病人們咒罵連連卻世故溫順地魚貫走出，攀爬樓梯。深知絕對無法向任何單位投訴尋求解決）；那些少去了靈魂蕊心某種摺皺形態的多愁善感或官能上之細微挑剔而呈現的，不論遠距或近距的人與人間關係的空洞粗暴……

我好像會在此，以超過自己估算的速度，任體內的水分被蒸乾。

時光倒走之城。這樣的場景，好像遙遠某個年代的台北。那時我置身其中，安之若素。如今那或只是那座五光十色之城的某一摺頁或標註，卻因某種魔咒，將那城市複雜性格的其中一項（或幾項）記憶軌跡無限放大，成爲全幅展開的一座眞實之城。

然後將我置放於其中。

今天早上，與母親走到病房大樓門口時，突然看見孟克男人的父親站在一輛後車廂蓋掀開的黃色麵D（麵包車型的出租車，每二公里三元人民幣起跳，較一般無線電小客車型的的士五元起跳便宜）前神色慌張地張望。我第一瞬間的念頭是心往下沉，媽的孟克男人不會是嗝屁了吧？但之後又看見他的妻子在車一側上行李，臉上並無哀慟悲傷神情，又想或許是我多心了。

後來上樓，經過七〇六房（父親已被移至只有兩張床有套式衛生間的「優質病房」七〇八房），發現原先父親和孟克男人的兩張床皆空著，只剩下二十五床那個老人孤零零一床病人。大哥正和另一些別房病人圍在門口旁觀，我問他孟克男人怎麼了？他說：「出院了。」「出院了？」「是啊，他們沒錢咧。」

走進病房，三哥老人如常坐在父親床畔照看著父親吊點滴（這十幾天下來，父親的兩腳腳背、小腿、兩手手背手腕、前肘，皆被點滴針戳刺滿布，護士到最後竟找不到血管下針，因爲父親的血管壁大致皆已硬化，且這兩年來小腿嚴重萎縮，靜脈血管像蒼白少女一樣細微隱蔽），四哥在另一張床和衣穿鞋睡著（萬主任說這間房的另一張床，只有一位病人每天白天來吊注射，所以這間雖然亦髒舊不堪的病房竟像是被我們這一家人給包了）。父親也一臉安詳地睡著，有一瞬間我竟感覺這病房沐浸在一種寧靜幸福的白色光照裡。

我仍爲著那張「准許飛行證明」忐忑不已，大哥說早上萬主任有來過。我問那他可曾提什麼，大哥說沒什麼，他交代說餵食時可以給父親頭下再加墊個枕頭，仰起四十五度，這樣比較不會嗆到。他且說有任何需要一定要告訴他。

那麼「准許飛行證明」之事仍未露餡。早上我已打電話到保險公司說明此事（雖然那位值班的呂小姐並不理解此事之嚴重性何在），我要她無論如何一定要把我們這兒（腦神經外科病房）的電話傳眞給東方航空，要他們若要查詢「准許飛行證明」時就找這位主任醫師。否則他們若按那枚官印查號打到「九江市第一人民醫院醫務科」查詢，事情就大條了。

後來張醫師來問我們要開怎樣的「一式五份醫療證明」我解釋半天他也聽不出個所以然來，他說不然這樣唄，你去門診部二樓買五張診療證明紙，萬主任今天剛好在那有門診，你去問他應該怎麼開。

這樣倒好，昨天夜裡在電話中和陳文芬討論歸納出兩條戰略：一是今晨我直奔九江市政府找對台辦事處主任，進入一種幻想中的「台胞特殊待遇的處理管道」；一是直接和萬主任攤牌，他責難我爲何擅自在蓋好印的證明上再加上字，我將以強勢的態度說服他此事之嚴重性（我將唬爛說台灣的媒體已關注到此事，這已是兩岸事務的層次），我要將父親帶回台灣的意志遠非他所能想像。如果因爲他們在這公文流程中的阻礙而造成我父親任何傷害，後果將由誰負責……但是當我買好那黃黃薄薄的小張「醫療證明紙」走進萬主任的門診小間時，他獨自一人坐在空蕩蕩房間一張木桌前，他對我露出貓臉一樣善意又靦腆的笑臉。什麼事都沒發生。當他無比專注地低頭以一手潦草的簡體字，耐心地爲我重複寫那五張內容完全相同的證明（病院內沒有影印機）時，我心想或許在賄賂、僞簽證明或互猜對方企圖這樣紊亂的處境後面，也許我和他真的仍有一種出自人性高貴的，一個無奈的破醫院年輕醫師，救活了一位遙遠他鄉困陷於此的瀕死老人，這個事件較賺人熱淚的那個部分的感情。

我搭訕地問他：那個二七七床的病人怎麼出院了？

他愣了一下，像在深思熟慮該如何回答我。他說：是啊，他們沒錢了。其實那個病患再住下去恐怕也救不活，而且他們護理得很差，屁股整個爛了。

我不知爲何會冒出這一句話：那就是帶回去等死了？

萬主任這次眞的抬頭直視著我，以一種我不知是譴責或是自責的悲傷眼神對我說：是啊，就是帶回去等死了。

第十七天

今天鄰床來了個老人，並非中風，而是太老（八十歲），高燒不退。一群子女媳婦鮮衣怒冠，非常粗魯地大聲說話，大哥和四哥在陽台用床架搭起帳篷睡在裡面。

母親問起三哥老人，上回託父親帶一批手錶和掛錶給以明大哥分給各位兄弟和嫂子，可曾拿到？三哥說沒。母親又問起那另一次父親帶美金給以明大哥分兄弟們一家二百六，可有？三哥說：唉，我們不需要的，日子過得去的……那錢兄弟們不敢花，存在一起，後來老四蓋房子沒錢，就全給他了。

後來我們皆不再說話，過了許久，三哥老人突然附耳小聲地對我說：「剛剛說的事，老爺清醒過來以後，千萬別再跟他提。怕他難過煩心。」我有些不忍，母親不經意地在這暮年老人心裡丟下的一枚小陰影，不知勾起他多大的波瀾和人世感慨。

那是第一次這巨人般的老漢對我露出如此感性脆弱的一面（相較於二哥老人在父親昏迷的最初九天裡，常心疼地擦著父親紅腫龜裂的拉稀腔門而老淚縱橫。三哥老人總木納不言語打直腰桿坐在床腳，目不轉睛盯著點滴架）。他小聲地對我說，那時老爺第一次回洲上，老大的兒子把他老人家手上的金戒子都給拔下來要去，他覺得那很不應該。

後來父親被母親餵水嗆到猛咳不已，我們遂打斷交談。但三哥老人似乎更陷入那我、父親、母親皆不能理解的，幾個苦難兄弟們聚在一起各自投射開展，那些漫長時光裡無數個無法彌補的傷害時刻。過了一段時間，待父親睡得較平穩後，三哥老人又對我說起，他母親（我的大伯母）臨死前那半年，每個星期到他家來一次（她跟老五住），他看這媽媽怎麼被瘦成這樣，就籌些錢（那時日子還很苦）要給三嫂子去弄一塊（他比了個手掌大小）蹄膀，我把它煨得很爛，給媽媽喫。喫完再給她喝點湯。後來媽媽死了，老五還說是被那蹄膀喫死了，我捏著鼻子一句話都不說。

（三哥老人這時紅了眼，我覺得母親實在不該提那些勾起這無辜老人內心的波瀾，那些傷害對我們只是遙遠的詭計和貪婪。距離隔阻使它們只像細針輕刺微微不快。對這些恩怨難清的老人們，都是怎麼也接不回原狀，搞不明白爲何壞棄你如此徹底的「美好人性」的積木。三哥老人說：那時日子苦，有一回，他塞了一百塊在媽媽的口袋裡，她的眼淚馬上就掉下來。許多事說不得啊。媽媽死了以後，老五還去作了兩條新褲子，說你們看我給媽媽買這新褲子。我心裡說：媽媽活的時候你怎麼不給她買著穿？）

今天萬主任拉我至一小房間，問我是否要安排隔壁床到別間房。（走廊上還有一床一床吊著點滴的老人們排不進任何一間病房呢！）

我想告訴他，一百或二百美元，當我在台灣時，亦是不小的數目耶。我覺得他把我（或遙遠的台灣）想像成一個出手打賞小費動輒嚇人手筆的跨國商人，把他當成一去把任何細節打點好，讓金主享受享受殖民地的小小特權景觀的僕傭小廝。種種疑惑使得每次我和他一旦獨處時便有一種卑鄙的氣味。我常在和他講話的當下就那麼強烈地厭煩自己，我猜他也是。

一個瞬間的表面張力若沒被我撐住，我怕他會發現我是那麼卑屈可憐地在賄賂他。他才是無上權力的掌有者。只要一個公文的印不蓋下去，我就得一直困在這個爛地方。

第十八天

保險公司的允諾日期眞像是刻舟求劍。

病房裡時而清醒時而昏迷的父親，每日早晨我隨母親走出飯店門口時，皆感到全身骨骼喀喀作痛。你不知一走進病房，那些老人兄弟又會告訴我怎樣的壞毀細節：爸爸昨夜又吐了，昨夜又開始拉稀了，昨夜開始咳個不停了（我們最恐懼的一件事：感染肺炎）。今早父親右側髖骨外沿終於也長了褥瘡，原先左側的褥瘡未退，像歡愛戀人在身體吮留下的瘀紅印記，只是中間部分結了一塊紫砂色的痂塊。原先右側只在偶爾翻起時留下一抹不明顯的淡紅印子，但幾個哥哥硬不聽護士之勸，死不肯讓父親側翻睡左側那一面（怕把已有的褥瘡壓得更嚴重），如今右側的紅斑又出現了醬紫瘀塊，且表皮皺浮起水泡。

看護的老人們也瀕臨極限，我不得不編一些有希望些的進度來哄騙他們。他們總是張大了嘴，傻愣愣相信地聽我說什麼台灣那邊沒問題了，香港也沒問題了，就是卡在南昌的東方航空這邊……

事實上我懷疑電話中那位保險公司的林小姐亦是以這樣的心情在哄騙我。我就像《百年孤寂》裡的卡碧娥晚年，在和那些始終不曾謀面的隱形醫生以往來書信的方式討論自己的病情。

我常在每日清晨的自助早餐餐廳，緘默地聆聽母親訴說她少女時期的一些往事，我常在聆聽途中分心岔神，一旁的房客們拿著那一盤一盤我已喫了二十天完全相同的食物：那些油滋（一種穀粉裹豆腐油炸的當地點心），糖果（同樣的油炸物，但極甜膩內包麻薯），白粥配搾菜肉絲、豆腐乳、油炸花生米，那些油答答的炒湯匙菜……（我眞想吐）。

這兩天我常撫挲著父親的身體和他的大頭。

他變得非常之瘦，我爲了預防褥瘡必須沿著他腋下、腰際、臀部到大腿的弧線拍打，有時我會忘情地愛撫他昏迷中的臉頰和耳際，有時心中突閃一個念頭：「他會不會突然了悟我平時是如何愛撫我的妻子。」

今天下午，父親的被單和床墊整片漬濕，原來是戴在他陰莖上的橡皮套導尿管掉了，三哥老人、四哥和以明大哥非常激動地大吼著，他們把他尿濕的被單扯掉，用老人濃重的鄉音責備著他（似乎不是這個作爲老爺的父親，而是一具無法控制大小便的故障老身體），父親整個身體赤裸裸地攤放在那下面床單仍潮濕的床檯上，日光燈打著。我覺得他好孤單好沒尊嚴，四哥從陽台找到一床上次尿濕後晾乾的床墊（但沒洗過），我堅持要去護士站拿條新的，但那猶豫遲疑的停頓時刻，其實是這幾個（三哥、四哥甚至不識字）鄉下種水果搞船的老人恐懼去這落後醫院的某一機構挨罵。後來以明大哥還是去了。一陣混亂中我們總算把父親搬搬挪挪換好床單，母親和我柔聲安撫父親，貼著耳邊對他說：「沒關係，尿了好，現在換了床單是不是好乾燥好舒服。」父親像受驚羞愧的孩子，迷糊閉目中連連說：「謝謝，謝謝。」

今天在醫院的外科樓梯的角落，看見他們把數百只空的點滴玻璃瓶堆疊成一列一列，上頭的標籤紙猶在：五％葡萄糖注射液、一〇％葡萄糖注射液、九％氯化鈉、碳酸氫鈉注射液、乳酸環丙沙里注射液（皆是簡體字），這眞是奇怪景觀。我在台北義式披薩店的餐桌旁牆凹裡看見他們將各有不同年份的紅酒堆疊；或是金山南路高架橋前的輪胎行見他們將各種廠牌的輪心鋁合金鋼圈串成一整片；或是在天母生活工場的玻璃架上看見不同大小各式琳瑯泛著青色折光的燒玻璃水瓶或花皿……就沒想過在這樓梯面布滿痰跡、菸蒂（都是菸嘴燙銀寫著簡體漢字的大陸國產菸），髒污木籤棉花棒的樓梯間，撞見這樣使空氣中布滿消毒水鄙惡氣味的空玻璃瓶堆疊造景。

今天又向保險公司確定了一次流程。那位張小姐說明天晚上七點半，SOS救難組織的醫生（從香港來的外籍醫師）和護士（從台灣來的），會來到第一人民醫院。我說那時恐怕醫院的醫生都下班了，她說沒關係，我們的醫生會帶一些相關儀器，對您父親進行簡單診斷（好像派一艘小鷹號航空母艦就跑來抵過整個中國海軍喔），是啊。我還在爲了明天要請護士長批准我在中午前到樓下出納辦妥出院手續、請開住院收據（保險公司給付要的）而忐忑不已，還在焦慮要請萬主任帶我再去那走廊寂靜的行政部門蓋上醫院章而盤算得「再塞多少」？或是四哥想起醫院過半夜十二點後電梯就關閉，明天得請萬主任關照院內電工，清晨五點（我們那時要抬父親出院上救護車）請把電梯門打開……此時對方卻單兵簡從來了兩個人，把父親一路移動上機下機、出境入境、沿途一切醫療保護一手搞定。媽的似乎有一些文明的空氣從不遠的某處縫隙透進來。

護士長姓查。約四十歲上下，皮膚白皙，有一雙桃花眼，但不笑時穿著護士服從走廊遇見，臉色端肅令人畏懼（但我曾看見她一身清涼打扮走在大眾大廣場）。

今早同樣母親坐電梯，我走樓梯，在五至六樓間，遇見護士長，她突然拉住我，指著名牌：「小駱，你看好耶，我姓什麼。」上頭寫著「查×香」，這竟像一成熟風韻女子隱晦老練的調情。我完全不解其意，只傻應：「好怪的姓喔。」我覺得自己表現得好像從前學生時代，班上那些甜美而自知受寵愛但故作無邪狀的女生。

後來我想是否另有其意？遂將母親昨夜寫的感謝短文加上一句：「尤其受到查護士長及所有護士溫暖悉心照顧，無以爲謝，深深體會兩岸同胞愛的表現……」

近中午時，護士長竟坐在我們病房靠門邊的沙發椅上，手扶額頭吊一瓶點滴（掛水）。我忙上前問候，她說她不太舒服。後來我把母親那篇文章拿給她看，她認眞看了半天（也許看繁體字極喫力），不置可否。

我回到床鋪旁看顧父親，過了一晌，護士長說：「小駱啊，你母親好年輕啊。」這話說得我娘心花怒放，跑去和她講了一堆傻話（譬如：「我們是眞的好感激你們救回我丈夫」，或是「我已經六十歲咧」）。但我看出護士長的臉色內斂不動。

後來母親亦回來，護士長靜靜吊點滴，我不知爲何焦躁不已。我非常愚蠢地倒了杯茶端在她身旁的小几，且問她：「您是滿清皇族後裔嗎？」（這時我發現她飛翹的單眼皮眼角和胡茵夢亂像的。）她竟用一種土氣的聲音回問：「什麼？」（她聽不懂。）「滿清皇族。因爲有個金庸叫查良鏞，是滿清後裔，我想『查』這個姓挺罕見的……」她說：「少數民族？不是。」（眞是土氣。）

我後悔極了。有些在人群中微細洞清的繁複教養終於還是被挫折了。過了許久，她又問：「小駱啊，你在那邊成家了沒。」而那些挫敗不在情慾本身的高貴或低劣，甚至不完全是牽動於後的，資本主義拜物崇拜後的調情技倆之單薄或窮困小鎭一個風騷女人終竟脫不去的泥醬土味……常僅因用語，腔口傳遞中聽不懂那慣用名詞時的誤差，「什麼？」總要這樣提著嗓門再問一次。

我母親拿我孩子的照片給她看。她亦只是不動聲色淡淡說：「和爸爸眞像。」

後來，她淡淡說了一句：「小駱，這茶杯放這啦。」就起身自己提著點滴瓶走出去。

第十九天

有一個時髦的女計程車司機（她約四十五歲上下，但我的感覺她不太像此地婦人，倒挺像妻澎湖某個幹練而帶點風塵味離婚單身自己開花店的阿姨。她把自己弄得清爽乾淨，眉毛紋細、妝化得不誇張，我注意到她連手指甲都修得乾乾淨淨，雖然她的車像這城市裡的任何一輛沒尾巴的計程車一樣破爛，但她亦盡可能地讓自己車內的空間乾淨整潔），我與母親已搭過三、四次她的車了，她不像那些橫眉豎目彷彿在市場巷弄的人群穿梭途中一個念頭便將我們載去暗處宰殺的男司機。她非常善良且得體地問起我們為何總這樣每天搭車往醫院跑，這樣難得的關懷使滿腹委屈的異鄉人話匣大開，當我有些為母親如老婦失控叨絮著一些旁人必不耐煩聽的瑣碎細節時，卻從照後鏡見她一邊駕駛一邊認眞聆聽的專注神情。

她不像我們初到南昌時，那個一身時髦打扮卻滿嘴甜膩屁話的當地旅行社女地陪。她亦不像這許多時日，我在這個城市（這個國家？）習慣遭遇的，在機構崗位裡，那些缺乏女性質素教養的粗暴女人。她極得體而眞誠地應答（這樣一個極尷尬極容易動員僞善的話題）。

後來我發現這兩日，每到中午，她會有意地將車停在醫院門口那些賣一顆梨一塊五人民幣的攤位前排班。我和母親從醫院走出時，她會非常興奮地在後幾輛的士打開的車門邊向我們揮手（她還將墨鏡架在髮額上方哩），我和母親也會像遇見故人那樣，歡歡喜喜地鑽進她的車。

今天中午，我們又搭她的車。她正將車換檔，在那擠滿醫院前馬路像過江魚蝦一樣的人群間迴轉時，有一個年輕男子突然站在車外的日光裡，對著我大喊：「出院啦！」

我一時想不起他是誰。車迴轉到街另一邊時，我突然想起他是誰了，他不就是我初來幾天時，那個檢驗科裡其中一個年輕的檢驗師嗎？這時他恰走到那些炒菜小店前（那對年輕夫婦和那個雞胸的侏儒少年正在裡面忙著趕緊切菜），我像對極熟而不捨分離的老友那樣對車窗外大喊：「禮拜五就走，機票都辦好了。」他亦笑著擺擺手。

下午護士長跑來病房喊我：「小駱，小駱。」她把我帶去護士區的辦公桌前坐下。另一位穿護士服的女人拿著小筆記本和筆對我作採訪。護士長向我解釋：那是她們院內的一份小周報，她說因為我們的例子太特殊了，台胞在此地發病，而在她們的醫院接受治療，她們要我對這間醫院有什麼需要改進的地方提一些建議。

我傻坐在那些護士之間，一旁穿白制服的女孩們都一臉竊笑裝作在處理那些點滴瓶裡的藥物。真是今夕何夕哪。我文縐縐地說了一堆拍馬屁的話。我覺得連護士長都笑得聽不下去了。後來她們要我回去自己寫，我說我只會寫繁體字可以嗎？她們又莫名其妙地笑得不可抑遏。我突然心中狐疑：不會是遠在台灣哪個夠力又夠意思的長輩，在我不知情的狀況下，透過層層關係終於來到這個醫院的高層放話吧？

回到病房，萬主任跑來對我說，欸，她們找你寫那個什麼玩意兒，呿，你別理她們，不用費心神去搞那個！

今天張醫生來把父親的導尿管拿掉，要我們讓他學著自己控制小便，非不得已才用這個——他拿了一個前面裝了一個保險套模樣的導尿袋（張醫生在交代這怪模樣東西的使用方式，和親自在一旁見我和三哥老人將它套上父親的軟陰莖時，臉上皆是那種閃躲曖昧的表情）。

但是三哥老人實在太固執了，他硬把那套子套上父親的軟陰莖上，還怕固定不住，用護士固定點滴軟針的白膠布把父親的陰莖繞一圈，兩端黏在陰毛處。我很怕會造成父親那話兒發疳壞死。

餵食——大便的問題、褥瘡的問題。

四哥今天去理了個平頭。

今天遇見七〇六病房二十五床的那個女兒。突然彼此十分親切。她說她父親今天醒了。我說恭喜、加油。他們現在移至七一〇的六人床病房，誰說沒有特權？

今天和母親去「大眾大」帶了一盒一五〇人民幣的銀色對筆，送給三哥老人的孫女小玉。他笑得好開心。

今天以明大哥和我聊起他們的船，他上班一年有一萬五人民幣，種葡萄可收一萬。船租給別人一年十五萬（但要還債，船是借錢買的）。

父親像個嬰兒在母親懷裡撒嬌，他的褥瘡更嚴重了。

第二十一天

上午萬主任在隔壁病房動微創手術，病人的腦袋剃光頭，交叉畫了許多黑線（是毛筆還是簽字筆？）。我發現他在要拿鑽槍在那光凸凸的頭顱上打洞之前，其實非常緊張。他和張醫生和另兩個實習醫生，就在手術病床邊，一人一根菸抽著。和三個哥哥在病房內說笑耍寶。

中午喫飯時母親對我說起四姨媽（她是童養媳），被婆婆虐待，及丈夫跑掉在外生了一女兒老了又回家的故事。

喫飯中，保險公司又打電話來，又要我去跑明天登機時要交的飛航證明，因必須在四十八小時內開出，所以得重新請醫師開過。我對著電話咆哮，現在距起飛前十六小時，妳們又來一次！妳們知道要蓋一個印有多困難嗎？

下午一點半回醫院，四個老人面色倉皇，鬼鬼祟祟不知在做什麼，大哥說爸爸發燒了。我驚怒極了。怎麼回事！不會他媽的臨要走了，卻還出狀況讓我們走不掉吧？

大哥非常擔心我說的「恐怕回不去」這事，趕我去辦證件。

萬主任帶我去辦出院手續。

一、收費處壓克力櫥窗，出院處，一張一張數鈔票的小姐，弄錯了出院證明全部重開。

二、萬主任帶我去影印，後來帶我去醫務科蓋印，竟沒人，萬主任在另一辦公室打了十來通電話，那些坐在辦公桌椅上大嗓門聊天，衝著話筒罵人的醫院收款人員，天花板的電風扇，好像回到父親年輕年代的現場。

三、後來處長跑來，上回刁難我的這傢伙竟對我說：「順風。」

四、回窗口蓋印，那小姐不准。算了吧！我心裡想，回台灣我自己找家刻圖章的，刻刻不就得了？（那只是爲了給健保局申請補助。）

恐懼而疲憊的下午時光，父親又拉稀了四、五次，我在焦慮中竟疲憊瞌睡。

大哥講起什麼安徽省變縣一個窮縣的縣書記，不收賄金（截肢暗盤六〇萬）被恐嚇（家門口掛死鴨子）……後來只做了二八〇天。

傍晚，SOS的台灣護士和外國人醫生終於出現，事情似乎回到第一天，陰黑的晚間醫院走廊，鬼域一樣無醫師在場的一群（各病房）昏迷的病人。渾濁的空氣，那個台灣女孩非常強勢地使喚本院的土氣小護士（那可是這些日子我不斷打躬作揖巴結的女孩們）。

這時我有一種複雜微妙的雙向情感，我又爲這醫院的黯淡破敗被人輕視而委屈不忍，但又爲來自我的國度現代化氣氛而得意，台灣女孩優勢教養（我突然好崇拜她啊），她們兩個像街頭即興劇的兩個演員，一搭一唱就把整層樓的病院全懾住了（後來我才知道，原來萬主任根本在，但躲起來了），她的皮膚保養得多好，說話多麼繁複精準。

她很快發現這醫院的蠻荒簡陋，她問那唯一一個站點的小護士，什麼時候開藥（她不知道），打過那些藥（不知道，大紅線簿上有），X光片呢（沒照過）……那個老外拿出一些奇怪的高科技儀器，拉出一些管線，纏繞在我父親的手臂、手指（一個紅燈夾子）和心臟……那三個哥哥老人皆露出豔羨佩服的笑臉。我若童年曾置身如此場景，此生之志願必定是當SOS救難醫生。

我記得年輕時讀過一篇汪曾祺的小說，大概是說文革時，在內地不知那個小村莊，下放來了一個中年男子。他非常沉默，好脾氣地和大家一塊下地，翻肥料、養雞鴨……之類的。沒有人知道他過去的來歷。這樣過了十年，後來復原回籍，這人也就回去他原來的城市。這樣又過去幾年，有一天，村裡的老人們，在類似村委辦公室的電視裡，看到那個傢伙，竟然是國家青年足球隊的教練，正披著毛巾指揮那些乾淨草坪上汗流浹背的小夥子怎樣和外國的足球員對抗呢。

那時我覺得自己好像那個足球教練呵。但其實我的英文程度比我娘還差（她已數十年不輟每天清晨打著瞌睡收聽彭蒙惠的「大家說英語」），那個老外醫生在黯淡的光影中緊鎖眉頭問我們一些父親的狀況。他的聲調非常溫暖柔和，但我和母親卻只能像一對鄉下母子嘻嘻傻笑。透過女孩的翻譯（她的英文腔調帶著一種炫耀式的抑揚頓挫），我們便裝作之前便聽懂一樣地對老外說「Oh, yes.」或「No, no.」……而我們對父親狀況的細節提供，也只是入院以來照的那兩、三張CT片。（我說CT片時，台灣護士說：「什麼？」我努力追憶，試著說「腦斷層掃描。」）但她拿起那幾張片子，很廉價地翻揀一翻，便嗤之以鼻地扔在床沿：「這照片的品質很差，根本提供不了多少我們對病人顱內狀況的瞭解。」那使我非常沮喪。

四哥湊近我，睞著眼低聲道：「小弟，我看你的外國話也說得不中（ㄓㄨㄥˊ）啊？」

第二十二天

前一晚與母親打包行李，搞到一點多。行李超乎想像的多：父親在一個月前小腦管爆裂而整個時間停頓之前的行李（說來鼻酸，和他退休前後那最初幾次回南京或是參加不同的大陸旅行團時相比，那時他手裡還有些錢，每回回台灣，大行李箱裡總塞滿各種用報紙包起的各地名硯、紫砂壺、印石、字畫、湘繡、帶給母親的銅佛、木雕菩薩，再加上兩瓶「酒鬼」或「五糧液」。這次他的藍牛仔布背包裡，完全像一個邋遢拾荒老人的行頭：一些假字畫、好幾張廬山上買的印製粗劣的風景明信片，二十幾卷那種地攤買的，地方民謠的劣質錄音帶，再就是他前幾個晚上從飯店客房節省收藏的蠟紙包小圓皂、小牙刷、牙膏、飛機上的零食芥茉蠶豆，以及幾件老人氣味的換洗衣物）；母親的行李（爲了答謝台灣那些幫父親助念和辦法會消災的師兄師姊們，而大量採買的當地土產、茶葉和一些中藥、成藥），還有我們的衣物和當初不明狀況帶來總算沒派上用場的一包不祥道具：當初心底有一畫面，即是可能要——如果是最壞狀況——將父親火化運往安徽老家葬在祖墳，所以出發前母親匆忙理了一包（壽衣？）：父親最喜歡的藍緞面團龍暗繡的長袍、一雙新皮鞋、往生被、檀香、還有好幾卷精裝的經書……

總算要回去了。我和母親在那個燈光全開的房間裡打理那些行李。雖然之前在醫院的暗黑走廊，那位SOS的老外醫生透過台灣護士的翻譯，詢問了兩次：「這位病人目前的身體狀況絕對不適合飛行，雖然我們帶有簡單的急救設備，並且我們會一路在旁監看病人的身體狀況，但我們都沒有絕對把握病人在高空飛行時會不會發生突發情況。這樣你們家屬還是堅持要讓他進行這次飛行嗎？」（我們當然拚命點頭說：Yes, yes.）雖然我們都簽下了父親的死亡切結書（即在航空器飛行途中，病人發生任何非人為傷害乃至死亡，結果由家屬自負），但是那時我和母親眞是難掩歡愉。總算要回去了。這是我們待在這個酒店客房的最後一晚。母親突然從那一堆散落一地的衣服什物中抬頭對我說：小三，雖然要到飛機穩穩降落在中正機場才算數，不過啊，這個結局還不算太壞是吧？

那時我看著她一頭花白雜髮，心裡一個晃神，我記得很多年前，在我訂婚的前一晚，也是母親（只有她）陪著我，在永和老家的閣樓上，把那一台一台紅漆木匣上鋪放上第二天要送去女方家裡的十二項禮：一只金華大火腿、一隻油雞、喜糖、爆竹、圓仔、桂圓、紅紙麵線、整組金鍊，還要把給新娘子的紅色衣裝從頭到腳每一只口袋、鞋子裡都塞一個紅包……她專注地和我做著這些事，完全沒有巨大的熱情，只是像一個好學生按老師規定而認眞地熬夜把功課寫完。當她把那些工作完成時，她眞的像個住宿舍的高中女生，在那窄仄的夾層閣樓中把雙腿伸直，無比舒愜輕鬆地說：「這樣他們（妻的家人）應該會開心了吧？」

我該怎麼說呢？她已經是個老婦了。我一直到很大了還是習慣在外闖禍後回家跟她撒嬌拿錢。一直到我現在結婚、生子，還是常向她伸手。幾乎從我青春期開始，所有在外面惹的麻煩，她都像個共謀幫我瞞著父親。包括這次，我猜父親從頭到尾都在「世界整個停止了」的迷糊中，任著我們母子倆窸窸窣窣，做出許多大膽的決定。

我對她說：「這個結局眞的還算不壞。」

清晨，我搭著酒店預租的九人巴士到醫院。一切像回到最開始的那個深夜。以明大哥、三哥和四哥在醫院門口的警衛哨那兒等著，他們有些焦躁地抽著菸，醫院派給我們的那輛救護車停在暗黑的走廊滑坡上，我走近去塞了三百人民幣給駕駛座上一臉惺忪的司機：「師傅，這趟路，麻煩您開平穩些，慢些。」這應該是這趟旅程最後一次的賄賂了。我經歷此次想已成爲一塞錢高手，似乎面對那飄浮無標的物可撈抓的世界，只有把身上剩下的人民幣，塞進那構成事物輪廓的關節處，你才看得見下一步該往哪落腳的地面。師傅痛快地說：「您放心吧先生，萬主任交代過了，他說您是個孝子。」

又走進了那條黑暗如夢遊時分的醫院走廊，各病房裡的病人們都安靜地沉睡著，那大部分也是一些和我父親一樣因腦溢血而變成睡美人的老人們。如今我要把父親單獨從他們共同的這個夢境中移走。我們走進父親的病房，老外醫生和台灣護士已在那裡，他們的表情非常緊張嚴肅，完全不像昨晚的輕鬆自在。他們幫父親作最後一次的量血壓、心肺功能檢查，然後從大背包裡拿出一團塑膠物事，拿出充氣器灌風，突然變魔術一樣在我們面前出現一艘像秀姑巒溪泛舟那種橘紅色橡皮筏。台灣護士向我們解釋那是「救難擔架」。我們七手八腳地把父親抬到那艘氣艇上，所有人在黑暗裡的動作都像在游泳池底端進行一樣，慢速而輪廓模糊。父親身上仍插滿各種管子（他仍在吊點滴，且台灣護士重新幫他接上氧氣瓶），且他仍持續拉稀。老外醫師把那個氣墊擔架上的一些扣索一抽一拉，父親就像一只香腸被夾進漢堡包裡那樣被裹覆起來。

我總是想把它描寫成一趟旅程。或是一場夢。或是一部電影。確實那時我心裡想著：如果這是一部電影的話，現在應是片尾了吧？背景的主題弦樂應當響起，當我和以明大哥、三哥、四哥這幾個老人，還有母親，推著擔架車再度穿過那第一天來到的，漆黑陰暗的病房走廊（那時我正式走進父親的「死亡時刻」）時，鏡頭應該特寫著我們幾個人的臉。我們慢動作地，肩膀抖動地，推著父親離開那道暗黑的長廊，那台破電梯門再度打開，再度合上。

「初到這座城市時他們正值青春年少，當他們離去時，他們皆已老去……」

往南昌機場的路上，母親和老外醫師、台灣護士搭父親的救護車，我和三個哥哥老人乘九人小巴跟車在後。車上了高速公路，天色漸白，沿途盡是國畫般的山巒田野景色，我聽著他們指指點點評論著暝晦朦朧的移動地平面上，偶爾掠過的一、兩間人家房舍，像尖刻的老婦那樣評論著：窮，這裡比安徽老家那裡還窮。不行哪，我不理解在我眼中和所有印象中沒甚差異的寧靜田野，他們是依據怎樣的線索，去浮出一個欣羨或嫌憎的比較？（是地裡的莊稼？還是農舍的建材？）我突然有一個微妙的念頭：似乎這些日子和這幾個老人朝夕相處，我慢慢從口音面貌變成一個和他們並無二致的老兄弟。但隨著載運父親的救護車離開那間醫院，朝機場愈開愈近，我又慢慢變貌回來時的那個我。突然我發現自己聽不懂他們之間飛快交談的口音腔調了。我便那樣垂著頭疲憊地睡起來。

到了南昌機場，救護車停在機場大廈大門口的馬路邊，司機竟爲了省電而熄火。父親腹瀉不已，那個老外醫生和他兩個像困獸無奈跪坐和躺在燠熱的救護車後座，我試著把車窗打開，但他們頭上仍冒著汗。

有一個矮個子的穿草綠制服的航空站警察，跑來說這邊不能停車，要我們把車開走，我竟粗魯地用他們的語言吼他：「你們長官說了可以，這裡有個病危的台胞，你能負責啊？」

三個哥哥老人陪著我一起在出關前的隊伍裡替我守行李，後來開始出關，我不知道該不該進去，他們三個似乎被這挑高屋頂下穿梭著穿高級衣料拉著行李箱的上等人，以及遠遠近近穿制服的軍警給嚇矇了，他們沉默地守在行李旁，人群往前移動，他們也不敢動，乃至於我去櫃檯問了機票之事回來，發現他們三個和那批行李，孤零零地一撮在大門入口空蕩蕩的大廳中央。

保險公司竟沒幫我和母親訂好機位。我只好一再拜託機票櫃窗一個純正普通話漂亮臉孔卻粗暴無禮的年輕女孩。

我問她說我香港的票沒買好現在可以臨時補位嗎？她要我到裡頭去，但到了出關處，那兒的人聽說我沒票，又要我出去外頭的窗口買。

這個機場由三個不同單位的人員掌控，所以面對我們這樣「唐三藏取經的扮裝人偶遊行」（一個躺在擔架上的病人、一個老外醫生、一個護士、一對母子），顯得不知所措。

A、航空公司（我們已經過一個星期以上的程序公文旅行，才取得了他們的飛航許可）。

B、機場駐守的解放軍部隊，他們穿著草綠色紅墊肩的制服，有的持衝鋒槍、有的拿對講機，氣氛十分嚴謹肅殺。

C、境管局：有個穿藍制服的小胖子，絕對收了保險公司姜江的那個地方地陪之賄賂。他的職權應該頗高，因爲一直是他在罩我們。是他去交涉要我們毋需接受出關閘口，只是各自提著行李到那個裝有X光機和金屬偵測儀的隘口走一趟，即可直接將救護車開往停機坪，但是當我和護士各自抱著大包小包的行李（三個老人哥哥不能進出關門）母親和醫生必須在救護車上，我揹著父親當初興高采烈帶來的食物和病發前兩天遊程中買的假宜興壺、假字畫、他的拐杖，還有母親瞎拼的數小包九江名產茶餅和酥糖，護士小姐揹著兩大袋極重的醫療設備。但當我們來到那個閘口，小胖子和一個一臉倦容的便衣中年人又跑來說，不必檢查行李了，於是我們又將那大包小包扛回救護車，我和三個老人像吵架一樣勸他們先回去了（他們還要回九江趕十一點多往南京的長途汽車）。

這裡又有一個穿制服的女孩要我們還是得把行李揹過去檢查，我們揹到那個出口時，仍在那裡的小胖子，一臉詫異：「我不是說你們可以不必檢查嗎？」

這個機場有不同的單位，互相在拉扯，小胖子其實只要給我們帶著行李去檢查一下，就一切照規矩，上救護車往停機坪，但他似乎爲了要向賄賂他的人炫耀他的功能很強，他一直在爭取的就只是「我們不必經過通關檢查行李，而可直接上飛機。」

母親還有護士便那樣扛著行李在出境旅客的第一道驗票閘口間來來去去，至少四五趟，弄到後來站在驗票口的一位解放軍軍官煩躁起來，非常粗暴地喝斥我們：「喂你們這幾個！你們是當這是市場啊？隨便你們這樣來來去去的。我警告你們噢，這裡是國際航空機場，你們是哪來的啊？」那時我發現昨晚像小鷹號航空母艦獨自一人將整座醫院的醫生護士震懾住的台灣護士，那個氣勢全不見了。她臭著臉，小聲地對我嘀咕著不知道旅行社打點的那個小胖子到底在幹什麼？反而是我和母親馬上展露出在此地羈留許久不自覺領會的當地人世故。我們又是陪笑又是哈腰（我當下就判定小胖子並沒把好處拆分打點這些同事們，人家自然不賣面子了），這時大庭廣眾之下，塞菸塞錢只有弄得更僵，我們只好同志同志喊得好甜，我母親馬上入戲變成一夾纏訴苦的老婦，我則配合在一旁把狀況講得複雜而麻煩（我把口袋裡那一大落的准飛證明、醫療證明掏出來，盡可能用拗口的術語說話，盡可能乖順但又暗示關於這位急症病患送返台灣的登機及飛航，層次複雜牽涉到對台辦、國際救難組織，台、港、中三地的飛航機構，以及人民醫院開出的證明……），我想他完全不喫這一套，他只是要嚇嚇我們殺殺那個小胖子的囂張罷了，他不耐煩地擺擺手，要我們要嘛快進去，要嘛就出去，不要在這裡跑進跑出的。然後他轉身走向他那群持槍的兄弟們不知說了句什麼，我聽見他們爆出一陣大笑。

「王八羔子。」我在心底咒罵著，突然驚覺那是父親罵人的腔口。我想起許多年前在南京往鷹潭的火車軟臥同車廂的那個嚴肅而筆挺的解放軍軍官。這一段日子下來，我已變成一個躁怒又卑屈，既冷漠又歇斯底里的人，我已學會了這個國度之人把眼前之事當作極遙遠之事去看待的憊懶態度。那是一種相反的奇幻理解，一方面你必須有「事情沒眞正發生，前景再怎麼樂觀也別窮開心」的世故（必須眞的抬著父親，一行人眞正地上了飛機才算數）；另一方面，你在那空蕩蕩什麼都無從依傍的世界裡，又必須氣定神閒地相信「事情最後一定可以搞定」（只要你曾塞了某人足夠的錢，他一定可以在森嚴絕望的狀況下，幫你蹭出一條出口）。

萬沒想到事情最後還是要靠父親自己解決。

最後一次，那個小胖子終於還是沒搞定，他氣急敗壞地跑來，說：「沒辦法，我們還是通關檢查。」（以防恐怖分子暗藏炸彈或槍枝？）那個台灣護士簡直要氣炸了，這時已過了飛機登機時刻。我只是自暴自棄地說：「早就該這樣做了。」小胖子忿忿地看我一眼：「我頂不住。咋辦？」

我們到救護車去搬父親時，那個老外醫生的眼全罩上一片霧氣，他和父親都全身濕透了。他一臉茫然，非常認命地守著父親，按著他手腕的點滴軟針插口，像守護著一隻垂危的大型動物。護士告訴他我們還得搬運病患，他做出要昏倒的表情，那時三個哥哥老人又像天降神兵一樣出現了，三哥說了一句好萊塢電影裡那樣讓我催淚的話：「我們怎麼放心。」於是我們又像這已記不清多少日子的無數次畫面裡的組合，一群人扛著父親進入機場大廳。

那時，魔幻又靡麗，像是環繞著我們這一組抬擔架人，憑空中有鮮豔花朵綻放纍成果實，招來成千上萬的蒼蠅蜜蜂，最後果實又整批整批腐爛發黑、湯汁迸流，父親在昏睡中用盡畢生最大的力氣，把肚子裡所有剩存的氣和稀屎一股腦地排出。我發現整個空曠的機場大廳都浮晃著一種金黃色的光輝。所有的人，所有不同單位穿著不同顏色制服的人員，全掏出手帕或直接用手摀住他們的下半張臉。我看見他們默劇一般痛苦地扭曲著臉，遠遠近近對我們揮舞手臂。我和母親、三個哥哥老人、老外醫生和台灣護士，像起乩著魔抬著神轎踩爆竹前進的乩童，我們踉踉蹌蹌，忽左忽右，用一種歡樂糅和苦難的神祕節奏扛著父親，恍若在夢中穿行。「什麼東西！臭成那樣！」一個女人的尖叫聲劃破了那蜜蠟封住的暈陶陶畫面，然後是小胖子用手帕摀著鼻，滿頭大汗臉色疳黑，勇敢地（像鑽進糞坑睜眼閉氣地游向光源）跑來，說：「可以了，他們說可以了，不用檢查了，你們直接把救護車開去停機坪登機吧。快把這個……快把他抬走。」

結果救護車歪歪斜斜地經過三、四個軍哨崗，朝著停機坪上已經發動待飛的巨大機體衝過去。小胖子不斷大喊：不要太近，不要直直開到飛機旁，你往另一邊繞，繞個圈再過來。

不然他們會對我們開槍啊……

我們一下車，就被戍守機場的一整批荷槍實彈的部隊包圍，他們得知我們並未照正常出關程序而要登機，一個隊長模樣的人，下令搜我們的行李，於是醫生的醫療器材啦、護士小姐小包裡的女孩衣物和一本小說啦、母親袋裡的那些茶餅啦、全被翻出在這空曠草坪的烈日曝曬下，一個女軍官甚至去搜父親的充氣擔架的內面……

12 遠方

這次夢見父親，又是在我們永和老家的閣樓上。說是閣樓，其實那不過是鐵皮屋頂和輕鋼架支撐的天花板之間，堆放了大批父親的舊書舊雜誌、棉被、舊冬衣，一些類似吸塵器、除濕機，早期電腦螢幕、足部按摩器之類已故障但捨不得丟棄的老電器，或是一袋一袋帆布裝著類似塑膠耶誕樹，掉了眼珠的大熊布偶或一大堆生鏽衣架的無用什物……這樣一處人用鐵梯爬上去還得彎腰或跪姿移動的窄仄夾層。

但是在夢中，我與父親，我的孩子，還有作爲模糊背景的其他家人，一起站在那個堆滿雜物，而蓋住那些雜物的帆布或塑膠袋皆厚厚一層灰的陰暗閣樓上。那個空間似乎比眞實的狀態放大了好幾倍，反倒像在一處懸吊著許多動物屍體的冷凍工廠，或是大型洗衣店後面掛滿一件件西裝外套的倉庫……一開始的情境，和這幾個月來我每次帶孩子到醫院探視父親時何其相似。父親仍處於一種爬蟲類式的混沌譫妄狀態（但在夢中，他是像年輕時一樣高大筆挺地站著，而不是如眞實那般兩腿痿縮纖細，身上插滿管子地癱躺在病床上），他癡迷眷愛地看著他的孫子，那孩子在夢中的閣樓，像猴子一樣上上下下地爬著，我則困苦地，一邊用甜腴的孩童噪音哄著父親（不外乎說些等你好了我們一起去喫秀蘭小館的菜飯、下巴、獅子頭或極品軒的湯包之類讓他開心的話），一邊不時得回頭變聲以父的嗓音斥喝那心不在焉，對於自己作爲逗一癡傻老人開心的活玩具已極不耐煩的兩歲小兒。

忽然地，父親像是腦子清醒過來那樣地，像我童年犯錯時最驚怖害怕地拉下那張臉，沉著聲，對那孩子說：「從剛剛就一直注意你了，在那裡耍什麼寶？站好！沒個樣子！要喫揍了是不是！」在夢中，我、父親，以及我的孩子，都像卡通裡某種怪獸被光劍砍中，在火光沖天的爆破前，驚蟄詫異的一個片段。似乎我們驚訝呆住的臉，支撐不住那之前之後我們各自將不斷變貌的洶湧身世，使得整個畫面皆吱吱嘎嘎作響。

於是，完全不顧父親顱骨內的血管像鏽壞電路箱裡岌岌可危的電線，隨時可能再爆裂，我竟然（醒來後我亦惴然自己的意識層竟壓抑了那麼巨大的憤怨）整個身體劇烈抖動，用臟腑內裡最大的力氣對著父親咆哮：「你憑什麼這樣對他！」之後便離開了父親、孩子，和那個家。奇怪的是我竟跑去參加了一個類似救國團或童軍營之類的冬令活動。那是在一座「因爲過長的假期所以整個校園很久都沒有學生出現」的空蕩小學裡。我廁身於這一群穿著不同制服臂袖上繡了不同圖徽的營隊隊員間，彷彿和一些各有來頭的傢伙闖入一座被棄置的空城。

我的心情很複雜。我仍在掛念著自己一時賭氣跑開而丟下不管的妻和孩子。有一種等待的情緒像感冒那樣輕輕環繞著我（妻也許幾天後就會帶著孩子找來這間學校了吧）。但我又不得不時時從那種恍惚狀態中，把自己的注意力拉回到排隊集合（左手扠腰踩著小碎步以中央伍爲準向右看齊）。領臉盆牙刷毛巾，或是小組活動討論結業晚會要操練的表演……這些瑣碎小事。

這一陣子總是作一些雜遝而疲憊的夢，夢裡總是無止盡地在一些有灰黯長廊的醫院、療養院，或是久遠年代偏僻鄉鎮公所之類的老舊機構裡，和一些憊懶迂腐的公務人員、無意義的繁瑣手續打交道。總是這樣耐性而陰黯地想：沒關係，總會過去的，大家不都是這樣的嗎？

昨夜作了個夢，夢見在永和老家，正黯著臉和母親、哥哥、姊姊討論父親的事。前一晚電話中，妻告訴我，她的小妹去台南幫我們問一位乩童之類的老師，說父親陽壽已盡，其實極難救回，他是以意志力從大陸硬撐回來的。哥哥則說那天醫生幫父親挖硬結在直腸口的大便，父親竟像靜默沉睡的植物突發人語，慘叫哀嚎：「兒子啊，救救我啊！我年紀這麼一大把了，痛死我了！」

正在討論間，突然聽見父親的聲音，如許洪亮歡悅，像兒時父親自外返家恰遇他好心情的幸運時刻，他拉著嗓門在客廳中說：「唉啊，看我給你們帶什麼新奇的東西回來啊。」

突然一個念頭。夢中如此清楚地，我與母親、哥、姊互望了一眼，遂急匆匆衝到客廳（父親此刻不是應該插著鼻胃管、戴著氧氣罩、吊著點滴瓶，沉睡在榮總的插紅條紙（病危病患）的病床上嗎？）。果然一進客廳，像電影上演的那樣，一個發著金黃色光澤，像千萬枚銀幣熠熠生光的液態人形，沒有立體形狀，像折射影子那樣貼著屋頂牆壁移動。

我們皆痛哭失聲。半責備、半哄慰地對那不成人形的光弧說：「你不該在這裡的，你應該到醫院裡去的啊。」

那樣了悟著：父的魂魄離開了沉睡的肉身，急性子地跑回家來，那是不是表示他已經……那個光弧和跪倒泣不成聲的母親擁抱著。我亦自後方抱住它，用這生不曾對父親那般說話的痛切思慕聲音，委屈地哭喊：

「爸爸，我好想念你啊！」

這樣從夢中驚醒。在孤自一人的黑暗床鋪上（妻帶著孩子回娘家了），淚流不止，但仍抽噎地低念：

我好想好想你啊……

事實上，我與父親，在這整個事件的最後一張畫面，應該是用鴨嘴筆畫出的長長一道地平線。地平線的上面和下面空白乾淨什麼都沒有。只有一張長板凳。我與父親就坐在那張板凳上。

也許那張板凳應該坐落在一間醫院的中庭花園裡，那間醫院的建築，保留著殖民時期的風格：拱廊、圓頂、柱頭、挑高僧帽形木框窗、斗笠燈罩的直立街燈、還有淡黃色小圓石的磨石緩坡（讓病人的輪椅可以自由推進推出）。庭園裡的樹木，不論是槭、梧桐、黃心刺桐、或是植下不久的木蓮，盡是秋意蕭瑟一片枯黃。

父親坐在我的身旁，他的身軀因爲這一場生死而變得像孩童一樣孱弱瘦小，或是變成某種胚胎演化之前的娃娃魚或兩棲類，他的下肢萎縮退化，竟有些近似童話裡美人魚撩起裙裾光溜赤裸的下襬那樣讓我臉紅又不敢直視的景象。事實上在眞實處境裡，父親根本癱倒無法和我這樣並坐著。

父親變得非常之小。主要是他變得如此柔軟，他的臉十分清澈明淨。像是生命的某種物質性的稠狀物的什麼，在我和母親、哥哥這一夥人手忙腳亂地攔阻他栽向死亡的時刻，還是給粗心大意地漏失了。我坐在他的身邊，感受到自己甚至懶得去遮掩的，屬於成年人的浮躁和不耐。世界發生了那麼多事。還有那麼多的事要去處理。所有的人卻爲了你的任性，弄得一個個不成人形。我看了他一眼，覺得自己一肚委屈卻一言難盡。父親則像個犯錯的少女羞赧地把自己縮小了，他的臉龐甚至像薔薇花瓣那樣單薄透明。但是那樣的羞赧並非因爲慚愧或是悔恨什麼，而是徹底地知道自身的柔弱。

什麼也無法改變了。

似乎在這樣的狀況下，我才發現父親性格裡害羞的那一面。父親這一生總給人一種浮誇好出風頭不願意安靜下來的印象。這時我心裡想：原來他也是那麼地害羞啊。父親十四歲時就做了孤兒，所以他的生命裡似乎總斷漏空缺了一段時光，對於一個父親形象的角色模仿。

如今仔細回想，幾乎從我寫第一篇小說開始，他便那麼在乎地每一篇細讀。他一定對於自己在我的故事裡變形成那樣一個滑稽而劣質的角色，感到驚疑震怒。但他沒有一次正面（直視著我）和我討論這個，他只是更氣急敗壞地想把自己這一生經歷過的不幸遭遇或英雄事蹟告訴我。但是那些故事總不盡人意地在之後的小說裡，以更古怪荒謬的面貌出現。

如今他變得無比自由。我卻覺得整個世界像傾圮倒塌的屋子壓在我的肩上。那些斷梁的木屑、碎磚的粉塵、鐵鏽或碎石棉瓦，全撒在我的頭髮上。弄得我淚汪汪睜不開眼。

我好疲倦。我說。我好疲倦啊。

像撒嬌一樣，但你怎麼可能跟一個比你柔弱的人撒嬌呢？

我記得我小學五年級時遇到了一位凶殘至極的女老師。那段時光可以算我生命裡極少數的，長期驚嚇凍結在一種暴力化的場景裡。那是一種持續性的驚嚇。每天早晨，我都沉重憂傷地離家出門，步履蹣跚地穿過灰黯色調的巷弄、街道、公車站牌、還有那些調色不全的行走的大人，走進校園，向偉人銅像敬禮，穿過戴著導護臂章的值日老師，穿過沙塵漫漫的操場，那些暗蒙蒙的教室、走廊、樓梯間、飲水機和標語……然後走進我的班級教室。通常別班教室都還空蕩蕩散坐小貓兩三隻，我們的那間則已坐滿。且所有同學皆安靜地挺直腰桿專注在看書。

時間到了那個女老師會氣沖沖地走進教室。然後她會自那一群噤聲恐懼的孩子中叫出兩三個男孩和女孩，抽檢他們昨日的功課。無有僥倖，這樣的檢查過後，她便開始在講台上展開令台下其他小孩目瞪口呆的各式體罰。那是各種肢體大動作，像健身房裡踩腳踏車那樣滿身大汗無意識重複的施虐（她常常用長藤條抽打到自己扶腰喘氣休息），以及受虐者的身體在連續的痛苦中散潰變形的演出。她用報夾打他們的大腿；用八枝鉛筆交叉塞在他們的手指關節間，然後用她的大手包覆其上，慢慢施力（後來我才知道這是一種源於明代的名爲「拶刑」的酷刑）；她用藤條打他們的手背、叫他們脫鞋子打腳趾、脫褲子當眾打他們的光屁股……

日後我總懷疑每個清晨被她叫上講台演出各種不可思議、肉體垮掉的殘酷劇的，那固定兩三個孩子，會不會不是眞人？而是她向某些未來高科技人體複製公司訂購的廉價機器人。他們唯妙唯肖，像眞的一樣，但每天都承受著那樣肢體暴烈的衝擊和傷害，爲什麼第二天仍可以完好無缺地出現在我們的教室裡，再一次被叫上台去接受酷刑？

也許那樣演出只是爲了恫嚇下面的，其他的那些孩子們？（也許這樣的比喻不倫，但我如今回想那一段時光，稠液狀的畫面裡浮出的斷肢殘骸，和畢卡索那幅經典名作《格爾尼卡》何其相像。）但我確實被她及眼前演出的那一切嚇到了。

我開始抗拒去上學。當然沒有任何人發現這件事。事實上我仍每日疲倦又憂傷地走進學校，且因爲恐懼，每天回家就乖乖趴在家裡供菩薩、祖先牌位香案下的一張方桌上寫功課。我寫得非常之慢，像在游泳池底的水中行走。那時我已不和家人共桌喫晚餐了，我母親替我把菜夾堆在飯碗上，讓我單獨坐在那堆作業前扒飯。那樣的每一個晚上，像是第二天早晨那場大屠殺的緩刑（寫不完就會像那幾個廉價機器人一樣的下場）。但不知問題出在哪裡，我總是不停孜孜矻矻地寫著，那些作業卻怎麼也寫不完。我曾私下問過身邊的同學，他們大約都在九點十點左右便將功課寫完。只有我，每天一定寫到半夜一、二點才收工上床睡覺。有幾個夜晚，是我母親看不下去接過去幫我寫，而我在供桌下另一角趴睡。

我記得有一個早晨（那是個冬日早晨），我如常疲憊無望地出門，趕赴那個魔幻殘虐的儀式。經過一處騎樓，有一群大人圍著看殺豬。那可能是那家人新蓋好房子。入厝請客的辦桌。因爲他們宰殺那隻豬的空地，水泥尚露出那種初糊抹好的濕青顏色。有兩個乾瘦的老人，一邊用腳蹬著那隻豬，一邊用一壺滾水淋澆在那隻豬的臉頰、側頸。致命的一刀已在之前戳進豬的身體。他們割斷了牠的喉管。但那豬似乎尚未斷氣，牠睜著細細的眼縫，喘出一陣陣白煙。奇怪是那並不是個鮮血淋漓的場面，也許在我擠近看之前，他們已將牠的血放盡了。我們踩站著初乾的水泥地上，濕漉漉漫流著冒煙的清水。那隻豬一臉笑意，滾水澆在牠臉上耳朵牠也不嚎叫，老人用膠鞋（只有膠鞋上有鮮紅的血跡）踐牠的身體一腳，牠便極緩慢地挪移一下身子，他們像是用一種游泳的律動在互相配合。老人踢踢牠，牠無奈地挪挪，老人向圍觀的群眾露出一臉無可奈何的苦笑（彷彿在埋怨：「你們看這豬。」），繼續拎起熱水壺往那龐大無比的豬臉上淋去。

牠正在死去不是嗎？

那時我在人群裡上氣不接下氣地哭泣著。有一種說不清的，近似尊嚴該有的樣貌被徹底冒犯了。我記得我哭得那麼傷心，將早餐喫的飯粒衝進鼻腔，被鼻涕裹覆成一團銀白燦亮的物事，再被我打著嗝擤在地上。

在那個早晨之後的某一天，我對我母親說：「我不要再去上學了。」

我說：「如果她敢（像對那幾個故障機器人）那樣打我，我會把藤條搶過來，往她臉上甩兩下，然後跳樓自殺。」

我母親聽了驚恐不已，跑去和我父親商量。我父親跑來問我怎麼回事？（我坐在那點了兩盞小紅燈泡、放著一尊用玻璃龕罩住的菩薩塑像和兩面祖先牌位的神桌下。面前堆著那些作業。）我才講了兩句就抽抽搭搭哭了起來。這時激怒了父親，他就手抓起一根木頭抓癢扒子，往我臉上身上就一陣亂打。

（父親：這是我困惑之處。怎麼回事？我驚懼延緩著的，害怕有一天臨頭的清晨恐怖劇，竟沒在學校發生，而在回家以後出現？難道您只是要用暴力在我身上回擊那個外面世界的暴力？）

父親說：「我最恨男孩子軟弱。」

第二天，我父親帶我出門。沒有經過任何過渡時刻，我父親直接帶我去那個小鎮離家較遠的另一所小學。那是一間規模小許多的私立小學。我父親和我走進一間辦公室，那裡面的職員或老師大概被我父親的派頭和說話方式唬住了，他們交談了一會（後來我才知道那個對父親恭恭敬敬的傢伙就是這間小學的校長），父親就帶我走到一間教室，也不管人家正在上課（或我穿的是和他們不一樣的制服），就指著最後一排一個空座位，叫我進去坐下。然後他也像個上司一樣交代了那位女老師幾句話頭（我聽見我未來的老師喊他：「老師。」），就匆匆離去了。

我就這麼簡單地離開了那每天清晨的夢魘。我甚至沒有回去原來的學校辦轉學手續或拿回座位抽屜裡的東西。事情這麼簡單就解決了。我再也沒見過那位虐人狂女老師或那一整間教室（現在我懷疑他們全是不同價位的機器人）裡任何一位同學。

那像是在那幅沒有背景只有一條地平線的圖畫上我最急切想問他（我身邊那個變成虛弱孩童形貌的父親）的問題：

「爲何將我孤獨遺棄？」「我該怎麼辦？」「接下來我會到哪去？」

父親十四歲便成了孤兒。也許我要到自己成爲孤兒時分才能慢慢領會，那種無所依傍，無處揣摩面向世界該有的說話方式的困苦寂寞。

我記得約在我大一、大二的某一年，有一天恰好剩下我和父親在家。父親突然把我叫去那即使在白天也顯得陰暗的客廳，他坐在他的靠椅上，叫我坐在一旁堆滿舊書報雜誌的藤編沙發。在他對面的舊電視裡猶播著公共電視的平劇，如今想來，他那時便已是個老人了，那時他剛退休。阿茲海默的那些饞嘴的小蠕蟲們還未開始沙沙囓食著他的腦灰白質，但是我們家的客廳已不大有客人來造訪了。那個空間裡每一處細節和擺設都彌散著老人特有的黴菌氣味。

我父親似乎經過相當的斟酌，才艱難地開口：「我知道有些男孩，在你現在這個年紀，會染上一種惡習。怎麼說呢？是不是叫做……手淫。你應該沒有這個問題吧？」

我那時又驚又怒，這算什麼？當時我已二十出頭，距我第一次在獨處的憂鬱時光裡，既貪歡又充滿罪惡感地撥弄撩耍自己的生殖器，至少已有五、六年的時光。這個老人怎麼會在此刻才想起該和他的兒子談談性教育？我猜他是看了報紙上那些生活花絮版面上的文章才靈機一動。

且他說得那麼猥褻而害羞。

我記得那時我在暗影裡羞紅了臉，但我故作天眞爛漫狀。我像個小兒子那樣用甜美嗓子說：「那是什麼？」

我父親說：「咳……那是一種……怎麼說……那是一種對身體有害的行爲……」他似乎如釋重負（這個二十幾歲的兒子，連聽都沒聽過「手淫」這回事），但又不放心地問道：「你眞的不知道？有的人把它稱之爲自瀆，沒聽過？嗯？」

我無辜地搖搖頭。

我父親說：「我很高興。」然後他開始侃侃而談他從小遭遇到的許多苦難，許多人對他的不義和侮辱。我們又回到從小到大，他有機會和我們聊聊時，便不斷重複（像耗日費時沒有終止的連載大長篇小說），他的冒險故事，他的一生。

他說：「我很高興你沒有像其他人一樣染上那種惡習。」

這便是我們父子難得一次如此貼近隱私的交談。我有許多問題想問他，但同樣不知怎麼開口。

我一直把所有東西都描述成一趟旅程：十四歲就成孤兒的父親之後的一生；父親倒下後，我和母親像剪紙人形窄窄扁扁側身偷渡到那死亡時刻裡的陌生小城；或是我竟夜難眠，爲之驚懼迷惑的人生巧合：父親離我而去，而我像接下了一只破爛王冕般，成爲一個（我完全不會！）父親。我以爲那是一趟神祕而繁複的旅程。但我沒料到，在那個災難片般的，整個世界仍在持續拆毀崩塌的某一停頓時刻（那甚至還不是終點），我和父親竟是在那樣一張白色圖畫紙的畫面。我們並坐在一張長板凳。寧靜、沉默、對生命充滿巨大的訝異和歉意。

那時我有許多疑惑和委屈想對父親傾吐。但他已變得太小太柔弱，似乎若不是我這樣用身體頂著他，他會像冰塊那樣持續溶化，最後變成冰冷地磚上一尾濕答答的鱔魚或泥鰍之類的小傢伙。我不理解爲何「正在」直面死亡的人明明是他，爲何他甜美笑靨一如未經世事的姑娘？而我一臉殺氣怒意騰騰？

我記得在九江的病院裡，他常因褥瘡醃著痛而用力扯開覆蓋的毛巾，使得他那線條垮掉的老人身體赤裸裸展露出來。他的陽具和睪囊像發怒的火雞，纍纍發紅醜陋無比；他那被我們糊滿了白色嬰兒霜的深醬色屁股溝，時不時洩出黃色的糞汁，但那些三哥三哥老人們何其驚恐，他們和他拉据著那塊毛巾，用鄉音柔聲哄他：「不好看欸，老爺，姑娘家在一旁看著欸。」但父親仍用力扯著那塊遮羞布。

那麼地沒有尊顏。

那時我會突然沉下嗓子，像比所有老人都要蒼老看盡世事，像父親記憶裡遙遠年代某個老者（他那個早逝的父親？）正對他說話，我說：

「爸爸。撐著。」

他睜開眼，茫然無助地說：「可是我那裡咬得好痛。」

「對。但是撐著，不要難看。」

然後父親像個孩子哭了起來：「我想回家。你不可以把我丟在這。」

「好。但是你現在在這裡，不可以難看。」

「好。」

那之後，我似乎養成了無意識發呆的習慣，無論是靜坐或佇立。我總是習慣性地長嘆息。我總是在大街上走著，便無來由自那些流動的人潮中停下腳步。有時坐在人行道邊圍砌住街樹的磚圃，有時坐在騎樓角落停放的機車坐墊，有時則乾脆坐在人家公寓的窄樓梯口。我瞇著眼看那沸騰白光下像幻術蜃影單向流駛的金屬車體，它們以不同顏色的烤漆撥弄著讓人眼花撩亂的折光。我有時會注意到一大群上百隻的麻雀，旁若無人地環繞著街邊某一株垂鬚老榕，上上下下，追逐飛耍。牠們也會改變那似乎將所有物事融化其中的光幕恆定不動的印象。

那是我熟悉得不能再熟悉的城市。但確實有什麼東西，自我的肩頭被拍落了。

長久以來，我總隱隱困擾於，我不斷（用小說或其他形式）描述的那個世界，總予人一種殘缺不全的印象。一開始我以爲那是源由於技巧的生澀或年輕時對於一些半弔子理論的生吞活剝。但我慢慢發現：那樣的揮之不去的殘缺感，乃根本存在於畫面後的世界。或是說，從一開始我看待並領會這個世界的眼睛（被設定了的），便注定了是一種流沙上的碉堡、旅途中短暫停留的熱鬧餐館，或是沒趕上車的空蕩蕩的巴士站……那樣心不在焉，無法清晰聚焦的畫面。

簡單地說，那是從我父親的夢境翻描下來的世界。那是我父親二十五歲驟然被拔離的活生生寫實性細節的世界。那個歷歷如繪的世界持續擾動著他之後一生大部分的時光。像一個夢境無止盡地修補。我父親到了四十歲，才讓這世界上有了我。

我不知道我父親是有意或無意，他從一開始就把我——還有我哥、我姊，甚至我娘——放置在那個，他的夢境和我們置身的眞實世界之間的孤立夾層。當然後來我們所有人都以各自的方式，躄手躄腳地自那夾層沿階摸索下來，離開他的夢境。

只是我們也同時迷失了，橫陳在我們眼前的，「正在發生」的那個世界，用它的細節來回憶它的方式。

我發現我總是在發呆瞪視著眼前那個被熾白強光吞噬掉所有輪廓和縱深的世界時，無法抑遏那不知從身體何處不斷突突冒出的憤怒。那個憤怒像一口趴向下望的深井，如此深不可測看不見它黑暗的底部。那總是令我驚訝甚至恐懼。

那個憤怒不止是「父親的故事終於被拔除掉了」，或是「父親，你看：這就是那個將你的故事拔除掉之後，太陽光底下光凸凸的平靜世界。」或是撒嬌：「你看我和這個徹頭徹尾被你描述錯誤的世界，打交道得多麼辛苦。」

我曾在高中時光，僅因朋友的吆呼招引，即和四五個同伴，聯手在學校頂樓空曠無人處圍毆一個我不認識的傢伙。我至今仍記得那張痛苦挨揍仍倔強的臉。我們拉扯著他深藍色的夾克，使他無法還手，但他以一種出奇巨大的力量旋轉著掙扭。這使我們這群人像乩童扶神轎那樣圍著他追逐，我們的學生黑皮鞋跟踩得那頂樓鋪的隔熱磚咕咚咕咚響。我們喘著氣咒罵：「幹！幹！」其中一人脫下自己的夾克想將那傢伙的臉蓋住，但無論如何都被他滑脫。我記得我在那群年輕身體裡像魘夢般地挨擠著，連續幾拳都揮空，後來不知怎麼，有一拳恰好就捶在他的鼻頭。那是多麼柔軟而無聲的一瞬。他有些詫異地在這群人裡巡了巡，眼睛盯住了我（我並不認識你呵），然後鼻血像道具紅墨水那樣大量地流淌而出。

我害怕極了，旋即粗嘎著嗓子喊：「幹！幹！」

但全部的人都停下手來。

那是父親不在的時光。

我亦曾陪著一位朋友（他是那學期我們班上的衛生股長），在每日放學的清潔時間結束後，刻意在校園勾留至天黑，然後躡手躡腳摸進別班的教室。因爲那時學校採用一種環境清潔的比賽方式，評分的教官總在第二日清晨一間教室一間教室逐項給分：窗子有沒有擦到連一枚指紋油膜都找不到；課桌椅有沒有排列在一條條看不見的縱橫規線上；地板有沒有拖抹到光可鑑人；黑板的粉筆凹槽用手指劃過去是否連一粒粉筆灰都不沾……

僅只是因爲兩個少年的友愛——連義氣都不算——他什麼也沒多說，每天時間到了，就說：「走吧。」我便安靜地跟在他身後，走進一間一間無人的教室，把黑暗裡那些排列整齊的桌椅弄亂；把講桌抽屜裡紙盒內收藏好的各色粉筆凌亂地撒在地板上；吐口水抹在他們之前費盡心血擦乾淨的窗玻璃……

那樣在一個靜默的世界裡，完全沒有動機，僅只因爲在一個我父親背身看不見的時刻，靠攏、加入一群陌生的人。

同一個時期，每個星期日的早晨，我都陪父親、母親一同坐公車到台北近郊的一座小土丘爬山。如今回想，父親那時就已較我同齡之人的父親年長許多。他們的父親尚非常年輕，而我的父親已是個老人了。我總是氣喘吁吁跟在他身後爬數百級的石階，一邊靜默地聽他叨叨重複著他那些魔幻不眞實的故事：在一個極遙遠地方我眞正的故鄉，我從未謀面的祖父、祖母，還有一大堆的親人，以及他的孤兒身世……

每次到了山頂（那兒有一座小土地公廟），我父親會拿出手帕擦汗，從保溫瓶倒出一杯釅口滾燙的龍井或高山茶遞給我們，然後千篇一律地用他的竹拐杖敲敲一塊布滿了青苔的巨石。這時他會陶醉地背誦一些和我的世界一點關係也沒有的詩句：

不畏浮雲遮望眼，只緣身在最高層。

或是：

行到水窮處，坐看雲起時。

有一次他背了一個句子（我竟然記得），說是清末名將胡林翼的自惕名句：

卒然臨之而不驚，無故加之而不怒。

現在，似乎在一場浩瀚裹覆著災難，所有人既像滑稽戲偶又像純潔的夢遊者，在那樣一場我說不清是逃難、旅行，或是拯父親的尤里西斯的大航海之後。所有人都回來了。現在剩下我和父親，坐在這幅地平線上只有一張公園長椅的極簡畫面中。嗒然默坐，疲憊又平靜地享受那對於一場顚簸駭怖旅程的回憶和追想。

我好疲憊哪。我這樣對父親說，像個兒子的撒嬌。看我們爲您喫了多少苦頭。

但我發現父親變得非常非常地小。

（那時，忽必烈問馬可波羅：我不知道你怎麼有時間去遊歷你向我描述的所有國度。在我看來，你根本就沒有離開過這個花園。

馬可波羅是這樣回答的：在心靈空間裡，我所見的每樣事物都有意義，像這裡一樣，那裡由寧靜統治，同樣的濃淡交錯的陰影，相同的樹葉沙沙聲，劃過寂靜。當我聚精會神凝想的時候，我總是再次發現自己置身這個花園……

馬可波羅說：也許，這個花園只存在於我們下垂眼皮的影裡，而我們從未停步：你一直在戰場上掀起塵土；而我在遙遠的市集上講價，購買成袋的胡椒。但是，每當我們半閉著眼時，即使身處喧譁和群眾之中，我們總是能夠抽身來到這裡，穿著絲製的寬鬆和服，思考我們的所見與生活，歸引結論，從遠處沉思默想。）

我不禁又想起初聞噩耗的那個早晨。那時，我和妻、孩子（還有妻肚裡那個快要面見世界的胎兒）還不知狀況地待在花蓮太魯閣峽谷的一間飯店裡。我記得那個早晨我們還去飯店的溫水游泳池游泳。當我們帶著一身泳池氟化消毒水氣味和濕漉漉的頭髮走回房間時，電話恰在那時響起，是妻的妹妹從台北打來，她說你們到哪去了？所有人都找不到你們。駱伯伯在九江小腦急性出血，那邊的醫院發出病危通知……

之後的狀況，就像我在這本書的開頭所說的，我似乎跌進了一個時間的泥沼：我開了七小時的車帶著妻兒走蘇花公路、北宜公路趕回台北，第二天便和母親搭機轉機趕赴九江。那是一趟漫長的旅程，那只是個開端。但不知爲何，如今我稍有能力回想這整件事的經過，覺得時間似乎仍拘停靜止在那最初時刻的畫面裡，我似乎仍持續一言不發地帶著妻兒（似乎妻始終不曾將那第二個孩子生下，而我們的大兒子在嗅到了大人世界似乎發生了什麼無法挽回的悲傷事故，便自動切斷電源趴伏在妻的大腿上熟睡），在那無止無盡的山路裡盤桓繞彎。窗外是用清一色灰色色紙剪貼的兒童畫。灰色的山壁、灰色的天空、灰色的道路、遠方灰色的海面和灰色的水泥公司鐵塔和機械臂。我似乎被驚嚇過度卻又強自忍抑，於是在那幅受創而殘缺的圖畫裡打轉至今。

「我這究竟在哪啦？」有一度我木著臉回過頭，像是對那沒有終止的灰調打旋不耐煩至極（妻後來告訴我說那時我的臉像要殺人一樣），問後座的妻。

我記得後來我終把車開進蘭陽平原，但在我想要找到宜蘭市區之前，我又在濱海公路和那像迷陣棋盤不慎錯信路標彎進即失去方向找不回原路的稻田波濤中鬼打牆了一個多小時。那只是在趕路。我記得經過一個叫「南澳」的地名指標時，我忍不住告訴妻：那是一個荒涼的海邊，我從前（在認識她之前）常常獨自一人，搭東部幹線火車在頭城站下車，再轉搭公路局客運至此。我記得的都是冬日海濱的景象：無人的沙灘，擱淺在潮間帶的朽爛腥臭的廢棄漁船，陰霾厚重的海洋和沉悶重複的潮浪拍響……我大老遠搭車轉車跑到那幅上下四野俱如此灰黯險鬱的風景裡，只爲了點燃一根接一根的香菸，吸成短短一截菸蒂再把它們彈到那些在礁縫間明亮竄爬的海蟑螂身上。那些畫面，如此孤寂絕望，那些在公路局車站買票後置身在老人或阿婆間等車的時刻，在無人下車處的公路站牌突然拉鈴衝下車，大雨襲時叼著濕爛的菸枝向怪獸般疾駛過去的沙石車打手勢搭便車……那些畫面如此孤立、破碎、沒有意義，找不到它們後面聯繫之線索。像是我們那個時代的現代主義情調我們只是無限迷惘地把自己送到那些孤立無援的風景裡，在那些冬日海濱叼著菸抱著自己扭曲的頭大喊。

當我和妻子說起那個海邊時，我絲毫不知道自己將要（和我母親）大老遠搭機趕去的那個「九江」，究竟是什麼樣一個地方？我接下來會發生什麼事？

我記得在我與妻子結婚的前一年，偶爾有幾回，她把我像**私藏夾帶的祕密人口**，偷渡進她們家族裡的大型活動。在那些人員眾多龐雜的時刻，年輕時的妻總不在我身邊，我混跡於那些表哥堂哥或妻的父親公司的員工下屬之間，沒有人確實清楚我的身分。他們覺得我是個沉默老實的傢伙，非常放心地和我調笑打屁。我記得這一類的大型活動我至少全程參與了三次以上：一次是妻的阿嬤過世，我隨他們全家奔赴澎湖處理喪事（我未來的岳父包了所有人包括旅台各房親戚、公司裡被他叫去幫忙的員工的來回機票），我以「他們家老三的大學同學」或「二姊的同學」的名義，和那些堂兄弟們混了近半個月，和他們一起搭喪棚，搭卡車去附近廟裡借辦桌大圓桌和塑膠板凳，開某某阿叔的計程車去機場接弔唁的親友，甚至湊人頭每日早晚跟著妻的堂兄弟姊妹們一起跪在阿嬤的靈堂隨和尚唱經……

另一次則是妻的父親公司發生火災，公司裡囤放的大批獎牌獎杯獎座（他們家是專門做獎牌禮品的公司）全被大火燒得熏黑或被消防的水柱沖浸得濕淋淋的。那時妻的父親在原本公司的隔街轉角另租了間店面，於是我便和那些員工們，用小推車將那些烏漆抹黑又濕答答的金屬獎座、雕像、玻璃框、一大箱一大箱的小組件或緞帶，在桂林路柳州街那些老式騎樓的陰暗走廊間（還會經過一間有暮年風塵婦站壁的舊旅舍）來來回回地穿梭，搬運至新的店鋪。

那樣的過程，使我像躡足涉入的影子，慢慢地進入妻他們那個龐大而成員雜遝的家族。那些堂兄弟表兄弟或妻父親的員工們，慢慢用一種親愛而體己的態度把我「視為自己人」。常常在眾多桌數的大型辦桌聚宴中，我並不是坐在妻和她兄弟姊妹的那桌（通常是長輩主桌旁的核心桌），我總被抓去和那堆猛灌酒說黃色笑話（甚至背後訕謔地說說老闆小壞話）的傢伙們湊在一桌，妻因為害羞彆扭或自小對於那種大家族重男輕女或某些蜚短流長的人際形態的矇矓世故，所以用一種不加解釋放牛喫草的方式帶我參與了她的家族活動。那在一開始讓我十分不自在。因為在我之前，妻有一位相處長達七、八年的男友，我總猜想他本來應已十分融洽地涉入了這樣龐大、鬆散，但其實相當細膩的家族社交活動中。那確實是我始終有一種「影子情人」的說不出來的彆扭況味之原因。我不知道他們怎麼看待我？怎麼想像我？怎麼談論我？

後來我才慢慢體會妻那種「把我丟在我無比陌生卻是她從小長大生活其中的親戚中」的，那種要我用自己的方式窸窣細微和他們相處、混雜、交涉而慢慢長出交情的用心。

主要是，妻的家族基本上具備了沉默、內向且不擅長描述自己的氣質。除了他們這一房是我岳父在五十歲那年才貿然攜大拖小地舉家自澎湖遷移至台灣，其他各房，幾乎都是妻那一輩的堂兄弟表妹們，像脫群的孤雁，打散地各自以考上警校、師範學校、化妝品專櫃小姐、砂石車司機……種種不同的身分離鄉，「從一座島遷移至另一座島」。他們的家族故事，常常便是「故鄉」（已變成夏日觀光地景）的故事或童年往事。我置身其中，因爲語言的障礙（我無法整句流暢地說河洛話）而嗒然靜默。後來反而因爲那樣沉默微笑的習慣而搏取了那些不擅表達感情的親族們的好感。「那個古意郎。」「令老三ㄟ憨女婿。」我有時靜靜坐在他們之間喝酒，聽他們的故事，大部分已是年輕這一輩，在台灣打工、換頭路、想辦法進修、被都市人欺負……一些溫和而感傷的牢騷。（後來我也就慢慢成爲這個內向家族裡的一個成員了。）

我記得那次在澎湖，妻的阿嬤葬禮後的流水席上，我坐在妻的三叔的旁邊，陪他喝了非常多的酒。他似乎非常喜歡我，一邊拉著我猛乾杯一邊斷碎不明地發牢騷（雖然我大部分聽不懂其中的內容）。後來我才知道他從年輕時就是個酒鬼，有一次半夜我岳父還被警察局電話吵醒要他去領人，原來這個寶貝弟弟喝醉了把計程車衝到觀音亭那一帶海裡。

我記得那時他突然睜大醉茫茫的兩眼，喊我的名字（像是我是他非常親近的後生），他指著另一桌一個一看就是流浪漢的邋遢老人叫我看，他說：「那個人你看到沒！」他說他認得那個老人。在他還是小孩子的時候，那個老人就「肖去啦」。他其實是「你阿公」（他這樣拉近我和妻的關係使我非常感動）遠房的一個親戚，但是現在沒有人認識他了。「只有我還認得。」那個老流浪漢從很年輕時想不起來自己是誰了，就在這個澎湖島上一直走，「走很遠噢，一天可以十幾公里噢。大太陽下也一直走，有一次我開車載一個阿兵哥到西嶼那邊，看到他也在路邊走。」他那樣崇敬且飽含情感地談著那個流浪老人，幾乎讓我以爲他就要換桌過去敬酒了。結果他只是訕誚地說：像這款老的人家有喪禮辦桌，他們鼻子最靈一定再遠也走來喫，結果他還不知道：今天他喫的辦桌，其實是他自己的後人辦的……

那是我第一次貼近面對並且理解：妻這個家族，爲何（且不知從哪一輩的父兄開始？）保持了那種緘默木訥不擅言辭表達自己，有時甚至浮現某種負氣粗魯的排外傾向，那其實是太迫近「大遷移」時刻的第一代或第二代的宿命性格。他們總是小心翼翼，察言觀色，透過模仿讓自己受人喜歡（或至少不引人側目）。而他們不習慣別人討好他們以加入他們，他們年輕時努力讓自己在遷居地生存下來，及至年老時回望故鄉（或是在家族成員的婚喪慶宴搭機回到小島），他們已不太知道怎麼去修補、延續那因遷移而輟斷的家族故事。而且，從我這樣一個外來者的眼中，他們這種在家族最老輩成員亡故的時刻，集體被喚起的「補綴故事」情感，特別在那些老中青代對一場喪禮儀式的細節講究與爭執，更容易看到其急切與荒涼。譬如我舅兄穿著長孫孝服用最新款的數位單眼相機喀嚓喀嚓追拍喪葬儀式中，如哭棺撫棺遶棺一些澎湖當地的古老習俗；譬如我岳父（那時尚屬「未來的」）不惜以出機票的方式，將台北那些獅子會青商會的社友人力邀回去參加喪禮，將台北殯儀館的告別式排場（他們還空運了許多大人物的弔唁白幛與台北高級花店的花藍），橫移到二叔家咕咾石老宅前荒曠廣場的喪棚內；譬如說，年輕時的妻一下了飛機，她便把牽著我的手放開，把我丟給親族裡的男性父兄，從一個獨立的「台北現代女性」，沒入那一群用花布巾包裹臉面的阿婆、阿妗、阿姨之間，那麼自然地和她們圍坐著板凳用菜刀剁著海臭蟲和青蟳……

我想起那個初聞父親噩耗的早晨，那個游泳池裡搖晃的光霧，那個將妻子和孩子的聲音皆隔阻在很遠很遠處的神祕時刻；以及之後，我們一家三口（加上妻肚裡的胎兒）封閉在那小小的車廂裡，受傷而沉默地在那無止盡的山路裡迴旋繞行。車窗外的時間慢慢由白天變成黑夜，而我總覺得「以我爲父」的這一個單薄脆弱的小家庭，是在一個時間靜止的狀況下原地不斷打轉……

我記得當我們的車子離開蘇花公路，在蘭陽平原縱橫交錯的鄉村道路和濱海公路間迷亂找不到出路，乃至後來終於切進市區且追到往北宜公路的指標，那時突然在車窗外似曾相識的地貌風景與恍惚相似的找路焦急心情下，想起了許多年前跟隨妻的家人們的車隊，浩浩蕩蕩方向相反（我們是從台北走北宜公路到宜蘭）且同樣在這片迷宮般的歧路平原上東闖西繞，找不到路。

那是在我與妻結婚前一年，同樣作爲妻夾帶進家族大型活動的「影子情人」，一次深具意義的長途旅行：那是在處理完澎湖阿嬤喪禮後不到兩個月（據說爲了趕在百日內「沖喜」，不然要守喪三年），舉家爲妻的哥哥（即我未來的舅兄）到未來嫂嫂的宜蘭老家下聘訂親的一趟旅程。我記得他們組成了一個十幾輛車的車隊：那裡頭有從親友處調來作爲前導車的賓士、VOLVO、BMW，在那幾輛稱頭而排場的名牌車後面，跟著一串臨時湊集的雜牌車輛：或是載運他們按古禮講究的一大紅木匣一大紅木匣的「十二項禮」；或是未來嫂嫂拍攝婚紗照的換穿禮服和攝影器材；再就是運送專程從澎湖趕來，在台北集合的諸多親友。

我和我的那輛破車亦被徵召（我被排在車隊的倒數第二輛）。我的那輛車，除了運送部份喜餅，還搭乘了妻，她的一位表姊夫，以及兩個外甥。我記得那是一趟無比漫長而疲憊的旅程。我們的車隊幾乎是才上北宜公路的入口便被塞車堵住了。後座的那兩個男孩開始浮躁起來，他們不斷重複地問我們底還要多久，早知道是那麼無聊他們留在澎湖家裡打電動就好了。一開始他們的父親非常生氣地訓斥他們，後來連這位姊夫也對那幾乎停滯不前的車陣焦慮起來。「怎麼回事？」「根本都沒在動嘛？」

那時我的內心孤單而忐忑。我穿了一件米黃色的西裝褲，那是我母親在我得到第一個文學獎時帶我去外銷成衣店買的。那條褲子又塌又皺。事實上我身上穿的一件太緊的深紅色西裝外套，是那天早晨妻的父親（我未來的岳父）看我穿著平時習慣的牛仔外套，很生氣地拿出他年輕時的衣服要我換上。那樣的搭配（深紅色西裝外套配上米黃色的西裝褲）令我覺得自己在一群陌生的族人之間像一個俗仔。我不敢讓我母親知道我跑來妻的哥哥的定親車隊裡開車。那一定令她產生某種不愉快的聯想。我從上大學搬離開家住之後，除了過年，幾乎很少回家，在她和我父親慢慢沉沒進老年的時光，我是那麼疏離且避開了他們變得虛弱而黏稠的畫面。那樣的感覺很像是我變成了別人的孩子。印象所及我和那個車隊似乎在那綠蔭撲湧和路旁撒滿銀箔冥紙的山間公路裡，像夢境一樣痛苦地緩行了四、五個鐘頭。

「我們究竟到了這趟路程的幾分之幾了？」後來連我也不耐煩地問駕駛座旁的妻。她並沒有立刻回答我。她拿起手機，撥號給車隊最前端的她母親（我未來的岳母）。這個車隊在出發之前便每輛車配發了一支手機，作爲各車間聯繫之用。但那樣的煞有其事總令我覺得有點好笑。誰知道我們全部的人最後全給困在這條停止住的蜿蜒山路裡。

後來妻掛了手機，用那雙她以爲可以有某種安定力量其實造成我內心更大暴亂的美目（那已是將近十年前的事了）盯著我，說：不要急，還遠著哪……

我們終於離開那段（像蠕動功能障礙的大腸道）車陣緊湊前挪的北宜公路，進入蘭陽平原，已經過了中午。然後那個車隊又在田疇間的網狀小徑迷途打轉了一個多小時（像很多年後我和妻子從花蓮趕路回台北途中的相同遭遇），才風塵僕僕地開抵妻未來的嫂嫂家，那是一幢蓋在一片水田和一口池塘邊的透天厝。除了前頭的六輛禮車可以從一條小泥土路開進女方家門口，後面的這幾輛破銅爛鐵全挨停在田邊。那些悶壞的孩子們全像撒歡的小狗在那田隴上殺刀或朝著水田打水漂。那時有個孩子跑來用飛踢踹了我的屁股一下，那是妻父親公司一個員工的孩子，他踢得非常用力，完全不像是玩笑，而且他把鞋子在泥地上踩的半濕泥巴印在我米黃色褲子上。我發現他的父親在不遠處微笑地看著這一幕，他只是輕聲斥責了那孩子一下。我作勢要去追那孩子，他跑得遠遠的，並朝我歇斯底里地大喊：「你的褲子破掉了！雞巴都跑出來了。」

確實我的那條米黃色西裝褲，從下胯到後臀一半的縫線，不知何時綳裂開一個破洞，連我自己都看見那兒露出棉內褲的白色。那時我心底恨透了我的母親，我記得她帶我去挑這條褲子時，一副慎重其事像終於要幫我置裝打扮成大人的模樣。結果卻害我在這群陌生人之間，變成一個小丑的角色。

（那是好久好久之前的事了。）

但是當我隨著那些公司員工，從廂形車上將那一箱一箱的喜餅或禮匣往未來嫂子的家裡搬時，在那個仍擺著神桌香案和八仙椅的老厝客廳撞見妻的父親，他似乎已喝了不少酒，滿臉通紅地和親家夫婦抬槓。他把我叫過去，非常暱寵地扯扯我那件暗紅西裝的肩頭（他們都沒發現我褲襠下破了一個大洞）說：「對不對？這樣看起來也比較ㄧㄢˇㄌㄠˊ啊？」然後他對我未來嫂子的父母介紹我：這是伊二妹ㄟ男朋友啦。將來是憨女婿啦。那一對老實矮小的夫婦則在陰涼暗影中良善地對我說：要加油噢，趕明年換辦你們的喜事嘍。

那已是許多年前的事了，不知為何，那時我便覺得自己像是個孤兒一樣。

我記得我離開那間客廳之後，又加入那些員工和堂兄弟（他們全穿著合宜而筆挺的西裝），把女方回贈的嫁妝，那些仍裝在硬牛皮紙箱裡的分離式冷氣、洗衣機、冰箱、電視、錄放影機搬上廂型車。後來我發現我未來的岳母，自己一個人站在離人群較遠處的一片田隴前，像在眺望著遠方的什麼。我走到她身後，順著她的視線望去，但是除了延展過去極相似的一些水田和水塘，還有一大片竹林，什麼也沒有。我輕輕喊了一聲：媽。

她比了比更遠處的一個方向，壓低聲音對我說：「剛剛總經理告訴我：當初大姊嫁過來的那家人，好像就在那邊，竟然是隔那麼近，就隔一個村子而已。」

事實上我完全不知道曾經發生過什麼事？不論是這個家族或眼前這片籠罩著一層薄霧，乃至無法看到更遠處的這片田野。我甚至不知道大姊曾經嫁過人。我的憂鬱和煩躁像水杯底殘餘的一指幅水，輕輕地搖晃起來。

我有沒有曾因爲無知，在大姊面前說過哪些犯忌諱的話？我又曾經在不知情狀況下，傷害過這個我懵懂其身世的家族裡的其他人？

「我很擔心，」我未來的岳母說：「怕大姊眞的認出那個地方，又想起從前的那些事。」

那是許多年前的事了。那時我站在她的身後，望著她那和妻如此相像的側臉，那像是用粗炭筆斜線畫下的輪廓，在暗影的覆描處留下難以擦塗掉的傷害痕跡。

13 長頸鹿

那時，我們和其他的孩子們一起站在那條黃塑膠布條拉開的封鎖線後面。挨擠在一起的身體波動般地傳遞著一股騷動的情緒。封鎖線的裡面，也許是他們爲了某種誇張的效果，竟然找了一個男人穿著野戰服，手背後拿了一根警棍，那樣無動於衷邊線另一端搖晃浮躁的人群，兀自踏著膠靴孤零零地來回旋走。

「還要多久呢？」我的孩子擔心地問我。其實連我亦感染著那種置身於一大批盲目人群裡的，無來由的興奮。我告訴他快了，「就快了。」

「但是還要多久呢？」「就快了吧。」「怎麼還沒開始呢？」「你不要急嘛，等一下他們說開始自然就開始了，你看不是大家都乖乖在等啊？」

突然，沒有任何預警地，那個穿軍裝的傢伙以一種俐落的手法將黃色塑膠布條刷地收進一銅柱裡（原來是可伸縮的機關），所有的小朋友全歡聲尖叫地衝過剛剛那條警戒線，奔跑起來。我也跟著孩子，混在人群中無厘頭地跑了好幾步（他且小狗撒歡兒地發出快樂的尖笑），然後困惑地停下腳步。

「我們要去哪裡呢？」

這是一座專爲兒童設計的大型 Shopping Mall，蜂擁的孩子們穿過有復古點唱機的可口可樂專賣店和彩色糖漿爆米花亭子，塞進那些不同幢的房子裡——我左手邊是一幢玩具反斗城的大賣場，右手邊是 Discovery 商標動物玩偶的專賣店。不過短短的幾分鐘，原來擠滿了許許多多瘋狂亂跑小朋友的廣場，一眨眼便空蕩不剩半個人影——孩子們全鑽進那些貨物櫃上排列了各色鮮豔玩具的建物裡——我不禁納悶，此刻若由高空俯瞰這空地，多像是一則外星人關於「分子運動力學」或類似用柏青哥銀光亂竄的鋼珠動線來計算亂數機率之類的實驗課程。在我和孩子的對面，站著三尊眞人扮演，戴著大頭面具罩，穿著一身動物皮毛的絨毛玩偶：一隻無尾熊，一隻粉紅色的卡通鳥（卡通鳥頭和翅翼鳥身下穿著短裙和粉紅色絲襪，所以應是一隻母鳥），還有一隻顯然是男朋友的藍色大頭卡通鳥。另外還有一個女孩穿著蜜蜂裝，沒戴大頭面具，卻濃妝豔抹成卡通仙子的模樣，她像個引路人牽著那三個笨的玩偶人歪歪斜斜地朝我們走來。

「好可愛的弟弟。」那個蜜蜂仙子蹲下在我孩子的面前。很顯然她和他們亦爲了這麼一大群孩子們竟視若無睹地穿過他們，跑進那些商家裡而略感困窘。我猜他們都是來應徵這份遊樂園裡取悅孩子們的活道具工作，所以多少有些不知道該從何下手。蜜蜂仙子向我孩子介紹其他三個朋友，「牠是無尾熊，」（這不是癈話？）「牠是 Kiky 姊姊，」（我眞想稱讚這位鳥女孩的腿眞是美呵）「牠是……」（我沒聽清楚）。

那隻無尾熊還用牠的塑膠黑鼻子來蹭我孩子的臉呢。沒想到那孩子這時突然害羞起來，他跳進了我的懷裡，死命地把臉埋起，怎麼樣也不敢抬頭理會他們的哄逗。這下變成我要來應酬這幾隻卡通玩偶人了。我總不好這樣跟他們哈啦：「欸，辛苦了。」「這種天氣這樣一身穿戴肯定熱壞了。」「你們這樣打工一小時薪水多少？」或是「我曾經去西區獅子會的晚會上穿一身獅子裝，我知道那裡面臭烘烘地悶死了。而且從那個嘴巴洞口的視窗看出來，走路時的焦距很難控制。」

一切仍在入戲的情境中繼續搬演。我告訴孩子，「你再不理 Kiky 姊姊，姊姊要哭哭嘍。」那隻美腿女孩扮成的粉紅大鳥這時亦作狀用羽毛翅翼擦起眼淚（這時我有一種細微地，和孩子世界無從知覺的另一位陌生阿姨隱密調情的罪惡感），但孩子仍固執地把頭埋著。

後來是這群眞人玩偶發現在熱狗攤那邊有一個阿巴桑罵咧咧地牽著兩個小女孩，才解了圍似地轉移陣地朝她們轉去。

在這許許多多擺放了各式各樣昂貴玩具的攤位區之間，有一個區塊難得地並未擠滿孩子——那些比我孩子年長，三兩成群且行爲粗野的學童，我的孩子是如此欣羨且崇敬地跟在一旁觀摹他們，卻悲哀地被他們推擠擯棄於圈子外——那是一處販賣觀景水族箱的攤位：一格一格光潔敞亮的玻璃箱子，打著氣泡的水裡浸著各種妖邪如夢的水生植物，透過特殊的打光和箱底的彩沙，那些款款擺動的肥厚葉片如此不眞實地在那冰冷孤寂的畫框裡展演著它們「活著」的景觀。

我的孩子被角落一個鐵皮大水池給吸引：那個淺淺的水池裡至少有幾千隻的金魚魚苗在游著。原來那即是我小時候有一陣流行的「撈金魚」的把戲。通常是一個阿伯，在小學附近人行磚道上，擺放著這樣一個鉛皮水池，用蓄電池接電的幫浦打氣泡，周圍擠著專注撈魚的小學生。那種撈網是用鐵絲箍成一有柄的小圓框，然後用漿糊簡單黏上一小張宣紙作扇面。這樣的撈網幾乎是一入了水稍使勁就破洞，更別說用那種爛兮兮的膜軟紙漿去追逐那些活蹦亂跳的小魚。但不知爲何，這樣以近乎不可能的工具來設定規則的街頭遊戲（簡直是大人欺負小孩！），許多年後回憶起來，竟飽含著某種辛酸甜蜜的，如今已消逝之價値。

我向一旁顧攤位的小姐買一隻撈網，沒想到她拿來的是一只緊密結實，永遠不可能撈破的絹布網面。她告訴我宣紙撈網一支五元，撈破爲止，但現在沒貨了。這種絹布撈網一次五十元，可以撈十分鐘，無論你撈了多少隻，最後贈送五隻小金魚。

但這樣就沒有那種感覺了。我在心底嘀咕著。什麼感覺呢？那種「撈小魚」的感覺。那種向孩子展示「我們從前就是這樣克難地面對生命」的感覺。

我的孩子渾然不覺那其間巨大之差異，充滿興味地坐在小板凳上，追逐那水池中的小魚，但我突然發現：在那擠滿了曳游著或逃竄著的魚苗的水池，水面上漂著十來隻翻了肚的死魚。像是想把這活生生的遊戲中意外闖入的死亡插曲抽掉，我快速地清場，拿一旁他們用來撈水族箱中雜屑垃圾的小網把那些屍體撈走。很快地我意識到，那水池中的魚屍超出想像的多！不光水面上浮著的，側貼在池底的是更大數量的屍骸，死去的魚身失去了那些同類們身上的燦爛金黃光澤，變成一種腐肉般的灰色或暗粉紅色。倖存的小魚們在牠們同伴屍身間竄游，像在垂掛著鐘乳石的迷宮森林裡穿梭。我發現我和我孩子闖入了一個正在進行中的死亡場景。不知道發生了什麼事，水池中的小金魚們持續地大量地死去。弄到後來，那孩子以爲，這遊戲的本質即是「將死亡的挑選出來」，他開始歡快地模仿我打撈那些半浮半沉的魚屍……

我陷入一種歇斯底里的驚恐，轉身呼叫那個賣魚網的小姐，「這些魚怎麼全死了？」（牠們全部都正在死去！）那個女孩彎腰端詳了半晌，不以爲意地向我道歉：哦，對不起，因爲一早，我們還來不及清理水池……

「可是這是怎麼回事？爲什麼是這麼大數量的死亡？是因爲今天天氣太冷嗎？還是得了什麼傳染病？」

女孩竟然像聽了什麼滑稽的笑話，皺著眼紋那樣笑了起來。沒事啦。她安慰著我。地震那次才可怕呢！一早我們來開店門，所有的魚全嚇得跳起來，全部哦，全部的魚都死在水池外面地板上，水池裡清清一條魚都沒有。她說：「可能是昨天園裡招待那些育幼院的孩子，太多孩子來撈魚了，魚太累了，這些就累死了。」她手中撈起的死魚，整整裝了半個小臉盆。

至此，這個遊戲已進行不下去了。我硬是要孩子別理那些枯葉垃圾般的魚屍，但他用絹網好不容易活蹦亂跳追逐撈起的金黃小魚，才一轉眼，就在水盆裡翻起肚子。我這才注意到，水池中懸浮漂著，一絮一絮那種泡爛宣紙的細屑。眼中似乎浮現那些育幼院孩童們人手一支宣紙撈網，在金光迸閃小魚嗶跳的水池中大屠殺的畫面。沒被撈走的小魚，即使身懷怎樣滑溜脫逃的絕技，終還是無法脫困於這個水池，整個被破碎的宣紙渣屑污染的命運哪……

我當下決定將那支絹網和那只塑膠小水盆還給女孩。當一個流浪漢父親帶著他的孩子付一枚硬幣玩街邊那些撈魚遊戲時，他的內心總浮盪著一種莫名不確定的憧憬。但是當他發現那孩子饒有興味且極富效率地打撈一整池灰溜溜的魚屍時，難免會晦氣地想：「不會吧……」包括那些洗屍人或撈水溝之類的行業。

那女孩用塑膠袋盛水慷慨遞過來作爲「獎品」的六、七條小魚，被我激烈地婉拒——確實若以撈到的尾隻計算，我們合該得此數目——但她毫不在意，又拉著我的孩子：「來，姊姊給你看好玩的。」我正想開口阻止，卻被那兩歲多孩兒投射過來的「不要再破壞我的好事」嚴厲目光給噤懾。

那個女孩拿了一整水盆的魚屍，牽著我孩子，恰好在他視覺高度的位置，打開一個透明壓克力小箱的蓋子，用根鑷子，輕快曼妙地夾起一隻死魚湊近裡頭一隻寵物角蛙的面前。有一度你以爲那像是塗了迷彩漆料隱形轟炸機的生物是假的，但下一瞬間，那隻角蛙似乎爲了盡職拂去之前塞滿我們眼瞳的死亡圖畫，下頦一個翻轉，馬上將那具比牠頭顱小不了許多的屍體咕嚕一聲吞下。

事實上，在那段恍如夢遊底時光，我總像個失去了腳本而進退失據的父親，完全逆反那些「不想讓下一代成爲商品符號世界的俘虜」的前輩們的忠告，近乎棄械投降地，馴順著我的孩子在城市各處角落如衛星定位精準記下的他的「好朋友」們。

那是一群擺放在超市、安親班、小兒科的門口騎樓，或是傳統市場裡，或是百貨公司童裝部門樓層或整層樓的兒童遊樂區的，那些投幣式搖晃玩具。

它們通常是一些交通工具，或是動物，或是卡通人物。有的漆著鮮豔的油漆，有的則斑駁而骯髒。我的孩子原先極畏懼那些投幣後便劇烈搖晃且播放出巨大音量童謠的乘坐玩具。恰好是在我與母親至江西設法將病危的父親運回的那一個月（我不在的時光），有一次妻在長途電話裡，非常突兀地告訴我：「阿白敢坐投幣玩具了。」那時在斷續雜音的收訊中，一時之間還弄不清是什麼意思。據說是我岳母有一天中午牽著那孩子到市場，恰有一台海豚的機器，她把孩子放在那海豚的肚腹中「假玩」了許久，最後忍不住投了一枚十元硬幣進去。

從此那孩子便像吸毒一樣，著迷地，大街小巷搜尋著那些投幣式搖晃玩具。

我回國後，像是某種幽微轉折的補償（補償我那再也爬不起來的父親？或是替我父親遂行他在我兒時從未用心的父愛？或是出於一種更內在的恐懼：有一天你終會同我一樣成爲孤兒，我要你是在一種滿溢著愛與縱容的幸福時刻裡記住我），我扮演著偵探助手的角色，陪他擴張那些「好朋友」的地圖。

後來他全以那些投幣玩具標誌他跟隨我在這城市移動的停留處：木柵麥當勞旁有小綿羊、叮噹、挖土機和旋轉吊車、皮卡丘；外雙溪的漢堡王（多了）有猴子車、公雞車、龍車、兔車、阿鼠車（一組碰碰車），有火車、警車、越野車、直升機；關渡醫院有小猴子、小飛機、雙頭馬車；高島屋有貓巴士和小飛機（後來懸疑地消失了，換成拖吊車和小蜜蜂）；台安醫院五樓有三輪車、小飛機、英文車狗狗（一隻投幣後不是唱國小童謠卻唱英文歌的棕色長耳獵犬）；外頭是大象和賽車；深坑眼鏡行前有黑天鵝和轉盤飛機；環亞 IKEA 門口有非洲探險車（駕駛座旁和後座分別是三隻栩栩如生的猩猩、大象和長頸鹿）和工程車……

我總是無比哀傷地，看著我的孩子，從我的車子將要靠近他某一區域的三兩隻舊識時，即兩耳豎起、眼睛發直、口中喃喃念著那些金屬製假傢伙的名字，小身軀騷動地在兒童安全椅上扭來扭去……一直到了那些空無一人的機器前（因為我和他總在全城的父親打著呵欠進公司上班全城的小朋友哭哭啼啼進幼兒園或保母家的時間，像一對流浪漢父子，在日光燦爛的空蕩蕩城市裡，朝著一個病倒老人的遙遠醫院，心不在焉地前進），把他抱進那些大象、小船、貓巴士、黑天鵝的肚腹裡，投幣，然後看著那孩子一臉索然地沉浸在那重複無聊的搖晃中，配以音質粗糙旋律不優美的卡帶童謠，時間到了他會骨碌翻下爬上另外一隻，我再投幣，再進入一段他獨自搖晃其中而我在一旁垂手默立的停滯時刻……

那樣的投幣、小身軀在金屬機器裡搖晃著，短暫的限定時間，那樣不能抑止的著迷和啓動後周而復始的單調……多像是（我這樣一閃而逝的念頭，想這樣對他說），很多年後，不論以何種形式，你終將揭開那被繁複神祕的儀仗遮蔽的，那些，同樣是如許美好，如此叫人神魂顛倒，如此深深惦念記下其差異……到頭來卻是同樣枯寂的重複的，他未來一生將遭遇的歡愛。

這樣的父親角色。這樣順從他吸毒般兩眼茫然指東指西將他抱進那些（短暫身體搖晃之爽快）的金屬動物包裹中，然後投幣……無聲地，站在一旁觀看。有一天他會不會恨我呢？那因某種背向死亡的空無或恐懼，像抓住某種意義的產生，一枚一枚的硬幣嘩嘩地投下。有一天他發現那串連起來的（會搖動且唱歌的）好朋友們，全是一些塗上油漆內部馬達因機械疲乏而發出嘎嘎聲響的，並非童話國度的飛翔神獸而只是城市邊陲角落極便宜代價即能「爽」到一段限定時光的死物。

他會不會恨我呢？那連動物屍體都不是。

曾有一段日子（在孩子出生之前）我收養過一隻叫做小花的流浪狗，我是那麼地寵愛牠幾近乎當作兒子般地對待。那時另外養了一隻小母獵犬叫妞妞，分明已動過結紮手術但或並未挖去卵巢，所以每至發情期總刺激著那小花淚眼汪汪情慾難耐。也許是基於動物血統自覺的尊卑之分，即使那妞妞亦被動情激素攪擾得痛苦不已，卻無論如何也不讓小花騎上牠的後臀。

有幾回我被院子裡兩隻狗蹄爪踢踏近乎鬥舞的來回攻防和小花屢試不成的哀鳴吵得心

煩，推門出去。過了許久，妻被院落裡乖異的寂靜好奇自落地窗探頭，會看見那樣的畫面：我蹲在妞妞的前方，把牠自前臂乃至後腰壓制住，刻意保持一種靜態的狀況；我「視若己出」的小花，似乎經由我的介入，牠可以順利地搭騎上妞妞的臀後，雖然仍是無法銜合地亂搖著立起的犬隻的下半身……

妻會驚怒地在房裡大吼：「簡直是禽獸！」後來那隻小花，在孩子出生後尚未滿周歲，便因心絲蟲塞滿脹破心臟而死了。孩子學會講話後，我問他可記得我們家曾養過一隻這樣的狗？他說：「不記得了。」

我和孩子走進動物園的時候，周圍仍起著大霧，我們幾乎是最早走進園區的遊客。在我們的身後，有三、四團穿著上面繡有校名的運動制服的幼稚園小朋友。他們嘰嘰喳喳，哄鬧不休，但每一個個體不論骨骼、頭顱、協調性和口中吐出的成串語言，都比我的孩子要進化且強大許多。

「快走。」我說。

「爲什麼?」我的孩子問我。後來我發現，這孩子不但不討厭，甚至是滿欣羨崇敬地看著這些平均大他三、四歲的孩子們。他們野蠻粗暴、弱肉強食，我不止一次在麥當勞之類的大型遊樂區內，將某個臭烘烘橫衝直撞將擋在滑道或塑膠階梯的我孩子揮肘格開的大男孩，在另一處角落不動聲色地將他絆倒，我多想告訴孩子，這些孩伙，長大以後，就是那些穿著制服在巷子裡堵你的高年級生；或是搶你馬子的學長；或是辦公室裡明明有老婆還上了你暗戀的那個漂亮女孩的主管；或是pub裡跟你稱兄道弟在某個評鑑會議三言兩語就把你做掉的前輩……

但我來不及多講。我急匆匆地拖著孩子往園內疾行（他歪歪跌跌地近乎小跑步）。我們甚至避開了他屢屢流連回頭的「可愛動物區」和「無尾熊館」。只是爲了避開那群囂鬧的討厭的大孩子，換取我們父子安靜徜徉的獨處時光……

我帶他走進「遊園火車」的停靠站，丟了銅板在一位穿女警制服的阿巴桑旁的小箱。

「看吧。」我說。

整列遊園火車只有我們二人。我們坐在第一節車廂最前一排的位子。那是一輛簇新的，漆了綠漆的，依著童話想像打造出來的小火車。其實它不過是一輛掛著三節車箱，車首確實打造成有華麗鑲金邊大煙囪的蒸汽火車頭，並沒有鐵軌、車廂敞篷，座椅像我們小時候在兒童樂園乘搭的雲霄飛車、龍舟或遊園馬車……那樣玩具般地狹窄。

孩子顯得很興奮。但我們一直坐在那輛空蕩蕩的火車上等了近十五分鐘，剛才的那群幼稚園小孩和另外一團一團家族出遊的老人、夫婦、小孩姍姍來到，他們攀爬上火車，很快塞滿我們後面的座位。顯然他們已經參觀過無尾熊館，才慢慢晃來這兒……

我告訴孩子：「如果我們剛剛不趕在他們前面，現在可能連位置都沒有。」

火車頭終於出發（車頭搖著鈴鐺），一開始它緩緩地在一片蓊鬱森林的山坡道爬行。清晨的霧皆已散盡。隙光垂下，鳥鳴不已。孩子興奮地抓緊我的手。接著在一轉角處，可以隱約自樹叢間看見下面獸欄內的動物。即使車行極慢，但那些動物仍是一晃即逝。那些幼稚園的孩子在後面大喊：「是大象，大象耶，e-l-e-ph-an-t！」他們清楚地用英文發音。那時我注意到我的孩子也囁嚅吞吐在嘴邊念著：有 e-l-e-ph-an-t 耶。但是在下一個晃眼而過的獸欄，可以看見燦爛的光照下，美麗的斑馬像某種國劇臉譜墨汁勾在白粉上的臀部。

全部的孩子都大聲喊著：「z-/i/-b-r-a！」在那樣嗡嗡轟轟的聲音裡，只有一個特別幼稚的聲音興奮喊著，與大家的音軌剝離分裂了：「爸爸，是 z-/ɛ/-b-r-a 耶！」是我孩子。我當下就知道是我教錯了發音。

我和孩子坐在一排遮陽篷下的水泥椅上。他用吸管咂吮著一種叫 QOO 的鋁箔果汁飲料。那時我們已發現我們將他的小背包遺忘在剛才的火車座位上。我為此懊惱不已。那個背包裡裝著他的水壺、一塊備用的尿布和一袋抽取式濕巾。「我的背包呢？」但知道他其實不很在意。

隔著一排隔籬和圍欄，我們的面前是一片略顯乾枯的短莖草地。地勢微微起伏著。相較於其他大型草原動物的圈圍區域，這片草地算是相當奢侈廣闊。那是長頸鹿的地盤。但是畫面上卻沒有半隻，長頸鹿躲在更遠處他們用岩塊替牠們造的山洞裡。空曠的整片草地上，非常突兀地站立著一隻斑馬，孤零零地在那嚼草。

「Zebra 怎麼會跑去 giraffe 的家裡去呢？」孩子反覆玩著這樣的語句問答：「因爲牠太皮了，牠跑錯了，」

在那樣明亮的陽光下，在那樣寂靜而只有我們父子獨處的時刻，我的腦袋裡像有一個聲音關不掉旋鈕停不下來地不斷自言自語著。緊鄰著長頸鹿的區域，果然是一大群的斑馬（所以那隻落單的斑馬是跳躍過中間的柵欄才跑到長頸鹿區？），斑馬的隔壁是一大群的彎角羚羊，所有的這些草原上造形魔幻的生物全展列在我們面前咀嚼著。牠們時不時警戒地抬頭望一望我們這一對人類父子。但距離實在太遠，空氣中寂靜聽不到一點聲音。

我父親的晚年，陷入了某種困境。怎麼說呢？簡單地說，他陷入了「說東道西最終招致眾叛親離的孤立處境」。我對於他尚未停頓，像爬蟲類靜蟄在那幢老房子客廳前，最後的，充滿活力的印象，即是他不斷拿話筒撥電話，充滿憤恨地對某某說另一個某某某的壞話，「……老哥，這話你千萬不能再告訴別人，就我們兩個知道，……這個某某，你知道他所長是怎麼拿到的？要死喔……」他可以鉅細靡遺記得任何人數十年前的一件卑鄙陰暗的往事，但是之後他又會拿著話筒和另一個某某說這個某某某的壞話。在他們那個凋零老人的狹隘圈子裡，這些是非說嘴極容易如網絡互相補充傳播，於是父親亦常在心虛地講這樣的電話：「老哥，我怎麼會這樣說你呢？是誰告訴你的？我對天發誓：我要是講這樣的話，我駱某人絕子絕孫！」但是連我偶爾在一旁都聽過幾次他確曾那樣講過某某的壞話，爲何要拿我和那時尚未出世的孫子發這樣的毒誓呢？

更幽微的底層，父親其實是活在一個記憶散潰恐怖世界裡。他記不得某些才發生過的事；某些數十年前早埋藏進記憶岩礦底層的往昔恩怨，卻如此鮮明歷歷，彷彿電影在眼前反覆播放。

我不知道人的一生可以壓抑、強迫自己遺忘多少劇烈重大屈辱和傷害？當那個控制住這一切封存的酸苦冤恨的地窖的鐵板或栓塞蝕鏽故障時，你眼前出現的恐怖景觀是：一個好好的人突然像在空中解體而四散五裂的飛機殘骸，被那些電路板蝕壞而金屬疲乏的怨恨往事，一個團塊一個團塊地肢解扯裂著……

我對於父親最後留給我的那個形象——陷於一個層層遮蔽的，許許多多與己無關的「他人的陰暗身世」而無法自拔——既感到憤怒且悲哀。所以我是否不自覺地在自己的孩子面前，展演一個，孤獨而完整的人？

我有時心底會浮現這樣不知是怨懟或迷惘的情緒。那即是：我完全不記得自己在七歲之前的任何一件事。無論我怎樣努力，記憶的微光似乎僅能描出一兩個小學一、二年級時的畫面，或那一兩個身邊小朋友的名字。在那之前的我所能留下的僅是一片空白。那不禁令我懷疑：

也許我的父親和母親並不是很稱職（或細心）的一對父母。在那爬蟲類般不具時間感知的時光裡，他們盡興且專注地活在他們自己的世界裡（我父親那些充滿是非的交際應酬），把我扔在一個像糯米紙糊牆壁空白而平凡的安靜角落。任我自己爬行、學步，空茫茫地活在一個無法產生特殊感官刺激的漫長時光之中。

這或許對我日後無論是人格或身體協調平衡的神經，皆造成了一些決定性（卻又無法一一倒推回去細數其因果循環）的缺陷。

這樣的我如今心不在焉地陪伴在我孩子的身邊，在一種輕微的焦躁情緒裡，擔憂著我們遺失在一輛被油漆得像玩具的火車上的，他的小背包。**我不知道所有其他的父親們此刻正在做什麼**？我的孩子長大後，會深惡痛絕地發現他的父親原來是個無所事事的流浪漢嗎？「爸爸，爲什麼其他人的爸爸都去上班，你卻跟我在動物園裡晃？」

有的時候，我的孩子會發現：在他熟悉無比的某個定點的某個投幣玩具（他的好朋友），不見了。有時是持續在投幣孔被用膠帶黏上了一張紙，上頭用原子筆潦草寫著「故障」。過了一陣，那隻動物或汽車或卡通人物就消失了。有時是一整批的投幣玩具被換成了完全陌生的另一組角色。孩子會極驚恐且困惑地問我：「大象到哪去了？」「三輪車到哪去了？」「小猴子到哪去了？」

我總是敷衍地回答：「它們全都到**飛牛牧場**去了。」那是一處我不曾去過的地方，孩子曾跟著妻和妻的家族（他的外公、外婆、阿舅、大姨、小阿姨……）去玩。我心裡難過地想：啊，我已經要爲你設計一個「不存在的動物墳場」了。而且那是一些假的動物。假的死亡。**那只是故障**。那些工人們根本不帶感情開著卡車來，把你的那些好朋友們拆卸下來運走。運去一個堆滿了上千具這樣投幣式玩具的工廠。那裡堆滿了各式各樣假的動物、卡通人物橫倒堆放的鐵軀殼，還有那些壞掉的不再搖晃抖動的馬達。那裡的空氣彌漫機油、油漆和香蕉油的氣味。

「我要尿尿。」孩子說。

當他這麼說的時候他已經幾乎要尿出來了。出門前我自作聰明地沒讓他綁上尿布。現在我們站在這片被柵欄圍住的空蕩蕩的草原前，那些羚羊、斑馬懶洋洋地咀嚼著堆放在一架木條釘成的飼料車的乾草料。我們則站在吸熱而似乎飄浮起來的柏油地上。我們身邊，不知何時站著一些零星的遊客。我將孩子一把拎起，抱著他快跑起來。這個暈糊糊浸在強光裡的空曠地帶，舉目四望皆不見一間公開或隱蔽撒尿的處所。有一次我和孩子同樣站在那柵欄前看那一隻隻像硬紙卡剪出的長頸鹿在綠光盈滿的草地上漫遊，突然一陣飛沙走石，頭頂一片黑雲罩得天昏地暗。遠處的廣播器一個女人嗚哩哇啦不知在警告什麼。我心裡才一下疙瘩，嘩地暴雨臨襲，像一瞬間整片草原，那些長頸鹿、斑馬、羚羊、侏儒河馬、較遠處的大象，還有我們父子，全被沉進了優氧化嚴重灰綠色池沼底下。所有的草原快跑動物在那水光裡動作全變緩慢，只有我抱起孩子像畫面中唯一不被夢境詛咒的生物，快速地往那自動販賣機聚落的遮陽篷跑去。但一到了那屋篷下，雨水仍直潑頭上，原來那遮篷的頂，是用黑色紗網拉撐開來的。

（那時我渾身濕淋淋對著坐在肘臂上的孩子笑說：「完啦，這下沒地方跑了。」）

我抱著孩子，往路的盡頭跑去，那兒一彎就是「澳洲動物區」。那兒種了一些欒樹或雜葉林植物，算是園區較偏僻的角落。陽光收殺而去。我在一處巨石邊扯下孩子的小褲，拉出他的小雞雞，尿柱滋地射在螞蟻竄走的腐葉和黃土堆。

隔著鉛皮柵欄，非常近地，有一隻袋鼠直愣愣盯著我們（牠正盯著孩子白皙的私處？）。一開始我以為那是一隻野狗，我從沒想過動物園裡的袋鼠竟像我們巷子裡掏翻垃圾的癩痢狗一樣骯髒噁心。牠的毛全部脫落，裸露的皮膚因為疥癬而浮凸著一種廉價泡泡糖的透明的粉紅（讓我想起戴著墨鏡躺在沙灘上曬太陽的澳洲白種人缺少色素的皮膚），上面且散布著一些灰褐色濕答答的斑塊（不知怎地，又讓我想起橡皮地球儀上，那繪在藍色海洋上的粉紅澳大利亞大陸輪廓）。如此近距離地，那隻袋鼠瞪著黃色而瞳仁渙散的眼珠，像我雇來嚇孩子卻不成功的道具演員，不知所措地和我們對峙著。

有一度我以為牠會驟然驚跳彈起，像Discovery電視頻道裡那些大腳丫的袋鼠一樣。但牠只是像個臥縮在龍山寺或中正紀念堂角落的老流浪漢，沉靜無有驚怪地消磨那和貿然闖入者短暫相處的時光……

後來我和孩子繼續穿過那些大型食火雞、鴯鶓、兔耳袋狸或毛鼻袋熊的柵欄和鐵籠。孩子突然偎近過來牽我的手，像是一個動念決定和我交心。

「我不喜歡爺爺。」

「為什麼？」我驚怒不已，不防備地被什麼矛槍劍戟迎面戳刺。

「因爲他好髒。」孩子睜著黑不溜瞅的大眼，認眞地說：「而且他已經死了。」

漫長的生命流河。我盯著孩子的臉，他和父親如此相似，像在他們爺孫翻模印出的漂亮臉孔中間，夾層歧出了一個捏壞歪斜的我。但遺傳裡總有些基因在憎恨著基因自己哪。我虛弱地說：「不許不喜歡爺爺。」我說：「因爲他是我的爸爸。」我說：「他沒有死，他只是一直在睡覺。他聽見我們在他床邊講話，只是他醒不過來。」

不想後來還是這樣。我自言自語地說。

我曾在腦海中構想過一個這樣的故事：有一個年輕的父親，整日帶著他的孩子在一座動物園裡轉悠。而他的父親，也就是那孩子的祖父，因爲某種原因，陷入了一趟自我內在世界的旅程。他在那個世界裡迷路了，既寂寞且恐懼，怎麼打轉也走不出來原來的這個世界。這位年輕的父親帶著他的孩子，把動物園的每一處角落都逛遍了——同時他的內心牽掛著自己的父親此刻正漫遊在他那個世界裡的哪一個荒涼小鎭的麵館，哪一個火車鐵道旁的破舊月台，哪一條垃圾報紙隨風紛飛的街道——他們逛過了圈禁了鴨子、白鵝、番鴨、白兔、水牛和台灣黑豬的「可愛動物區」；他們經過空蕩蕩一片枯黃及膝野草後面用水泥糊砌兩個山洞卻不見動物蹤影的「北美灰狼區」；他們且進去「企鵝館」看了明亮日光照下，那些扭腰擺臀像裸體展示的纏足胖女人，在聚合脂塑膠模造的假南極冰原上蹣跚行走的可憐胖鳥們；最後他們走進一片漆黑的「夜行性動物館」。

這個男人抱著他的孩子（孩子被那黑魅冰冷空間裡一個框格一個框格打著微弱燈光，像標本或蠟像矗立不動猛禽或夜獸給噤嚇住了），一個玻璃櫃一個玻璃櫃地巡走著。那些頭頂像用髮膠固定翹起一撮毛，嚴厲瞪著黃玻璃珠般的大眼的貓頭鷹；那些瑟縮在展示櫃裡一截枯木幹上的狐猴；那些在密室中躁狂疾走，無可奈何繞圈子的石虎、雲豹這些瀕臨絕種的大型山貓；或是在稀微光暈蟄伏暗影背向露出鋸毛輪廓的冠豪豬；或是貼牆嵌進的大水族缸裡，在夢遊般的明亮螢光裡，盲眼緩慢巡游的古代化石魚：包括無脊骨的紅龍、銀帶；包括癱伏在缸底白沙上打盹的象鼻魚；包括貴賓待遇他們特地在玻璃櫃中擬造了一個沼澤生態雨林植物叢生的，醜陋無比的娃娃魚……

那是一個夢境。他們在其間酩酊行走。男人知道那是通往他父親夢境的迷宮走道。暗黑中一座一座拘禁著怒意勃勃華麗生物的玻璃櫃，其鬼氣森森不下於他幼時隨父母走進一座城隍廟地宮，兩側壁龕泥塑著十八層地獄各種鬼物用各式刑具凌虐人形男女的可怖劇場。

我在我的故事中，讓那孩子在其中的一座玻璃櫃裡發現他的祖父正被圈禁其中（多麼老套！）。孩子興奮地大喊：「那是爺爺！」那個因中腦松果體附近的衛星定位系統故障而在自己的夢境迷宮裡左突右撞找不到出路的老人，原來變成了我們這座城市的動物園裡，被關在一幢黑漆漆大房子裡的貓頭鷹？或是一隻白鼻心？一隻截尾貓？一隻夜鷺？或是泥巴裡一隻呱呱叫的娃娃魚？

我不知道那孩子是怎麼從那些動物的毛臉和硬喙甚至黏貼在臉腮兩側不同平面上的魚眼

睛，去辨識出他的祖父？他們一籌莫展地站在那厚玻璃櫃的外面，看著裡頭一臉肅然偶爾啄理啄理自己羽毛的禽獸，正就是那個癱倒在床彷彿惡醉不醒口中胡語不斷的龐巨老人？他們不知該怎麼從這個無意闖進的老人夢境房間，找到一個通道，再從那個故障老人關閉的臉孔推門而出。只好每日買入園券，鑽進這幢黑暗的房子，父子兩個趴在那冰涼的玻璃上，看著那隻貓頭鷹或豹貓或夜狐或刺蝟，氣呼呼地咧嘴咬住清潔阿巴桑從窗洞伸進去的掃帚，或是用爪子狐疑地撥弄著他們扔進去的生肉，或是羞辱地在他們的注視下抬腿在牆角撒尿。

不想最後竟是這樣。

那時我頭痛欲裂。像一個曠日費時準備，蟄伏著往故事核心靠近的精細布局，被孩子的一句話（那就是造成整個世界倒轉崩塌的咒語之王？），所有我努力在兜攏縫合的，所有我想像的，相信的，我用以支撐和那個眞實世界對峙抗衡的什麼，全裂解散潰。我幾乎可以聽見自己腦殼裡近似建築物支架斷裂的嘎嘎巨響。父親，怎麼辦？這樣您會不會就眞的死去？像小時候課本裡讀到的「孫叔敖埋蛇」？那該怎麼辦？原先只是謠傳般的，惘惘的威脅，不料有一天竟是攤現在眼前頸脈搐跳的活物。

我該怎麼辦？

我和孩子已走到這座動物園的盡頭。舉目不再見插著標示動物學名和出生地的木牌的圈園區域。沒有任何動物。只有被綠漆鐵絲網隔擋著，布滿灰塵的雜樹林土丘。空中隱約傳來某種動物的哀鳴。那哭聲如此悲切低沉，像驢子又像牛隻。孩子復偎近我的腿邊，「那是什麼？」

難道是大象馬蘭？

但我旋即想起：大象馬蘭不是已經死了？不久之前，電視新聞大張旗鼓地專題報導：大象馬蘭腳底傷口惡化成惡性纖維瘤。一開始只是右前腳外側趾甲破裂，出現傷口，動物園的獸醫也緊急進行治療，而牠趾甲內部肉芽組織亦增生癒合。但終是抵不住牠三噸的巨大體重而再度破裂。我不知道他們有沒有替馬蘭截肢？因為有一次我看到一則新聞，似乎有幾家國內知名皮鞋廠商，聯手為馬蘭訂製一隻五十公分大腳丫的鞋子。鞋底使用輪胎皮，鞋帶用鋼索，鞋內側用矽膠卡住大象的趾縫……有一次我看到新聞採訪一位老實歐吉桑模樣的動物園管理員，他憂心忡忡說他們現在每天皆煮一大桶極昂貴的中藥草藥湯，讓馬蘭浸泡。他們只怕牠撐立不住有一天倒下，那就是大象的死期，因為連牠的心肺亦承受不了龐大體重的側壓。只要牠一倒下，很快地內臟會一一衰竭……

那麼馬蘭後來究竟倒下沒？我發現這以來我始終像個失聰者，對眼前那個清楚分明的世界，總保持著一種「所有景物俱浸泡在游泳池底」的隔膜感受。既貼近又遙遠。大象馬蘭究竟活著還是已死去？對於我們這一對天天來動物園報到的父子竟然撲朔不明，說來實在有些荒謬。但我那像爬蟲類夢境殘存的記憶裡，似乎斷裂快閃著幾幅畫面：小學生們哭泣著在動物園區的樹上繫上黃絲帶，為馬蘭祝福；或是兄弟象棒球隊在奪得年度職棒冠軍後，全體隊員赴動物園向大象馬蘭脫帽致哀；或是鏡頭單拍著成為鰥夫的大象老林旺，孤獨落寞拒食草料的一幕……

那麼馬蘭終究是死了。

我卻完全沒有「這件事已發生」的實感。

那個飈聲飈氣卻又肉質豐富的動物嚎鳴仍斷續響起。我轉過頭試圖安慰孩子：「也許是那些侏儒河馬肚子餓了。」

但我卻聽到一個尖刻、深諳世事、表情豐富的聲音回答：

「得了吧，笨蛋都聽得出來他們正在那兒宰殺動物。」

我驚異地注視著他，發現不知什麼時候，他已經長成一個大人，不，他已經令人悲傷地變成了一個中年人了。原本臉如銀盤，兩丸黑漆晶亮大眼的娃孩面容，這時顯得虛胖浮腫、線條僵硬，眼神亦無法挽回地飽含著一種防衛被傷害的戒懼嚴厲——我很難過那張臉並沒有朝我暗懷期待的方向發展——我不知道他陪在我身邊這樣無目的地地漫走竟已那麼久了，他聽了多少我失魂落魄的囈語。沒想到他就這樣在我腳邊，像畏光植物一樣長成了這個不討人喜歡的模樣。

那麼我已是個老人了嗎？我試著想向他道歉或解釋些什麼，但我卻不知如何開口。這時我突然那麼能體會，父親晚年幾度囁嚅搭訕想和我交心，但總被我不耐煩打斷或像哄小孩般敷衍，而將他的話語導入他那個密遮不見光，被各種往事腐敗枯葉層層蓋住的死巷。那樣的害羞、敏感，充滿悵悔與孤寂。我想為了他後來竟變成這樣憤世嫉俗、這樣硬心腸而向他道歉；我想為我這一生對他母親造成的許多傷害而懺悔——當然我還傷害了許多其他的人包括我自己——但我怕他會冷峻拒絕，我怕他會說：「那麼，接下來你要用我們裡面的哪一個來當作題材？」

孩子爬上了土丘，我像喝醉般跟在他身後。在一處土石崩塌的缺口，我們看到了不可思議的景象。那是一個陷落下去的峽溝，被他們用水泥砌成了一座近似縮小比例之水壩的急陡坡水道，那個水道上還潺潺涓流著小股的排水，水泥皺面上布滿茸茸茂密之青苔，也許這是這座山開闢為一座巨大動物園裸露出來的地基。遠處，長相相似的幾座小山在夕照中變幻著淡紫色或深綠色。空中的雲飄浮得極慢。空氣像凝結了一般。

孩子指著那水泥坡道盡頭下方，開心驚呼：「看，長頸鹿！」我該怎麼說呢？在這個動物園背後的排水溝裡（或者該稱之為「小型的湖泊」），孤零零躺著一隻白色的長頸鹿。像嚼掉了色素的口香糖膠一樣潔白。我當下就知道那隻長頸鹿已經死了。那是一隻年輕的長頸鹿。所有長頸鹿該有的體態特徵牠都具備，但原先該布滿像中世紀城堡牆砌上的褐色方塊花紋全部不見了。剩下一隻潔白得像未上釉色的素胎白陶瓷一樣的白色長頸鹿。牠側躺在下面的積水裡，這麼遠的距離我無法判斷牠是睜著眼或閉著眼。我沒有看見其他動物的屍體或斷肢殘骸，我也無從理解這隻長頸鹿是按什麼路徑，跑進某個排水系統的巨大水泥管，最後從排水孔排出，翻滾著跌落到峽溝底。

這樣的距離，無法聞到屍身的臭味。但在我們的腳下，如假包換躺著一隻白色長頸鹿——那像是小時候，我父親找了兩個工人來替家裡漬污的牆壁刷漆，後來他們不知是剩了半桶白水泥漆捨不得倒棄，或是看我父親那些斑駁老舊的樟木書櫃不順眼，就順手將家裡客廳或走道全部的老木頭書櫃，還有一架我姊的鋼琴，全刷成了白色。

那樣像白漆刷過，有一層糊乾厚度的，將一切不夠潔白的白色，任何污垢瑕疵都掩蓋過去的，那樣地潔白。

文學叢書 38

遠方

作　者	駱以軍
總編輯	初安民
責任編輯	高慧瑩
美術編輯	張薰芳
校　對	高慧瑩　駱以軍
發行人	張書銘
出　版	INK 印刻文學生活雜誌出版有限公司 新北市中和區中正路 800 號 13 樓之 3 電話：02-22281626 傳真：02-22281598 e-mail:ink.book@msa.hinet.net
網　址	舒讀網 http://www.sudu.cc
法律顧問	漢廷法律事務所 劉大正律師
總代理	成陽出版股份有限公司 電話：03-2717085 傳真：03-3556521
郵政劃撥	19000691 成陽出版股份有限公司
印　刷	海王印刷事業股份有限公司
出版日期	2003 年 6 月　初版 2011 年 1 月 31 日　初版四刷
ISBN	986-7810-48-1

定價　290 元

國家圖書館出版品預行編目資料

遠方／駱以軍 著.－－初版，
－－新北市中和區：INK 印刻，
2003〔民 92〕面；　公分（文學叢書；38）

ISBN 986-7810-48-1（平裝）

857.7　　92008412